誰が為にケモノは生きたいといった

榊　一郎

JN242879

ファンタジア文庫

2689

口絵・本文イラスト　ニリツ

ANGEL STAIRWAY

誰が為に
ケモノは生きたいと
いった

For whom Beast wanted to live

—

Author
Ichirou Sakaki

Illustration
Nilitsu

第一章　天使降臨《エンジェル・ディセント》

それは――遠雷《えんらい》の轟《とどろ》きに似ていた。

遥《はる》かな彼方《かなた》から響《ひび》き渡《わた》る、低く、太く、重い音。

天そのものが吼《ほ》えたかの様なそれに脅《おびや》かされて、森のあちこちがざわめくのが感じられた。翼《つばさ》在るものは舞《ま》い上がり、地を駆《か》けるものは右往左往する。木々の梢《こずえ》が、葉が小刻みに震《ふる》え、まるで森全体が怯《おび》えているかの様だった。

「…………？」

タビタは作業の手を止めて、頭上を振《ふ》り仰《あお》いだ。

森の上層は、まるで蓋《ふた》をするかの様に密に木々の枝が生《お》い茂《しげ》っている。だがそれらの僅《わず》かな隙間《すきま》から辛《かろ》うじて、空を見上げる事は出来た。

灰色の曇天《どんてん》を、縦に二分するかの様にそびえる、白い光の――『柱』。

いや。それを柱と表するのは語弊《ごへい》があるだろう。それは地よりそびえてはいない。むしろ逆――即《すなわ》ち天から地へと伸《の》びていたからだ。まるで空の彼方から垂らされる糸の様に。

「……天使階段《エンジェル・ステアウエイ》……？」

タビタの口からそんな一言がこぼれ落ちる。

その顔はごくごく平静――無表情だ。

眉《まゆ》を寄せるでもなければ口元を綻《ほころ》ばせるでもない。涼《すず》しげな目鼻立ちに歪《ゆが》みは無く、眉《み》間《けん》に皺《しわ》も無い。未《いま》だ何処《どこ》か幼い丸みを残している彼女の顔は――しかし夜の湖面の様に静《せい》謐《ひつ》そのものだった。およそ喜《き》怒《ど》哀《あい》楽《らく》の色がその顔には滲《にじ》んでいない。

ただ――呟《つぶや》く彼女の背後で、右へ左へと忙《せわ》しなく小刻みに尻尾《しっぽ》が振られていた。

「……天使……」

タビタは紫《むらさき》の色を湛《たた》えた切れ長の両眼《りょうめ》を瞬《またた》かせる。

曇天を二つに割る白光の一線――天使階段《エンジェル・ステアウエイ》。その先端《せんたん》が……枝分かれを始めていたからだ。まるで逆しまに生える樹木の様に、幾《いく》つにも分岐《ぶんき》しているのが見える。

しかもその内の一つ、いや二つがこちらに向かってくるのも――

「……！」

次の瞬間《しゅんかん》――手にしていた縄《なわ》を放《ほう》り出すと、タビタは駆け出していた。

猛烈《もうれつ》な勢いで腐葉土《ふようど》を蹴散《けち》らし、木々の間をすり抜《ぬ》け、何度か苔《こけ》に滑《すべ》り、茸《きのこ》に足を取られそうになりながらも、森の中を急ぐ。

上を見ながら走っていたせいで、木の根に足を取られて転ぶ――が、一瞬たりとも無駄《むだ》には出来ないとばかりに、転倒《てんとう》の勢いすら利用して跳《は》ねる様に立ち上がり、タビタは再び疾走《しっそう》していた。

その後も、幾度《いくど》となく勢い余って飛んだり跳ねたり転んだりしながらも、タビタは一瞬たりとも止まる事無く、森の中を疾駆《しっく》していく。長い尻尾を巧《たく》みに動かし、左右の両手を振って、更《さら》には背中の大きな得物も振って、姿勢を保ちながら。

その動きは二本足での走りでありながら、四本足の獣《けもの》のそれに近い。

やがて――木々の連なりが途切《とぎ》れ、唐突《とうとつ》に目の前が開けた。

緩《ゆる》やかにうねる広々とした水面《みなも》。

池――いや湖である。

ごつごつとした黒い岩が幾つも連なる岸辺。そこに足を踏《ふ》み入れたところで――タビタはようやく立ち止まると、改めて頭上を振り仰いだ。

人影《ひとかげ》が一つ落ちてくる。

分岐した天使階段《エンジェル・ステアウェイ》の淡《あわ》い光に包まれ、羽毛《うもう》の様に重さを感じさせない緩やかな下降だった。恐《おそ》らくは天使階段《エンジェル・ステアウェイ》の影響《えいきょう》なのだろう。

天使は此処《ここ》とは異なる世界から――天界からやってくる。

法《のり》と理《ことわり》の異なる世界が交わる際、世界と世界の間には摩擦《まさつ》が生じる。それが光を生み、天使をまるで重さを持たぬかの様にふわりと地に下ろすという。タビタは今は亡《な》き父からそう教わった。

「天使……！」

何度も瞬きを繰《く》り返しながら、タビタは降りてくる天使を見つめる。

その顔に表情はやはり無いものの、円《つぶ》らな紫の瞳《ひとみ》は明らかな期待を示してきらきらと輝《かがや》き、尻尾は忙しなく振られ続けていた——が。

「……!?」

人影が降りていく先は——湖の真ん中だった。

岸辺に駆け寄り、岩に膝《ひざ》と手をついて、身を乗り出し様子を窺《うかが》うタビタ。水飛沫《みずしぶき》を上げる事も無く、ただ湖面に波紋《はもん》を幾重《いくえ》にも刻みながら天使の姿が水の下に消えてゆく。わずかに泡《あわ》が浮《う》かんでは弾《はじ》けるのも見えたが、ただそれだけだ。

タビタはしばらく湖面を見つめて首を傾《かし》げていたが——

「……天使……？」

波紋に揺《ゆ》れる水の向こうで激しく形を変える人影。溺《おぼ》れている。藻掻《もが》いている。そうとしか思えない動きだ。

「天使……！」

躊躇《ちゅうちょ》など一瞬も無かった。

タビタは留め紐《ひも》を緩めて上下の服を脱《ぬ》ぎ捨て――湖へと飛び込んでいた。

●

脳裏《のうり》に凝《こ》る濃密《のうみつ》な闇《やみ》の中――まるで舞い散る花弁の様に閃《ひらめ》いては消えてゆく記憶《きおく》。

「……逃《に》げろっ……！」

「これは罠《わな》だっ……！」

降り注ぐ爆轟《ばくごう》の魔術《まじゅつ》。

塞《ふさ》がれ断《た》たれる退路。

「隊長！　ワディンガム隊長!?　何処《どこ》に……」

「ウィンウッド、今はこの場を離《はな》れる事を……」

限られた選択肢《せんたくし》。

強《し》いられる犠牲《ぎせい》。


「ノースリヴァ、ノースリヴァ、おい――」

「よせ、振り向くな！　奴《やつ》は死んだ！　死んだんだ！」

怒号《どごう》を押し潰《つぶ》す爆音。

混乱の上に重なる混乱。


「――行けよ、ウィンウッド。すまねえがこれを、俺の嫁《よめ》さんと子供に渡し――」

「冗談《じょうだん》はよせ！　引きずってでも連れて帰るぞ、サルディバル！」

「はは……こんな場所で引きずられたら、帰り着くまでにすり減ってなくなっちまう」


死んで。死んで。死んで。更に死んで。

仲間を見捨て。その場に骸《むくろ》を残し。泣いて、喚《わめ》いて、ただただ逃げて。

挙げ句……

「──よってジンデル王国軍第七軍事法廷《ほうてい》は、元王国軍北方第三区辺境警備隊所属の魔術猟兵《りょうへい》イオリ・ウィンウッドより、銀二等位の階級を剝奪《はくだつ》の上、棄界《ゲヘナ》送りの刑《けい》に処する事を宣告するものである！」

頭上から無慈悲《じひ》にのしかかる木槌《ガベル》の音。

だがイオリは何も感じなかった。もう何もかもがどうでも良かった。

ただ──

「元ジンデル王国軍、銀二等位、魔術猟兵イオリ・ウィンウッド。罪状は『上官殺し』、刑罰《けいばつ》は『棄界《ゲヘナ》送り』……結構。資料によると、君は国境警備部隊の一人として豊富な実戦経験が在り、なおかつ、森や山において生き抜く術《すべ》を能《よ》く心得ているそうだな？」

「…………」

「君に『仕事』を頼《たの》みたい。きちんとこなせれば、君は無罪放免《ほうめん》の上、それなりの金を得る。勿論《もちろん》、新しい名前と立場も用意される。取引としては悪くないと思うが？」

……………………………………………………………

「…………ッ⁉」

押し寄せる息苦しさにイオリは意識を取り戻《もど》した。

瞬間的に回復した五感が状況《じようきよう》を伝えてくる。暗い。苦しい。冷たい。上下左右が分からない。攌《つか》めるものが無い。地面が無い。訳が分からない。混乱の最中――耳障《みみざわ》りな音を立てて無数の泡が頭上に向けて浮かんでいくのが見えた。

(……水⁉)

気絶している間に、何処か水の中に落ちてしまったのだろう――しかも足が立たない程《ほど》に深い場所に。何という運の悪さか。泳ぎの達人でもこれでは溺れるしかない。

「…………！　……！」

叫《さけ》ぼうと開いた口から、鼻から、水が流れ込んでくる。

ほとんど本能的に手足をばたつかせるが、無意味に水を搔《か》くだけで身体《からだ》が水面に向かってくれない。息苦しさからか、それとも水の冷たさに体温を奪《うば》われたからか、身体が自分の思った通りに動かないのだ。

まるで深淵《しんえん》から死神が彼を引きずり込もうとしているかの様に、光が揺れる水面はゆっくりと遠ざかり、伸ばした手もただ無為《むい》に水だけを攌み――

（……!?）

そんな彼の右の手首を――横から何者かが掴んだのは次の瞬間だった。

一瞬、息苦しさも忘れて振《ふ》り返るイオリ。

（棄界人《ゲヘナント》……!?）

そこには――一人の少女が浮かんでいた。

紫の双眸《そうぼう》が静謐な光を湛《たた》えてイオリを映している。

「…………」

眼が合うと少女は『落ち着け』と言わんばかりに小さく頷《うなず》いてきた。

その動きに誘《さそ》われ、水の中で緩やかに舞《ま》う……蒼《あお》い髪《かみ》。

その間から覗《のぞ》くのは尖《とが》り耳だ。短いが濃《こ》いめの体毛に覆《おお》われたそれは、人よりも獣のものに印象が近い。しかもこの少女は服を着ておらず、それ故《ゆえ》に、その背後には尻《しり》から生えているらしい尾《お》も見えた。

人と獣の姿を併《あわ》せ持つ者――半獣人《セリアンスロープ》とでも呼ぶべきか。

どうやらイオリが水に落ちるのを見て、助けに来てくれたらしい…………のだが。

（ば……馬鹿《ばか》か、こいつ!?）

少女は、あろう事か……小柄《こがら》な身体に身の丈《たけ》を超《こ》える程の、大剣を背負っていた。

水に飛び込むにあたって、服を脱ぐ常識は在るらしいのに、無意味な重りにしかならない剣を背負ったままとは、どういう事か。これでは溺死者《できし》が二人に増えるだけだ。

だが――

（――え？）

いきなり、少女がイオリを片手でつかんだまま、水面に向かって悠々《ゆうゆう》と泳ぎ始めた。しかも大剣は重りになるどころか、これを少女は櫂《かい》の様に使って水をかき、浮上《ふじょう》していく。

見た目と異なり、あれは木製か何かで、むしろ浮力《ふりょく》が稼《かせ》げるのか？　それとも少女の膂力《りょりょく》が尋常《じんじょう》でないのか？　分からない。息苦しさで散発的な思考しか出来ない。

そして少女に手を引かれるまま、イオリは水面まで浮上していき――

「がはっ……！」

水上に顔を出した途端《とたん》、彼は大量の水を吐《は》き出して咳《せ》き込んだ。

これで息が出来る。呼吸が出来れば術語詠唱《えいしょう》が――

「～～ッ！」

〈棄界人《ゲヘナント》〉の少女が何事か叫んでいる。

ある方向を見て叫び続けている。何度も何度も。急《せ》かす様に。

彼女が見ている方向を振り返り――イオリは目を剝《む》いた。

「……なっ⁉」

水面を二つに割る勢いで近づいてくるあれは、背鰭《せびれ》か。

だが旗の様に掲《かか》げられたその長さは、イオリの身長程もある。水面下に存在するであろう本体の大きさは、想像したくもなかった。背鰭の主がどんな生き物なのかは想像を絶するが、まさか、イオリ達と親睦《しんぼく》を深めたくて近づいてくるのではあるまい。

「………………ぬッ！」

少女は必死に剣を使って水を掻き、足で水を蹴《け》る――が、相手の方が遥《はる》かに速い。

「離れてろ！」

自らも足で水をかきながら、イオリは叫ぶ。だが棄界人《ゲヘナント》の少女には通じなかったのか、何事か叫び返すばかりで手を離そうとしない。

「くっ――」

仕方なくイオリは少女に摑まれたままの右手を強引《ごういん》に前へ突《つ》き出し、その甲《こう》に――そこに刺青《いれずみ》された小さな紋様《もんよう》に意識を集中した。

「サホコ、サロオ、サロケ、サホエ、サロケ、サイオ――疾《と》く顕《あらわ》れよ！　我が思惟《しい》に従いて！　仮初《かりそ》めなれどここに顕れよ！」

溺れた直後だったが、奇跡《きせき》的にむせる事も無く、詠唱は進んだ。

「始まりの元素、水より分かれし燃ゆる風、空へと昇《のぼ》る軽き息、今此処《ここ》に顕現《けんげん》せよ！」

掲げた右手──その掌《てのひら》のわずか先の虚空《こくう》。

そこに青白い稲妻《いなずま》が走る。小さな小さな、握《にぎ》り潰せる程度の電光。それは、元々魔術発動の際に生じる、おまけの様な現象でしかないが──それは今、イオリの魔術が生み出した仮想物質に、文字通り火を点《つ》けた。

「──！」

爆音が湖面に響《ひび》き渡《わた》り、激しく水飛沫《みずしぶき》が噴《ふ》き上がる。

イオリの魔術が生成し、右手の動きで押し出されて拡散した仮想物質が、空気と混じり合い、瞬間《しゅんかん》的に燃え上がったのである。

水面《みなも》は衝撃《しょうげき》で大きく抉《えぐ》られ、豪雨《ごうう》の如《ごと》く降り注ぐ水飛沫の中、今にもイオリ達を飲み込もうとしていた怪魚《かいぎょ》の姿が露《あら》わになっていた。

鼻先に紅《あか》い花弁の様な器官を備えた異形の──巨大《きょだい》な怪物《かいぶつ》。

眼《め》は見当たらず、その頭部は暗色の鱗《うろこ》に覆われている様だった。さすがに全身までは見えなかったが、イオリの知識にあるいかなる魚とも、それは似ていなかった。

（なんだこいつ⁉）

直撃は出来なかった様だが、追い払《はら》う程度の効果は在ったらしい。爆発《ばくはつ》に驚《おどろ》いたのか、怪魚が激しく身をくねらせながら沈《しず》んでいくのが見える。

「今だ、急ぐぞ」

さすがにこれは言葉が通じなくても伝わったか、少女は小さく頷くと、やはり大剣を使って水をかき、泳ぎはじめる。ただしイオリが泳げないとでも思っているのか、左手は彼の右手首をしっかりと掴んだままだ。

その様子を見ながら――イオリはふと眉《まゆ》をひそめた。

（……なんだ……繋《つな》がって……？）

よく見れば……大剣は、少女の蒼く長い髪と繋がっていた。

髪が結びつけられているのではない。境目が見えない。髪の一部が大剣に直接繋がっている――溶《と》け合っているかの様な印象だ。しかも少女の剣の持ち方は非常に雑なのだが、身の丈程もある剣が、まるで身体の一部の様に、なめらかに動いている。

「棄界人《ゲヘナント》…………棄界《ゲヘナ》…………か」

ため息と共に呟《つぶや》くイオリ。

それは――魔法によってのみ辿《たど》り着ける異境、現世とは異なる法《のり》と理《ことわり》の支配する異界、そして送られれば二度とは戻れぬという絶対流刑《るけい》の地に冠《かん》された名だった。

二人して岸に辿り着き——岩の上によじ登る。

呼吸を整えるべく岩の上に座り込むと、イオリは改めて自分の命の恩人を見つめた。

「………………」

小柄な少女だ。

イオリは中肉中背《ちゅうぜい》で殊更《ことさら》に背が高い方でも低い方でもないが……そんな彼に比して、少女の身の丈は頭一つ分低い。ただし華奢《きゃしゃ》という訳ではなく、全身には引き締《し》まった筋肉がついており、しなやかな獣《けもの》の如き印象が在った。

耳は尖って短い毛が生えており、髪の色も蒼。更《さら》には腰《こし》の後ろには尻尾《しっぽ》も生えている。

色々と獣じみた印象だが……顔つきそのものはそうイオリ達と変わらない。

いや、むしろ——少女はイオリの美的感覚から見てもかなりの器量好《よ》しと言えた。

彫《ほ》りは深く、目鼻立ちはくっきりとしており、何処《どこ》か気品の様なものすら感じさせる。

頰《ほお》には柔《やわ》らかな丸みが残っていて未《いま》だ幼い印象だが、切れ長で鋭《するど》い両眼のせいか——一本芯《しん》の通った、凜然《りんぜん》たる雰囲気《ふんいき》が備わっていた。

「……あー……その、なんだ、助かった。恩に着る」

　少女から少し眼を逸《そ》らしながらイオリは言った。

「……？」

　首を傾《かし》げる少女の顔には——表情が無い。

　仕草そのものは小鳥の様に可憐《かれん》なのだが、その整った顔にはおよそ感情らしい感情が浮《う》かんでいなかった。鋭い両眼のせいか、睨《にら》まれている様にすら思える。

「あ、言葉が分からない……か？」

「分かる、天使の言葉」

　と若干《じやつかん》たどたどしい口調で少女はそう言ってきた。

「天使？」

「天使、空から来る」

　少女は一旦《いつたん》、頭上を振り仰《あお》いでそう言うと——続けて視線をイオリに向けてきた。『それはお前だ』と言わんばかりの仕草だ。

（現世人を棄界人《ゲヘナント》は天使と呼んでる訳か……）

　一緒《いつしよ》に岩の上に上がってすぐ座り込んだので、イオリと少女の距離《きより》は近い。手を伸《の》ばせば触《ふ》れあえる程度だった。だが少女は更に両手を岩の上について、身を乗り出し、何の躊《ちゆう》躇《ちよ》も無く顔をイオリに近づけてくる。小さく鼻を鳴らしているのは——ひょっとして匂《にお》いを嗅《か》いでいるのか。

「天使……どうして、逃《に》げる？　眼、逸らす？」

と改めて首を傾げながら少女は尋《たず》ねてきた。

「目のやり場に困ってるんだよ。それとも誘ってるのか？」

「…………？」

表情は変わらず、しかし傾げる首の角度が更に大きくなる。

「服を着てくれ。頼《たの》むから」

イオリは自分の身体《からだ》に濡《ぬ》れて張り付いている囚人《しゅうじん》服を指でつまんでみせた。

そもそも棄界人《ゲヘナント》は服を着るという文化を持っていない、という可能性も在ったが。

「……ぬ？」

言われて今初めて気付いた、とでも言うかの様に眼を瞬《またた》かせる少女。

彼女は周囲を見回してから、すぐ後ろにある岩と岩の隙間《すきま》に手を伸ばし、そこから何かを引っ張り出してきた。目の粗《あら》い感じの布だ。どうやら水に入る際に彼女が脱《ぬ》ぎ捨てたものらしい。

少女はするりと手慣れた仕草でその衣装を身につけていく。

簡素な——そして独特の衣装だった。釦《ボタン》の類《たぐい》は特に見当たらず、まるである種の下着の

様に、腕から胸元までを覆う上と、腰回りを覆う下に分かれている。袖は長いが、みぞおちからへそに至る腹部や、太股《ふともも》は剝き出しで露出部分が多い。下着も着けていない様で、正直——イオリとしては相変わらず直視が躊躇《ためら》われる格好だった。

「天使。これでいいか？」

「……ああ」

ため息をつきながら頷《うなず》くイオリ。

では改めて、とばかりに少女は躙《にじ》り寄ってきて、彼の匂いを嗅ぎ始めた。

触れられている訳ではないが、彼女の息遣《いきづか》いが文字通りに肌《はだ》で感じられる程《ほど》の近さで、どうにもくすぐったい。だが命の恩人を邪険《じゃけん》に扱《あつか》うわけにもいかず——イオリは困惑《こんわく》しながらも、少女に匂いを嗅がれるままになっていた。

「……天使」

しばらくして満足したのか、少女はすっと身を引いて呟く様に言う。

やはり表情は微塵《みじん》も揺《ゆ》らがず、口調も抑揚《よくよう》に乏《とぼ》しい。

ただその背後で、ぱたたた、と——小刻みに振《ふ》られている尻尾に、イオリは気づいた。

気がつけば——地面の上に転がっていた。

「…………」

ユーフェミア・ワディンガムは何度か瞬きをして——これが夢でも幻《まぼろし》でもない事を確かめると、身体を起こそうと脇《わき》に手をついた。

掌から伝わる僅《わず》かに沈む様な感触《かんしょく》から、自分が硬《かた》い石畳《いしだたみ》でも板張りの床《ゆか》でもなく、柔らかな場所に倒《たお》れていたのだという事が分かる。掌を目の前に持ってきて確かめてみると、黒々とした腐葉土《ふようど》がついていた。

「……………うっ……」

身を起こし、掌を囚人服に擦《なす》り付けて土を払い落とす。それから覆面《ふくめん》——というより、のぞき穴が開けられただけの布袋《ぬのぶくろ》を、むしり取る様に外した。半ば無理矢理、布袋の中に押し込まれていた自慢《じまん》の長い金髪《きんぱつ》が解放されて、さらさらと背中に広がる。

身体に痛む場所は無い。とりあえず骨折や出血の心配は無さそうだ。

「ここは——」

ぼんやりと木々の立ち並ぶ風景を見渡《みわた》してから——ようやく自分がどういう場所に居るのかに気付いて、彼女は身を強《こわ》ばらせた。

緑。緑。緑。緑。緑。そして僅かに黒。

視界の大半を埋《う》め尽《つ》くす葉と苔《こけ》の濃緑《のうりょく》。

雑多に様々な植物が密生するばかりで、舗装《ほそう》された道や建物、標識の類は一つも見当たらない。手つかずの自然——人の手が入れられた事の無い原生の森林そのものだ。

「……棄界《ゲヘナ》……」

現世において身につけていたものは全《すべ》て——家柄《いえがら》も財産も剝《は》ぎ取られ、文字通りにその身体一つで送り込まれる絶対流刑の地。ワディンガムの家名も、騎士《きし》としての身分も、此処では何の意味も持たない。それ故《ゆえ》に棄界《ゲヘナ》送りに処せられる罪人の中には『いっそ殺してくれ』と刑吏《けいり》に懇願《こんがん》する者も居るという——が。

「そうだ……私の剣《けん》と鎧《よろい》……！」

ユーフェミアはもう一度周囲を見回してみる。

ジンデル王国の法律上、棄界《ゲヘナ》送りにおいては、現世のものは着ている服と被《かぶ》せられた覆面以外は何一つ持ち込めない決まりになっている。

だが……ユーフェミアは少し他の罪人と事情が違《ちが》う。彼女が指定した品を詰《つ》め込んだ木箱が秘密裏《ひみつり》に、そして何処か近くに送り込まれている筈《はず》だった。

ユーフェミアは木箱を探して周辺を歩き回る。

「………しかし……これは……」

今のユーフェミアは囚人服こそ着ているものの、靴《くつ》も草履《サンダル》も無く、素足《すあし》だ。この為《ため》、非常に歩きにくかった。

一歩進む毎《ごと》に、柔らかい腐葉土に足をとられる。苔を踏《ふ》めば滑る。歩調を速めて強引《ごういん》に歩けば木の根につま先が引っかかる。一歩ずつ足を意識して上げて降ろしてを繰《く》り返さねば、すぐに転んでしまいそうだった。

やがて――

「……あった！」

見覚えのある木箱が、苔むした木の根に引っかかる様にして転がっているのが見えた。何度か転びそうになりながらも木箱に駆《か》け寄ると、掛《か》け金を外し、蓋《ふた》を開けて中身を確かめる。十二歳の時に父から贈《おく》られて以来、五年間愛用してきた長剣、鎖帷子《くさりかたびら》、去年仕立てたばかりの軽装鎧一式、その他諸々《もろもろ》が詰め込まれていた。

「……父上……！」

先《ま》ず鞘《さや》に入った長剣を取り出してこれを抱《だ》きしめるユーフェミア。

現世から隔絶《かくぜつ》されたこの棄界《ゲヘナ》に在っては、これが――これだけがユーフェミアの矜持《きょうじ》と決意の拠《よ》り所だった。自分が何の為に此処《ここ》まで来たのかを、常に思い出させてくれる。

「……必ずや……必ずやイオリ・ウィンウッドを……」

しばらく剣の重みを確かめてから、ユーフェミアはこれを脇に置くと、木箱の中から黒い鎧下着を引っ張り出して囚人服から着替えていく。この鎧下着は女騎士用に軽さ重視で作られており、急所要所の多い胴体《どうたい》を覆うだけの薄手な代物《しろもの》だが――布には鋼糸が編み込んであり、耐刃性がある。これを身につけているというだけで安心感が違うのだ。同様の布地で作られた長手袋と靴下も同様に身につけていく。

続けてユーフェミアは更に兜《かぶと》、面頬《めんぼう》、籠手《こて》、長靴――と鎧を構成する部品を出して地面に並べていった。軽装とはいえ戦《いくさ》装束の装着には、手順というものが在る。

「待っていろ、イオリ・ウィンウッド。必ず貴様を――」

鎧下着の上から、革にやはり鋼片を縫い付けてある籠手、鋼板を成型した胸当てと脇当て、下着同様に鋼糸を編み込んだ白い腰布を身につけた上、金具と革帯を調節、剣を腰に吊る。

最後に鋼板製の面と面頬、それに肩当てと腰当て、それらを外装一式を身につけようと身を屈めて手を伸ばした――その時。

……がづん。

後頭部の辺りで何か妙《みょう》に硬い音がした。

不思議に思って肩越《かたご》しに振り返って――

「…………え？」

先ず見えたのは赤い『花』だった。

ユーフェミアの顔よりも大きく、肉で出来ていて、しかもうぞうぞと花弁にあたる部分の先端《せんたん》を蠢《うごめ》かせているそれを『花』と呼んで良いならば……の話だが。

その向こう側には……馬の様に長い顔が見えた。顔だろう。多分。焦茶色《こげちゃ》の鱗《うろこ》に覆われている上に眼《め》は見当たらなかったが、異形《いぎょう》の『鼻』の下には巨大《きょだい》な『顎《あご》』が見えていたからだ――分かり易《やす》くもおぞましく、鋸《のこぎり》の歯の様にびっしりと小さな牙《きば》が生え並んだ口が。

恐《おそ》らく、先程の硬い音はこれらが嚙《か》み合った音なのだろう。ユーフェミアが兜を手に取る為にしゃがまなければ、首を丸ごと持っていかれたに違いない。

頰に触れる――生臭《なまぐさ》く生温かい吐息《といき》。

「ひあっ……!?」

間抜《まぬ》けな話だが、その時になって初めて、悲鳴が漏《も》れた。

立ち上がる事無く咄嗟《とっさ》に前転したのは、日頃《ひごろ》の修練の賜《たまもの》か、あるいは本能のなせる業《わざ》なのか。その巨大な怪物《かいぶつ》が、もう一度とばかりに顎を開いて閉じたその瞬間《しゅんかん》、腐葉土の上を転がって——ユーフェミアはわずかばかりだが、その怪物と距離をとる事に成功した。

視界の端《はし》でその場に置いたままの兜を、怪物の身体があっさりと踏み潰《つぶ》すのが見えた。

「くっ……！」

咄嗟に腰《こし》の剣を抜《ぬ》いて構えるユーフェミア。

ぬっと異様な顔が持ち上がり——巨体の影《かげ》が彼女に覆い被さる。

途《と》方《ほう》も無い圧迫《あっぱく》感にユーフェミアは膝《ひざ》が震《ふる》えるのを感じた。都市部で生まれ育った彼女は、牛馬以外の人間より大きな動物と至近距離で相対した経験が無い。まして人間を頭から喰《く》う様な大型の野生動物ともなると、御伽噺《おとぎばなし》で聞いた事がある程度だ。

現実に目の前に現れたそれは……具体性を備えた『死』そのものだった。

その場でへたり込んで失禁しないだけでも立派なものだったが——

「き、騎士は、騎士は……に、逃げな………」

人馬一体、脇目《わきめ》もふらず前に向けての突撃《とつげき》こそ騎士の誉《ほま》れ。敵に背中を向けて逃げるなど恥《はじ》そのものだ。もっとも今、ユーフェミアの傍《そば》に愛馬は居ないし、迂《う》闊《かつ》に背を向ければその途《と》端《たん》に頭から齧《かじ》られそうで——じりじりと後ずさる事しか出来なかったのだが。


………う゛ううううううう……

怪物が唸《うな》りを上げる。いや。それは——本当に怪物の声なのか？

まるで羽虫が飛び回る際の音の様な、抑揚も無く、微《かす》かなもので……その巨体から発せられる声としては違和《いわ》感が強い。無論、現世と異なる理《ことわり》が支配するという棄界《ゲヘナ》の生き物だ——ユーフェミアから見れば、その大きさを含《ふく》め、何処《どこ》もかしこも違和感だらけなのだが。

「か、かくなる、上は……上は…………ッ！」

ユーフェミアは——あろう事か、一撃を浴びせるべく前に踏み出していた。

狙《ねら》うは相手の頭部だ。特に柔《やわ》らかそうなあの紅《あか》い『花』の部分。

勿論《もちろん》、剣一本でこの人間を丸かじりする様な怪物を倒せると考えた訳ではない。ただ斬《き》り付けて怯《ひる》ませる事が出来れば、追い払《はら》う事も出来るのではないか、と考えたのだ。昔、猟師《りょうし》が鉈《なた》一本で必死に斬り付けて熊《くま》を追い払ったという逸話《いつわ》を聞いた事があった。

「——ッ！」

裂帛《れっぱく》の気合いと共に、矢の如《ごと》き速さで鞘から解き放たれる白刃《はくじん》。

斬撃《ざんげき》は——会心の出来映《できば》えだった。

愚直《ぐちょく》に繰り返してきた日頃の修練の成果か、彼女自身の緊張《きんちょう》や動揺《どうよう》とはまるで無関係に、剣は綺麗《きれい》な弧《こ》を描《えが》いて相手の横面《よこつら》に斬り込んでいく。速度も角度も申し分ない。ユーフェミアは、相手の黒く異様な顔が深々と切り裂《さ》かれて血を噴《ふ》くのを確信し――

「――え?」

相手の顔の『花』が瞬間的に、まるで亀《かめ》の首の様に、内側へと引き込まれて消える。

同時に剣はそのまま相手の横面に達した。

「………!」

姿勢が――崩《くず》れる。

剣は相手の顔に微塵も食い込んではいなかった。刃《は》は相手の鱗に覆われた顔の上を滑《すべ》って無意味な方向に抜けてしまったのだ。最悪な事に、勢い余って虚空《こくう》を薙《な》ぐ剣に引きずられ、ユーフェミアは怪物の口元に己《おのれ》の身を差し出す事になってしまった。

いただきます――とばかりに開かれる怪物の顎。

「………!!」

駄目《だめ》だ。喰われる。死ぬ。こんな所で。

ユーフェミアは硬直《こうちょく》しながら頭の中が真っ白になるのを感じていた。

●

名を問われた少女は――『タビタ』とだけ答えてきた。

「お前を呼ぶ時は、タビタ……でいいのか？」

「……いい」

と少女は肩越しに振《ふ》り返ってそう言ってきた。

「分かった。俺の名はイオリ・ウィンウッド……イオリと呼んでくれ」

タビタの少し後ろを歩きながら、イオリは自分からそう名乗った。

イオリは今……湖畔《こはん》を離《はな》れ、鬱蒼《うっそう》と木々の生《お》い茂《しげ》る森の中へと足を踏み入れていた。

とりあえずは水に落ちて濡《ぬ》れた服を乾《かわ》かしたい、そして何か足に履くものを手に入れたいと訴《うった》えると、タビタは小さく頷《うなず》いてこちらにイオリを案内してきたのだ。

（……俺の『荷物』も何処かに落ちている筈だが……）

歩きながらイオリは——周囲を見回し、自分と一緒《いっしょ》に送られた筈の木箱を探してみるが、それらしいものは何処にも見当たらなかった。

（さっきの湖に沈《しず》んだか？　これだけは箱に入れずにおいて正解だったな）

イオリは自分の右手の薬指に塡《は》めた指輪に眼を向けた。

装飾品《そうしょく》と呼ぶには少々無骨な代物《しろもの》である。輪と言いつつも外形は正六角形で、複雑な紋《もん》様《よう》がびっしりと彫《ほ》り込まれている。元々はイオリの持ち物ではない。今回の『仕事』を受けた際に与《あた》えられた品だった。

「──此処」

ふと──立ち止まってタビタが言ってくる。

彼女の脇《わき》から見遣《みや》ると、そこには小さな天幕《テント》が一つ在った。

天幕といっても人間が一人座れる程《ほど》の──座ればそれで一杯《いっぱい》になりそうな代物だ。身体《からだ》を伸《の》ばして眠《ねむ》るのさえ難しいだろう。三本の棒を組み合わせて上から布を被せただけだ。

奇妙《きみょう》なのは──天幕が地面の上に直接ではなく、地面に露出《ろしゅつ》した大樹の根の上に設置されている事だった。中で休むにしても平らでないと落ち着かないと思うのだが、何か地面を避《さ》ける理由が在るのだろうか。

(毒虫避《よ》けの類《たぐい》か……?)

などと考えるイオリに──

「…………ん」

とタビタは布を二枚ばかり差し出してくる。

どうやら天幕と同じ織物で、端《は》切《ぎ》れの様だった。これを使って革靴《かわぐつ》ならぬ布靴《ぬのぐつ》でも作れという事らしい。すぐすり減って穴が空いてしまうかもしれないが、こんな原生林の中でこれ以上を望むのは贅沢《ぜいたく》というものだ。

きちんとした靴や替《か》わりの服は、いずれ何処かの街なり村なりで手に入れるしかないだろう——この棄界《ゲヘナ》にそんなものが在ればの話だが。

「タビタは此処で暮らしている訳じゃないよな？　何処かに街とか村とか無いのか？」

「村、もっと東」

身体を乾かす為《ため》に、たき火をしようというのだろう——タビタは落ち葉や細い樹《き》の枝を集めると、火打ち石らしきものをカチカチと打ち合わせている。

「……やっぱり狩《か》りか何かの最中か？」

イオリは改めて周囲を見回す。どちらを向いても鬱蒼と生い茂る木々ばかりだ。昼日中だが陽光の半ばは木々の枝葉に遮《さえぎ》られ、何処か薄暗《うすぐら》い雰囲気《ふんいき》が在る。此処《ここ》ならばいろいろな獣《けもの》が暮らし——あるいは潜《ひそ》んでいる事だろう。

「…………」

ふとタビタは——眼を瞬《またた》かせる。

「——イオリ。早く此処、離れる、早く」

そして火打ち石を下ろすと、唐突《とうとつ》にそんな事を言い出した。

「タビタ、忘れてた。奴《やつ》、危ない、タビタの匂《にお》い、覚えてる」

「何だいきなり？　奴って——」

「追ってくる、すぐ。危ない——獣」

そこでタビタはわずかに——ほんのわずかにだが目を伏《ふ》せた。

「タビタ、迂闊。許して欲しい」

「……いや……よく分からないんだが……」

断片《だんぺん》的な言葉から察するに、タビタは何か危険な獣に追われていて、一緒に居るとイオリも巻き込まれるから逃《に》げろ……という事か。どうやらイオリに気を遣《つか》っているというか、イオリの身を案じてくれている様なのだが——そんな状況《じようきよう》で、よく見ず知らずの現世人を助けるべく湖に飛び込もう、などと思ったものである。

「タビタ……本物の天使、会いたかった」

耳も若干《じやつかん》伏せ気味にして棄界人《ゲヘナント》の少女はそう言った。

「本物？　本物って——」

「天裔《ネフイリム》と違《ちが》う……空から来た天使、堕天使《だてんし》、天使階段《エンジェル・ステアウエイ》で降臨する天使、見たの初めて……だから、もっと見たい、話したい、天使の事、天界の事、聞きたい、色々、でも時間……無い」

細かい事情は分からないが、タビタはどうやら天使に——現世から送られてきた流刑者《るけい》に強い興味を持っているらしかった。イオリを助けたのもそれが理由なのだろう。

「……タビタ」

イオリはタビタの前でわずかに腰をかがめて視線の高さを合わせる。

互《たが》いに鼻先が触《ふ》れるかの様な距離《きょり》で顔を向かい合わせたのは、恐らくその方がタビタが安心すると思ったからだ。相手の匂いや体温を感じられる距離。上からではなく下からでもなく、同じ高さから向ける視線。言葉の通じない幼児や動物相手に自分の好意や誠意を伝える為の、最も簡単な方法である。

「危険だっていうなら、お前はどうなんだ？　お前一人で、その——そいつをやっつけられるのか？　そいつは、お前の匂いを追ってくるんだよな？」

「…………」

タビタの尻尾《しっぽ》が力なく垂れ下がるのが見える。

「俺が足手まといだってんなら、お前の邪魔《じゃま》にならないように離れるが。もしお前を追ってくるって奴がお前の手に余る——お前一人じゃ相手をするのが難しいのなら、俺が手伝ってもいいぞ」

「…………」

タビタが何度も眼《め》を瞬かせながらイオリを見つめる。

驚《おどろ》いたのか。呆《あき》れたのか。やはり表情らしい表情は無いが——

「お前は湖に落ちた俺を助けてくれたろう？」

「それはタビタが天使の話を――」

「恩返しだ恩返し。分かるか？　お前にどんな理由が在るかなんか知らない。どうでもいい。俺は助けて貰《もら》った。嬉《うれ》しかった。だからお前にも嬉しい事をしたい」

イオリはタビタの台詞《せりふ》に覆《おお》い被《かぶ》せる様に言った。

「それからもう一つ、こっちはもっと切実というか、単純な……実利だ」

イオリは頭上を指さす。

晴れ渡《わた》り雲一つ無い空――透《す》き通る蒼《あお》い虚無《きょむ》。

「俺はこの世界の事をよく知らない。お前の言うとおり『天』から来たからな。俺一人じゃこの後、どっちに行けば良いのかも分からない。着替《きが》えの服も無ければ、飯を作る道具も無い。下手をすればそのまま行き倒《だお》れだ。だから――助けてもらっておいて、更《さら》に頼《たの》み事ってのは気が引けるが、色々教えて欲しいんだよ。此処の事を――この世界の事を」

「………」

「実は俺には此処で『仕事』が――やらなきゃならない事が在る。だから死ねない。死にたくない。その為にはお前に死なれたり、怪我《けが》されても困るし、離れたくない」

「イオリは……タビタと一緒に居たい？」

首を傾《かし》げてタビタが尋《たず》ねてくる。

「え？　あー……まあ、そう、かな？　とにかく、お前を狙《ねら》ってくるその獣——一人で返り討《う》ちにしてやろう。お前が良ければ、だが」

イオリは大きく頷いてみせながらそう言った。

タビタはしばらく何事か考えていた様だが——

「——嬉しい」

そう言うタビタの顔は、言葉に反してやはり無表情のままだ。

ただ——ぱたた、と再び彼女の背後で尻尾が軽快に振られているのが見えた。

●

喰《く》われる。頭から。生きたまま。

勝てない。逃げられない。避けられない。

千々に乱れて真っ白になるユーフェミアの意識。

絶望的な予想は一瞬《いっしゅん》の後に、無残極《きわ》まりない現実になる——筈《はず》だった。

「…………困ったものです」

何処《どこ》かで誰《だれ》かがそう呟《つぶや》くのが聞こえた。聞こえたような気がした。

同時に、左手が……というより左胸から左肩《ひだりかた》を含《ふく》む左半身が、ユーフェミアの意思とはまるで無関係に動いていた。迫《せま》り来る怪物《かいぶつ》の顎《あご》に向けて、懐《ふところ》から取り出した細長い針を放ったのだ。しかも二本同時に放たれたそれは……怪物の牙《きば》をかすめつつもその奥に蠢《うごめ》く赤黒い舌に命中していた。


〜〜〜〜〜〜〜〜〜〜〜〜〜〜〜ッ！


先の低い唸《うな》りとは異なる明らかな吠《ほ》え声が、怪物の喉《のど》から迸《ほとばし》る。

獲物《えもの》を齧るのを中断し、がつんがつんと牙を噛《か》み鳴らしながら頭を振《ふ》りたくる怪物。針とはいえ神経が集中しているであろう舌への一撃《いちげき》はかなり効いたらしい。

「えっ……？」

その間にもユーフェミアは左肩から身体を地面に投げ出し、転がって、再び距離をとる事に成功していた。真新しい鎧《よろい》が腐葉土《ふようど》まみれになったが、そんな事を気にしている余裕《よゆう》は無い。

むしろ——

「い……今のは……？」

今の——一連の動きは何だったのか。

いや。そもそも自分はどうしてあんな武器を——暗器と呼ばれる隠《かく》し武器の類を持っているのか。ユーフェミア自身にはまるで覚えが無い。そもそも暗器は騙《だま》し討ちか護身用の武器であって、常日頃《つねひごろ》から帯剣《たいけん》を許されている騎士《きし》が持ち歩く様なものではない。

「い、いや、それよりも……」

だが今はそんな事に思い悩《なや》んでいる場合でもないだろう。

先の一撃で嫌《いや》という程《ほど》に思い知らされた。ユーフェミアの剣はこの怪物に通用しない。針の一撃もあくまでも束《つか》の間、怪物の気を逸《そ》らす事が出来た程度で、この後何度も使えるものではない——というか、そもそもユーフェミアは投げ針などという技術を覚えた記憶《きおく》が無い。もう一度やれと言われて意識的にやれるものでもなかった。

となると——

「こ、これは、これは、逃走《とうそう》ではない！」

こちらを見失ったのか、再びあの紅《あか》い『花』を開いて太い首を左右に動かす異形《いぎょう》の怪物に——恐怖《きょうふ》やら何やらで色々惑乱《わくらん》中のユーフェミアは、剣の切っ先を向けて叫《さけ》んだ。

「逃げるんじゃないからな、ええと、ええと、そう、せ、戦術的、戦術的撤退《てったい》だ、戦術的撤退だからな！　逃げるんじゃなくて──」

怪物の、紅い花弁の様な器官を備えた顔が、ゆっくりとユーフェミアの方を向く。

「だから、だから、は、恥《は》ずかしくな──あああああ⁉」

獲物の口上なんぞ聞く義理もないと、猛烈《もうれつ》な勢いで突進《とっしん》してくる怪物を目《ま》の当たりにして──ユーフェミアは、今度こそ悲鳴を上げながら原生林の中を駆《か》け出していた。

●

まず最初に一つ誤解が在った。

「イオリ──狩《か》り、出来る？」

「出来る。さっきも、あのけったいな魚を追い返しただろう？」

イオリは、はっきりと頷《うなず》いてみせた。

彼は魔術猟兵《りょうへい》だ。

魔術猟兵は危険地帯に潜《ひそ》んで敵の動向を探《さぐ》る偵察《ていさつ》任務も多く、食料を現地調達する技術も必須《ひっす》だ。弓矢や魔術を用いての狩りのみならず、罠《わな》を仕掛《しか》ける事も出来る。

「魚……？」

「さっき湖で俺達を襲《おそ》ってきただろ」

首を傾げるタビタにイオリは──顔の前に指を広げた両手を添《そ》えて言った。指をわさわさと動かしてみせれば、あの怪魚《かいぎょ》の鼻先、紅《あか》い肉の花に見えない事もないだろう。

「あれが、奴」

と──タビタは言った。

「……は？　奴って……ちょっと待て。あれ、魚じゃなかったのか？」

「地竜。土に潜《もぐ》る。水にも潜る」

「……なんだそれ⁉」

イオリの──現世の知識ではどうにも想像がつかない。

「その地竜ってのは……どんな生き物なんだ？」

「美味《おい》しい」

「いや、味を聞いてるんじゃなくてな？」

それからタビタから聞きだしたところによると──あれは蜥蜴《とかげ》の一種であるらしい。

水辺に棲《す》む爬虫類《はちゅうるい》は現世でも珍《めずら》しくはないが、あの怪物は蜥蜴はおろか、鰐《わに》にも蛇《へび》にも似ていなかった。しかも魚類の様に背びれが在る。

そして地竜は──執念《しゅうねん》深いそうだ。

諦《あきら》めるという事を知らず、一度獲物と定めた相手は延々と追っていくのだという。タビタは……というよりタビタの属する部族は、地竜のそんな習性を利用して自らを餌《えさ》に、罠へと誘《さそ》い込んでこれを狩るのだとか。随分《ずいぶん》と大胆《だいたん》で豪快《ごうかい》な狩猟《しゅりょう》法だ。

だが――

「ひょっとして……地竜は湖でもタビタを襲ってきたんじゃないのか？」

「……ぬ？」

と首を傾げるタビタ。『それがどうしたのか？』とでも言わんばかりだが。

「だから……俺は単に巻き込まれただけなんじゃないのか？」

「……………………………あっ」

要するに――タビタが狩りの途中《とちゅう》でイオリの所に来てしまった為《ため》、地竜まで引っ張ってきてしまったという事だ。イオリは完全にタビタに巻き込まれた事になる。一方で地竜からしてみれば、なぜだか知らないが獲物が二匹《ひき》に増えた、程度の認識《にんしき》なのだろう。

「…………イオリ」

タビタの尖《とが》り耳が力なく下がる。尻尾《しっぽ》もだった。

表情は変わらない癖《くせ》に、何というか、その姿は意気消沈《いきしょうちん》してますと言わんばかりだ。しかもタビタは上目遣《うわめづか》いにこちらを見つめてきた。睨《にら》まれている様にも見えるが、これは『怒《おこ》ってる？』とこちらを窺《うかが》っているのだろう。

「あー………」

イオリはため息をついた。

「わざとではないんだろ？　俺を、裏切ったり罠に塡《は》めたりした訳でもないよな？」

「違《ちが》う――勿論《もちろん》」

「ならいい。間違いは誰にでも在る。気にするな。いいから手を動かせよ」

「イオリ――」

ぱたたた……と再び軽快に振られる尻尾。

顔に表情が出ないだけで、案外、素直《すなお》で分かり易《やす》い少女だった。しかも結構、うっかりしているというか、変なところで間が抜《ぬ》けている。相棒や仲間として考えると不安な部分は在るが……人懐《ひとなつ》っこい駄犬《だけん》の様で、何だか憎《にく》めない感じだ。

「………」

それから二人は――黙々《もくもく》と罠の設置作業を進めていった。

どうやらイオリを助けた時点で元々作業の途中だったらしく、罠を張る為の『部品』は概《おおむ》ね揃《そろ》っていた。地竜から逃《に》げ回りつつ、樹《き》の枝を切り、蔓《つる》を手繰《たぐ》り寄せ、縄《なわ》を編み、あるいは樹の幹に背中の大剣を何度となく打ち込んで切り倒《たお》し……そうやって準備してきたのだろう。後はこれらを罠の形に組み合わせるだけだ。

「ところでタビタ、お前の部族ってのはあんな大物を一人で狩るのが普通《ふつう》なのか？」

「………………」

ふと問うた途端《とたん》に、タビタの手が止まる。

表情はやはり変わらない。だが、イオリは自分が触《ふ》れるべきではない部分に触れてしまったらしいと直感した。作業の間、ぱたぱたと楽しげに振られていた尻尾が、力なく垂れ下がってしまったからである。

「……それは」

「いや、まあ、それはどうでもいい。とにかくこの罠を――」

「タビタ、実は困っていた」

タビタの口調はやはり淡々《たんたん》としたもので、特に変化は無い――が。

「だからすごく嬉《うれ》しい。すごくすごく嬉しい。イオリが手伝ってくれる事」

そう言ってじっとタビタはその切れ長の両眼《りょうめ》でイオリを見つめてきた。

まるで睨まれているかの様にも見えるが、彼女の尻尾がぱたぱたと再び左右に振られるのを見ると、言葉通りに喜んでいるのだろう。

「……ああ、まあ頑張《がんば》ろう」

とりあえずイオリは苦笑《くしょう》してそう答えておいた。

「それにしても――これが『罠』か」

力任せに縄を引っ張りながらイオリは呟く。

〈地竜〉狩りの罠は――端的《たんてき》に言えば、巨大《きょだい》な『振り子』であり『木槌《ハンマー》』だった。

切り倒した樹木――その一本を縄で縛《しば》り、他の樹木の枝を介《かい》して、つり上げ、振り子のごとく動く様にする。そしてこの『木槌』を更《さら》に別の縄に引っかけ、上げられる一杯《いっぱい》まで引き上げておく。地竜が罠の圏内《けんない》に入ってくれれば、後の方の縄を切り――破城槌《つい》のごとく、落下の勢いで太い木の幹をぶち当てて、昏倒《こんとう》させるのが基本の使い方だそうだ。

「……落とし穴とかの方が良くないのか？　中に上向きに尖った樹の枝とか立てて」

とりあえずそう問うてみたが――タビタはこれをあっさりと却下《きゃっか》してきた。

地竜の鱗《うろこ》は非常に頑丈《がんじょう》らしく、普通の刃物《はもの》は通らず、矢も刺《さ》さらないという。

そして当然……地に潜る生き物を、ただ落とし穴の類《たぐい》に落としただけでは何の意味も無い。即座《そくざ》に横穴を掘《ほ》られて逃げられるだけだ。

毒餌の類も確実性に欠ける。

だからこそ、太い木の幹をぶち当てて、相手が弱っている隙《すき》に、眼や口の中といった鱗に覆《おお》われていない急所を突《つ》くのが、タビタ達の地竜狩りなのだとか。

やはり豪快である。大雑把《おおざっぱ》とも言うが。

「というか逃げろよ。わざわざそんな化け物狩ってないで。もっと獲物に手頃《てごろ》な生き物とか居ないのか？」

「地竜の肉、とても美味しい」

「それは聞いたが――」

「地竜の骨、頑丈、とても」

「……まあ、あの巨体を支えてるんだしな」

生半可な骨格ではあの巨体を支え切れまいし、支えられたとしても、今度は動く事に耐《た》えられまい。一歩歩くたびに骨折する生き物など存在している筈《はず》も無かろう。

タビタによると地竜は鱗も非常に頑丈で、加工すれば骨、鱗、牙《きば》、爪《つめ》は非常に硬《かた》く、いずれも良い武器になるのだとか。他にも目玉や内臓は薬にもなるというし、捨てるところが無い位に利用出来る生き物らしい。

要するにイオリの眼から見れば立派な怪物《かいぶつ》だが、タビタ達の眼から見れば、ごく当たり前に生きる糧《かて》を提供してくれる、有り難《がた》い獲物《えもの》だという事だ。

「タビタの部族、地竜を狩れて一人前」

とタビタは言う。

（しかし……こんな大掛かりな罠、小娘《こむすめ》一人に張らせるとか、やっぱりおかしいだろ。そ

の部族の大人ってのは何考えてるんだ？　普通は一人で狩る様なもんじゃないらしいし）

タビタと共に木の幹に縄を縛り付けながらイオリは考える。

見た目以上にタビタは力が在る様だが――さもなくばあんな大剣は振《ふ》れまい――大樹を切り倒し、その丸太を縛って吊《つる》すなど、少女一人に可能な労働とも思えない。イオリが来なかったら、タビタは一体、どうする積もりだったのか。

「とにかく、この……」

イオリが縄の結び目を確認しながら顔を上げてタビタの方を見る。

そして――

「えっ……？」

一瞬《いっしゅん》、イオリは我が眼を疑った。

タビタの背後に、何色もが入り交じった斑《まだら》模様の何かが――というか斑模様の人影《ひとかげ》が、猛烈《もうれつ》な勢いでこちらに近づいてくるのが見えたからだ。

しかも――

「貴様は……イオリ・ウィンウッド⁉」

それは、あろう事か彼の名を呼んできた。

よく見れば、人影は元から斑模様なのではなく、軽装の鎧《よろい》を身に帯びた上で、何度も転んだのか、腐葉土《ふようど》やら泥《どろ》やらであちこち汚《よご》れているだけの様だった。白い顔も泥に汚れているので人相が判然としないが、緩《ゆる》やかに波打つ長い金髪《きんぱつ》と、そして何よりも彼の名を呼んだ声にイオリは覚えが在った。

「ユーファ……いや、ユーフェミア!?」

「イオリ・ウィンウッド!! ここで出会うたが貴様の運の尽《つ》きッ！」

その人物は――土と泥で汚れまくった女騎士《きし》は、剣を掲《かか》げて高々と叫《さけ》んだ。

「我が父の仇《かたき》ッ!! 覚悟《かくご》ッ！」

「覚悟って、そもそも、お前が何で……」

此処《ここ》に居るのか。

「……って、まさか……!?」

此処は棄界《ゲヘナ》で、そして現世の人間が此処に来る手段はたった一つしか無い。

棄界《ゲヘナ》送りの刑《けい》に処せられること。つまり――

「お前、あの中に紛《まぎ》れ込んでたのか!?」

イオリと同時に棄界《ゲヘナ》送りの処せられ、魔法《まほう》転移を受けたのは十一人。

棄界《ゲヘナ》送りの罪人は、慣習的に眼の部分だけ孔《あな》を開けた覆面《ふくめん》――というか布袋《ぬのぶくろ》を被《かぶ》せられて刑場に引っ立てられる為、イオリも他の十一人の顔は知らなかったのだ。

「馬鹿《ばか》な真似《まね》を……！」

「馬鹿は貴様だ、イオリ・ウィンウッド！　今日こそ貴様を！　貴様を！　貴様――」

色々と問い質《ただ》したい事が在る。

なのでまずはユーフェミアを取り押さえねばならない。馬鹿正直に正面から突っ込んでくる女騎士を見ていると、阿呆《あほ》らしくて魔術で迎撃《げいげき》する気にはとてもならなかったが。

どうしたものか、とイオリが躊躇《ちゅうちょ》している内にユーフェミアは目の前にまで達し――

「は………？」

しかし彼女は、イオリの横を――剣を手にしながらも、何故《なぜ》か斬《き》りかかる事も無く、全力疾走《しっそう》で通り過ぎていく。

「おい⁉」

拍子抜《ひょうしぬ》けしたイオリが思わず振り返って声を掛《か》ける。

ユーフェミアはしかし肩越《かたご》しに振り返りながら、こう叫んできた。

「きょ、今日の所はこれ位にしておいてやるっ！」

「何言ってんだお前は⁉」

「イオリッ！」

タビタの声で我に返るイオリ。

地面が爆発的《ばくはつ》に膨《ふく》れあがったのは、反射的に彼が飛び退《の》いた次の瞬間だった。

「地竜……！」

猛烈な水飛沫《みずしぶき》――いや土飛沫を上げながら地面の下から飛び出してきたのは、湖で一度遭遇《そうぐう》したあの怪物だった。

イオリの目の前でその巨体が跳《は》ねる。

鱗に覆われた黒い巨体が、轟然《ごうぜん》と空気を抉《えぐ》り抜きながら大きな弧《こ》を描《えが》き、イオリの頭上を飛び越えて再び着地。やはり大量の土を跳ね飛ばしながら再び地中に消えた。

どうやら地竜は――ユーフェミアを獲物として追ってきたらしい。

「何が執念《しゅうねん》深いだよ⁉　節操無いな⁉」

タビタやイオリを追っていた筈ではなかったのか。

まあ中々仕留められない獲物よりも、目の前に狩《か》り易そうな餌《えさ》がひょいと現れれば、とりあえずそちらを追うのは当然かもしれないが――

「……⁉」

イオリの罵倒《ばとう》が聞こえた訳でもなかろうが。

もこりと土が盛り上がり、これを割り開きながらあの紅《あか》い肉の花が咲《さ》いた。

そういえば、此処にも餌が……とでも言うかの様に、地竜は鼻先の感覚器官を動かしながらずるずると身体《からだ》を地中から引き出してイオリ達の方に向き直る。

「何してくれてんだ、あいつは⁉」

走り去っていくユーフェミアの方に一瞬眼を向けてからイオリは怒鳴《どな》った。

要するに彼女は……それと意図してではないものの、未《いま》だ罠《わな》の完成していない所にわざわざあの地竜を連れてきてしまったという事だ。

「どいつこいつも……！　俺の所にバケモノを引っ張ってくるのが流行なのか⁉」

「イオリ！」

タビタがイオリの名を呼んでくる。

水面に跳ねる魚の様に、再び地中から飛び出し、イオリ達の方に猛然《もうぜん》と突っ込んでくる地竜。咄嗟《とっさ》に左右へ跳《と》んでこれを躱《かわ》したイオリとタビタだが——さすがに作りかけだった罠を護《まも》る様な余裕《よゆう》は無い。地竜の巨体で縄《なわ》や蔓《つる》を引き千切られ、何本かの木を根元からへし折られ……完成前だった罠は一瞬で修復不能な位に崩壊《ほうかい》していた。

「イオリ！　逃《に》げる！」

「分かってる！」

あの罠はもう諦《あきら》めるしか無い。イオリはタビタと共に、地竜に背を向けて真《ま》っ直《す》ぐ——奇《く》しくもユーフェミアが走り去ったのと同じ方向へと全力疾走を開始した。

「……まいた……か……？」

この原生林の中では比較的《ひかくてき》大きな——数人で手を繋《つな》がねば囲みきれない程《ほど》に太い樹《き》の幹に背中を預けながら、イオリは眼を細めて呟《つぶや》いた。

樹の周囲、イオリ達の足下《あしもと》は複雑に盛り上がった硬い木の根で占《し》められている。さすがにこの真下から地竜がいきなり飛び出してくるという事は無いだろう。

小山の様な高さの樹を支える以上、根も相当に頑丈らしく、歩いて足の裏から伝わってくる感触《かんしょく》は、岩の様だった。表面は苔《こけ》に覆われているので、滑《すべ》りやすいのが難点だが。

(天幕が木の根の上だったのも、地竜にいきなり足下から襲《おそ》われるのを避《さ》けて……か)

周囲を警戒《けいかい》しつつも、ふとそんな事を考えるイオリ。

「……油断は駄目《だめ》」

タビタもまた周囲を警戒して見回して——というか耳と鼻を微《かす》かに動かしながら、聞き回し、あるいは嗅ぎ回している。

地竜は地上と地下の双方《そうほう》を行き来しながら獲物を追ってくる。今その姿が見えないからといって、確かに油断は禁物だ。多少の時間稼《かせ》ぎが出来た——位に考えておくべきか。

（……とりあえず逃げ方は分かったが……）

そもそも地竜という生き物は、どうやらあまり敏捷《びんしょう》ではない様だ。人間を一呑《ひとの》みしかねない様な巨体である為《ため》に、一歩の歩幅《ほはば》は大きく、四本足の獣《けもの》だけあって不整地にも強く、最終的に出せる疾駆《しっく》の速度は人間より上だ。しかし良くも悪くも陸上ではその巨体が同時に仇《あだ》となっていて、自身の大きさ、重さに振り回される傾向《けいこう》があった。加速するにも時間がかかる、そして一旦《いったん》速度が乗れば乗ったで曲がる、止まる、といった行動に手間取るのだ。

要するに、猪突猛進一辺倒《ちょとつもうしんいっぺんとう》で小回りが利《き》かない。

だから真っ直ぐ逃げるのではなく、小刻みに右に左にと逃げ回れば、方向転換《てんかん》するだけでも地竜は遅《おく》れる。タビタがそうやって地竜を引き離《はな》すのを見たイオリは、概《おおむ》ね『地竜に追われた際の逃げ方』というものを覚えていた。

（そもそも逃げ方が在るから、自身を餌にして狩るなんて方法が成り立つ訳だしな……）

考えてみれば、執念深いというのも、そういう獲物に逃げられやすいという弱点を補う為の習性なのだろう。

「……というか……」

イオリはタビタとは反対側を——自分と同様に大樹の幹に背中を預け、その根元に半ば座り込む様な状態で荒《あら》い息をついている人物を振り返った。

「何故……お前が此処にいる？」

「し……知れた……事……！」

女騎士は表情を引き締《し》めると、慌《あわ》てた様に立ち上がり、そして足下の苔に滑って尻餅《しりもち》をついた。がちゃんと彼女の着ている軽装の鎧が木の根に当たって音を立てる。

「痛っ……!?」

「何やってんだ……」

「き、貴様を追ってきたからだ……イオリ・ウィンウッド！」

その言葉を聞いたイオリはしばし半眼でユーフェミアを眺《なが》めていたが。

「…………馬鹿？」

「馬鹿とはなんだ!?」

再び立ち上がろうとしてまた滑り、尻餅をつくユーフェミア。

「い……痛い……」

「馬鹿以外の何者でもないだろ。俺を追ってだ？　わざわざこんな所まで？　あの時棄界《ゲヘナ》送りされた十二人の内にお前も交じってたんだな!?」

「そうとも！　気がつかなかっただろう！」

と叫ぶユーフェミアは何故か得意げである。

「ああそうだな、お前がそこまで阿呆《あほう》だとは気がつかなかったよ！」

イオリが知る限り、ユーフェミア・ワディンガムは棄界《ゲヘナ》送りに処せられる様な重犯罪に手を染める様な娘《むすめ》ではない。真面目《まじめ》が服を着て歩いている様な性格なのだ。

恐《おそ》らくユーフェミアは、イオリを追いかける、ただその為だけに何らかの方法で重罪人の立場を手に入れ、イオリと同じ時に棄界《ゲヘナ》送りに処せられる様に手配したのだ。

地位も名誉《めいよ》も財産も、そして自分の未来の可能性をも投げ棄《す》てて――

「救いがたい愚《おろ》かさだな！」

「……イオリ。静かにする」

再びタビタがそう口を挟《はさ》んでくる。

「……悪かった」

ため息をついてイオリは言った。

確かに、こんなところで大声で口喧嘩《くちげんか》していては地竜に見つかってしまう恐れが在る。

折角稼いだ時間をわざわざ自分から放棄《ほうき》する愚行《ぐこう》だ。

「イオリ・ウィンウッド！　その娘は何だ⁉　棄界人《ゲヘナント》の――」

だがそんな事は知らない、とばかりにユーフェミアがタビタを指さして、大声で問うてくる。ついでに再び立ち上がろうとして、また滑って尻餅をついた。

「懲《こ》りろよお前は……」

「イオリ。この女も天使？」

タビタは――自分に突《つ》きつけられたユーフェミアの指先に鼻を近づけてきてその匂《にお》いを嗅ぎ始める。尻尾《しっぽ》はぱたぱたと小刻みに振《ふ》られていた。喜んでいるのだろう。

「……な、なに？」

思わず気圧《けお》された様に手を引っ込めるユーフェミアだが、タビタはイオリの膝《ひざ》の上に身を乗り出す様にして、ユーフェミアの方へ顔を近づける。

「その娘はタビタだ。お察しの通り棄界人《ゲヘナント》で、あの化け物を狩っている最中なんだとさ。でもって彼女には俺達が天使に見えてるらしい。まあ実際――棄界《ゲヘナ》側からは、空から降りてくる様に見えるみたいだしな」

「天使？　馬鹿《ばか》な、この男はそんな良い存在《もの》ではない、ただの罪人――」

「お前もな。棄界《ゲヘナ》送りになったたって事はそういう建前になってる筈《はず》だろ」

「………………」

イオリの言葉に黙《だま》り込むユーフェミア。

しばしタビタはイオリと彼女を交互《こうご》に眺めていたが――

「女天使は――イオリの嫁《よめ》？」

首を傾《かし》げてタビタが問うてきた。

「「なんでそうなる⁉」」

反射的に出た叫《さけ》び声が綺《き》麗《れい》に重なった。

さすがに驚《おどろ》いたのか――眼《め》を瞬《またた》かせて固まるタビタ。それから彼女は首を傾げ何かを探《さぐ》る様な口調で尋《たず》ねてきた。

「……この天使……イオリ追いかけて……イオリが大事だから……？」

「あー……違《ちが》う。そういう関係じゃない」

右の掌《てのひら》で顔を覆《おお》ってイオリは呻《うめ》いた。

「逆だ。むしろ敵だよ。追ってくるのが嫁だってんなら、あの地竜はタビタの嫁か？」

「……………納得《なっとく》した」

とタビタは頷《うなず》いてから、改めてユーフェミアの方を見る。

「女天使――」

「わ、我が名はユーフェミア・ワディンガム、名誉在るジンデル王国の騎《き》士《し》だ！」

と胸元《むなもと》に手を当てて何処《どこ》か得意げに言うユーフェミア。

「ワディンガム家は代々騎士が輩出《はいしゅつ》してきた家柄《いえがら》で――」

「お前は元だろ。どうせ棄界《ゲヘナ》送りの時点で騎士称号《しょうごう》は剝奪《はくだつ》されてんだろうし」

「だ、黙れ！　私個人は肩書《かたが》きは失おうと、ワディンガムの血統に息づく騎士の魂《たましい》は不滅《ふめつ》だ！　我が血、我が心、我が魂は、生まれついてより騎士の——」

「イオリはタビタの仲間。食べられたら困る」

「……は？」

タビタの言葉に眉《まゆ》をひそめるユーフェミア。

対してタビタは無表情に、淡々《たんたん》と、ユーフェミアを見つめて言った。

「ユーフェミアはイオリを食べる為に追ってきた」

「だ、誰《だれ》が食べるか！　こんな、こんな——」

「…………イオリ？」

話が違うではないか？　とでも言うかの様にイオリを振り返って首を傾げてくるタビタ。

「あー……後で詳《くわ》しく説明するけど……こいつは俺を喰《く》ったりはしない。俺もこいつを喰ったりしない。まあ要するに、こいつは俺が嫌《きら》いだから、俺を追いかけてきただけだ。喰いはしないが、俺を殺したいと——狩《か》りたいと思ってるらしい」

「………………」

よく分からない、と言わんばかりにタビタは首を傾げていたが。

「……地竜、覚えた。女天使、匂い」

ややあって——そんな事を言い出した。

「追ってくる。何処までも」

「……だそうだ。ちなみに地竜ってのは、さっきのでかくて黒い怪物《かいぶつ》だ。お前一人でアレをどうにかするか？　それなら何の問題も無いが」

イオリは肩《かた》を竦《すく》めて言った。

「ど……どうにか!?　どうにかって——」

「ついでに言っておくが。アレは見たところ、爬虫類《はちゅうるい》——蜥蜴《とかげ》だの鰐《わに》だのに近いからな。一息で喰い殺してもらえるとは思わない方がいい」

「イオリ——」

何か言いたそうなタビタを片手で制してイオリは続けた。

「あの手の生き物は急所を狙《ねら》ったりしない。嚙《か》み付いて離さず、獲物《えもの》が出血と疲労《ひろう》で弱ってくれば丸呑《まるの》みだ。牙《きば》で体中を穴だらけにされた上、顎《あご》の力で骨を折られ、砕《くだ》かれ、挙げ句、胃の中で溶《と》かされる。楽な死に方ではないだろうな」

「……くっ……」

ユーフェミアは短く呻いた。

騎士として敵と戦い殺される覚悟《かくご》は在っても、獣に喰われる覚悟なんぞはした事が無いだろう。要するに『お前は俺達に協力するか、最低でも邪魔《じゃま》はしないようにするしか選択《せんたく》肢《し》は無いのだ』とイオリは言いたかった訳なのだが――

「くっ…………くうっ……」

何やらユーフェミアは懊悩《おうのう》していたが。

「……こ……殺せっ！」

いきなりそう言って――ごろんとその場で仰向《あおむ》けに身を投げ出した。

ぎゅっと眼を瞑《つぶ》り、両手の拳《こぶし》を握《にぎ》りしめたその姿は、ある種の動物がやる『降参』の態《ポーズ》に似ている。イオリが無言でその様子を眺めていると、ユーフェミアは更《さら》に焦《じ》れた様子で叫んだ。

「父の仇《かたき》も討《う》てず、異境にてあの様な化け物に喰われて死ぬなど、恥辱《ちじょく》の極《きわ》み……いっそ……いっそ殺せっ！」

「…………？」

この天使何を言ってるのか分からない――といった様子で首を傾げるタビタ。

イオリはため息をついて説明した。

「こいつの決め台詞《ぜりふ》なんだよ」

「な、何が決め台詞か⁉」

跳《は》ね起きながら喚《わめ》くユーフェミア。

「気高き騎士の、決死の覚悟を愚弄《ぐろう》——」

「お前、俺にそれ言うの四十二回目だぞ。どんだけ殺されたがりなんだよ」

「え？　未《ま》だ四十一回だろう⁉」

と言いつつ指を折って数え始めるユーフェミア。

彼女を半眼で眺めながらイオリはため息交じりに言った。

「ちゃんと覚えとけ。会う度《たび》に言ってんだから、決め台詞なのかと思うだろ」

「ふざけるな！　私は——」

と——言いかけて。

「………………」

ユーフェミアは言葉に詰《つ》まった。

イオリとタビタもすぐに気づいた。

木の根が腐葉土《ふようど》の中に潜《もぐ》り込んで消える辺り——歩けば三歩か四歩程度の距離《きょり》に、盛り上がりが生じていた。黒い土が割れて崩《くず》れて、そこからあの、赤い花の様な器官が見える。

「……イオリ・ウィンウッド」

喘《あえ》ぐ様な声でユーフェミアが呼んでくる。

「これは……ひょっとして……私のせいか……？」

「お前のせいだ」

「女天使のせい」

「…………くっ」

即答《そくとう》するイオリとタビタに――呻くユーフェミア。

束《つか》の間、彼女は懊悩するかの様に震《ふる》えていたが、やがて決然と顔を上げて言った。

「……こ、殺せッ！」

「言ってる場合かっ！」

イオリがそう叫ぶのと、地中から地竜が飛び出してくるのとが、ほぼ同時だった。

●

改めて罠《わな》を仕掛《しか》けている余裕《よゆう》は無かった。

それどころか、今度はその場から走って逃《に》げる余裕すらも無かった。

突如《とつじょ》として地中から飛び出してきた地竜が――その巨体《きょたい》が、イオリ達を吹《ふ》っ飛《と》ばしたからである。

「――！」

最悪な事に……地竜は丁度、イオリとタビタとユーフェミア、三人の真ん中に飛び込んできた。咄嗟《とっさ》に跳《と》んで牙や爪《つめ》に掛《か》かる事だけは避《さ》けられたものの、結果としてイオリ達はそれぞれにばらばらの場所へと放《ほう》り出される事となったのだ。

「くっ――」

さすがに騎士を名乗るだけあって、ユーフェミアは問題なく受け身をとって地に転がり、すぐに身を起こしていた。騎士の習い事には落馬の際の受け身の取り方も含《ふく》まれている。長く重い騎兵槍《ランス》を持参していない分、むしろ今のユーフェミアは身軽だろう。

だがそれ以上に驚きだったのは、タビタである。

「…………ぬッ！」

彼女は空中で身を丸めてくるりと一回転、近くの樹木の幹に『着地』していた。

しかも、そのまま幹を蹴《け》ると、彼女は背中の大剣《たいけん》を振《ふ》りかざして地竜に襲《おそ》いかかる。

驚くべき身のこなしだが――

ぶうううううおおおおおおおお！

鳴き声、吠《ほ》え声、と呼ぶには多分に違和《いわ》感の在る音を発する地竜。

その頭部に虚空《こくう》を抉《えぐ》り抜《ぬ》く速さで打ち込まれたタビタの大剣は……しかしその身体に食い込む事無く、あっさりと横に流れていた。

（硬《かた》い？　いやあれは、撥ね返されたというより――）

軽々と跳ねてイオリの所に戻《もど》ってくるタビタ。

イオリは咄嗟に彼女の身体《からだ》を抱《だ》き留めて――

「軽っ!?」

思わずそう叫《さけ》んでいた。

軽い。とんでもなく軽い。身の丈程《たけほど》も在る大剣を持ったままであるからこそ、イオリは彼女の体重を咄嗟に、見た目の倍程度に見積もって踏《ふ》ん張ったのだが……大剣の重量が丸ごと無いかの様に、手に掛かる重量は小柄《こがら》な少女のそれだけだった。

「イオリ!?」

「どうなって――いやそれよりも」

跳躍《ちょうやく》の勢いも乗ったタビタの斬撃《ざんげき》が、全く効いていなかった。

大抵《たいてい》の大型剣は、その形状と重量で対象を叩《たた》き斬《き》る。充分《じゅうぶん》に勢いさえ乗っていれば、刃《は》付《づ》けされていない儀式《ぎしき》用の剣でも肉は斬れる筈《はず》だ。なのにタビタの一撃は食い込むどころか──滑《すべ》って逸《そ》れた様にすら見えた。

「なんだあいつの身体⁉　あれは──」

「地竜の鱗《うろこ》、細かい震え、している。刃物通らない、土の中掘《ほ》り進む」

地竜の鱗は……恐《おそ》らく目に見えない程に細かい震動《しんどう》を続けている。それを以《もっ》て己《おのれ》の周囲の土をぐずぐずに緩《ゆる》めて掘り進む為《ため》の一助にすると同時に、外から加えられる攻撃《こうげき》を──

その方向を微妙《びみょう》に逸らしているのだ。

タビタが打撃の罠を仕掛けようとしていたのも、これが理由なのだろう。

単に硬いという以上に、振動する地竜の鱗は刃が滑って斬撃が通らない。恐らく矢や槍《やり》も同様だ。その『震える鎧《よろい》』とでも言うべき防御《ぼうぎょ》を無効化する為には、地竜を先に気絶させる必要が在ったのだ。

そして──

「せ、戦術的撤退《てったい》！　戦術的撤退！　逃げるんじゃ無くて戦術的撤……あああ⁉」

地竜は猛烈《もうれつ》な勢いで追いかけていく。

タビタではなく、イオリでもなく、ユーフェミアを。

（──やはり音か！）

タビタは地竜が獲物を匂《にお》いで追うと言っていたが、それはあくまで大雑把《おおざっぱ》な方向を定めた追跡《ついせき》だけで、実際の正確な位置特定には使っていないのだろう。地上はともかく地下は空気の動きが少なく匂いが通りにくい。少なくとも嗅覚《きゅうかく》を補助する感覚を併用《へいよう》している筈だ。視覚も当然、土の中では使えないだろうから、恐らくは——聴覚《ちょうかく》を。

要するに何やら色々叫びつつ、鎧をがちゃがちゃ鳴らし、ドタバタと走るユーフェミアを——この場で一番騒々《そうぞう》しい獲物を、あの地竜は追いかけているのだ。

（ならば——）

イオリは頭の中で魔術《まじゅつ》式を調整し——右手の魔術陣に意識を集中した。

「サホマ、サテマ、サアケ、サホマ、サテヤ、サイヤ、サホマ、サテマ、サテホ、サホエ、サロエ、サアイ——疾《と》く顕《あらわ》れよ！　我が思惟《しい》に従いて！　仮初《かりそ》めなれどここに顕れよ！第六と二六の元素の混交、坩堝《るつぼ》より紡《つむ》がれし鋼《はがね》の細線、今此処《ここ》に顕現《けんげん》せよ！」

掲《かか》げた右手の少し先に青白い稲妻《いなずま》が走る。

イオリの魔術式が、イオリの術語詠唱《えいしょう》に反応して仮想物質を構築——それが安定する前にイオリは右手を全力で振った。

ぴぃぃ——と虚空が鳴く。

イオリの手から放たれたのは、銀色の糸だ。本来なら目に留まる事すら希《まれ》な程に細いそれは、しかし生成されたばかりの高温である為に、周囲の空気を僅《わず》かながら歪《ゆが》ませ——まるでイオリの手の一閃《いっせん》が巨大な刃《やいば》となって、風景を切り裂《さ》いたかの様にも見えた。

「此処に、罠を張る」

「………………」

タビタは驚《おどろ》いた様に眼を瞬《また》かせていたが、しかしイオリが自信たっぷりに頷《うなず》いてみせると、特にそれ以上は何も問わず、大剣を肩《かた》に担《かつ》いで駆《か》け出した。

「……よし」

イオリは注意しつつ——自分の魔術で生成した仮想物質で怪我《けが》や火傷《やけど》を負っては物笑いの種だ——作り上げたばかりの鋼糸《ごうし》を手近な木の幹に巻き付けた。

●

巨大な怪物《かいぶつ》が追いかけてくる。

眼《め》も無い癖《くせ》に、まっすぐ追ってくる。口から生臭《なまぐさ》い息を漏《も》らし、涎《よだれ》を垂らしながら。

「戦術的……戦……ああああああああッ!!」

ユーフェミアは、木々の間を右に左にと折れながら走る。

地竜は真《ま》っ直《す》ぐ走るだけならば速いが、その巨体故《ゆえ》に小回りがきかない。今にも追い付かれ喰《く》われそうになっては、横に跳んで躱《かわ》して距離を開く——その繰《く》り返しだった。

だがユーフェミアの体力にも限界が在る。いつまでもこの追いかけっこを続けている訳にはいかなかった。

「こんな事なら、こんな事なら――」

こんな怪物に背中から襲われ、喰われて果てるなど、騎士《きし》の死に様として相応《ふさわ》しいとは言えない。それこそイオリに挑《いど》んで敗北した方が――たとえその後に侮蔑《ぶべつ》されようが陵辱《りょうじょく》されようが、挙げ句に殺されようが、人間の行為《こうい》である分だけ未《ま》だマシだった。

せめて一撃――ユーフェミアはそう意を決して立ち止まり、振り返りながら叫ぶ。

「イオリ・ウィンウッド!!」

轟然《ごうぜん》と開かれる巨大な顎《あご》。深く赤黒い口腔《こうこう》に、びっしりと幾重《いくえ》にも並んだ鋭《するど》い牙《きば》が見えた。一噛《ひとか》みで人間など穴だらけだろう。

「き、き、騎士の散り際《ぎわ》、し、しかと見るが…………へっ⁉」

次の瞬間《しゅんかん》――地竜の頭に、何かが落ちてきた。

いや。何かではない。あの棄界人《ゲヘナント》の少女だ。

少女は――タビタは、自分の身の丈程も在る片刃《かたば》の大剣を、切っ先を下にして木の上から飛び降りてきたらしい。がつん、とタビタがぶつかった衝撃《しょうげき》で地竜の顎が閉じた。

だが彼女が構えていた大剣は切っ先が滑って刺《さ》さる事無く――ユーフェミアが斬撃を喰

らわせた時と同じだ——地竜はうるさげに頭を振る。タビタはそのまま振り落とされて、大剣ごとユーフェミアの前に転がってきた。

「お、お前は——」

「イオリ、罠張ってる。罠に地竜、誘《さそ》い込む」

タビタはむくりと起き上がって言った。身が軽いのか、怪我をした様子は無い。

「誘い込むって……ば、馬鹿《ばか》な、この私にイオリ・ウィンウッドの手伝いをしろと⁉」

「こっち」

ユーフェミアの言葉を最後まで聞かず、そう言って駆け出すタビタ。

「あ、こら——」

と手を伸《の》ばして声を掛けるものの、タビタは構わず走って行く。

改めて地竜の方に視線を向けると……タビタがぶつかった衝撃を払《はら》い落とす様に頭を二度ばかり振ると、改めてその紅《あか》い花の様な器官の付いた鼻面《はなづら》をこちらに向けてきた。

「…………くっ」

この怪物に喰われるのが嫌《いや》ならば、選択《せんたく》の余地は無いらしい。

「殺せ——じゃなかった、こ、今回だけ、今回だけだからな！」

そう叫びながらユーフェミアはタビタの後を追って走り出した。

「──よし」

急拵《きゅうごしら》えの罠を張り終えたイオリは仮想物質の鋼糸を最後に幾重《いくえ》にも一際《ひときわ》太い樹《き》の幹に巻き付けてから、その枝に登った。

魔術で生成された仮想物質は、魔術の行使者から離《はな》れると、程なくして消滅《しょうめつ》する。

仮想物質はあくまで一時的に物質の振りをしているだけの魔力であるから、魔術の行使者との繋《つな》がりが絶たれると、長く存在を維持《いじ》出来ない。物質の種類にもよるが、保って数瞬。それが仮想物質の仮想たる所以《ゆえん》──魔術の特徴《とくちょう》であり、限界でもあった。

つまりイオリは罠《わな》を張り終えても、その場から離れる事は出来ない。

タビタを──そしてユーフェミアを信じて待つ事しか出来ないのだ。

(この俺が今更《いまさら》、誰《だれ》かを信じる……？)

滑稽《こっけい》だと笑うもう一人の自分がイオリの頭の中にいる。

誰も信じる事が出来なくなったからこそ、イオリは今此処にいるというのに。

だが──

「生きろっ……！　生きてくれイオリ……！」

爆轟《ばくごう》の魔術で片足を吹《ふ》き飛ばされた同僚《どうりょう》が血の泡《あわ》を噴《ふ》きながら言った。

「俺達の分まで生きてくれ、生きて……生き延びて……必ず……」


「……生きろ」

血塗《ちまみ》れの顔に、明らかな死相と、そして凄惨《せいさん》な笑《え》みを浮《う》かべながら上官は言った。

「生きねばならない。最後の命令だ。生きろ。理由はどうあれ私を殺した以上、お前は生きねばならない。生きて——思い知るがいい、生きる事の罪を」


「とりあえずは生きなさい」

仮面を被《かぶ》ったその男は感情のこもらぬ声でそう言った。

「君を——君達を諸々誤魔化《もろもろごまか》して棄界《ゲヘナ》へと送り込むのには、少なくない手間暇《てまひま》と、金銭が掛《か》かっている。如何《いか》に過酷《かこく》な異境とはいえ、行った途端《とたん》にあっさり死なれては困るのです。まず最初の『仕事』は生きる事です」


……一瞬で脳裏《のうり》を駆け抜《ぬ》ける記憶《きおく》の断片《だんぺん》。

誰もが口にする言葉。繰り返し聞かされた言葉。

まるでそれは呪《まじな》いにも似て――

（どいつもこいつも……気楽に言ってくれる。ああ。生きてやるとも。とりあえず『仕事』を片付けるまではな……）

そんな事を考えつつ、ひっそりと皮肉げな笑みを浮かべていると――

「――イオリ！」

タビタが走ってくるのが見える。

その後ろにはユーフェミアの、そして更《さら》にその後ろに地竜の姿が在った。

「こっちだ、この枝の下を走り抜けろ！」

「…………！」

こくりと小さく頷いてタビタがイオリの真下を駆け抜ける。

一瞬遅《おく》れて、何やら叫《さけ》びながらユーフェミアが。

そして――

「お前は駄目《だめ》だッ！」

地竜が真下にさしかかったその瞬間、イオリは樹の幹を蹴《け》って飛び降りた。

引かれた糸が音を立てて滑《すべ》り――締《し》まる。

イオリがあちらこちらの枝に引っかけておいた極細《ごくぼそ》の鋼糸は、その細さ故に刃物《はもの》じみた鋭利《えいり》さを発揮して枝を切断しながら、その歪《いびつ》な『輪』を狭《せば》める。

その中央には地竜の巨体《きょたい》が在った。

当然……イオリが最後に巻き付けておいた殊更《ことさら》に太い樹の幹にも糸は容赦《ようしゃ》なく食い込んでいく。同時に——硬《かた》い鱗《うろこ》に守られた地竜は激しく暴れ回るものの、それ故に糸は更に激しくその四肢《しし》にも絡《から》みつき、自由を奪《うば》った。

「ご自慢《じまん》の『鎧《よろい》』が仇《あだ》になったな……！」

イオリは歯を剝《む》いて笑った。

極細の鋼糸は地竜の鱗の合わせ目に食い込み——これを切り裂き始めていた。

地竜の鱗は細かく震動《しんどう》する事で土を緩《ゆる》め、水を動かし、瞬間的な打撃や斬撃をある程度まで逸《そ》らす。だが、継続《けいぞく》的に絡み付く金属の糸に対しては無力だ。いや、それどころか震動する鱗は、まるで鋸《のこぎり》をひく様な効果を糸に与《あた》えてしまっている。

ばあああおおおおおおおおおおッ！

地竜が吠《ほ》える。爬虫類《はちゅうるい》は総じて痛覚が鈍《にぶ》いというが——身体《からだ》の各部を切り裂かれ、血を流しつつも、地竜は未《いま》だ生命力に溢《あふ》れていた。

「くっ――」

糸は更に絡まり、縛《しば》られて動きは小さくなっていくものの、地竜が身じろぎする度《たび》にイオリは引きずられ、地竜の巨体に近づいていく。樹の幹や根に足を掛けて踏《ふ》ん張るものの、そもそもの力が違《ちが》うので逆らいきれない。

手を離すのは簡単だが、それでは地竜を縛る糸が消滅する。

間に幾《いく》つも挟《はさ》んだ樹の枝が振動《しんどう》と摩擦《まさつ》に耐《た》えきれずに切断され、糸は絡めば絡む程《ほど》に巻き取られ――イオリは地竜の方へと引きずられていく。

がつんがつんとその鋸の様な牙が並んだ顎が、イオリに向けて開閉を続けているのが見えた。糸が絡まっているのは胴体《どうたい》部分なので、首から先は比較《ひかく》的、自由に動くのだ。

まずい。このままではイオリは……地竜に喰われる。


「――イオリさま」

ふと――静かな声がイオリの耳に触《ふ》れた。

声そのものは聞き慣れたユーフェミアのものだ。長い付き合いだ。聞き間違う事は無いし、そもそも今この場にはイオリとタビタとユーフェミアしかいない。いない筈《はず》だ。

だが──

「……チヅル？」

咄嗟《とっさ》にその名を口走るイオリ。

次の瞬間、空気を切り裂《さ》く鋭い音と共に、何かが地竜の鼻──赤い花の様な器官に突《つ》き刺さっていた。それも複数。木漏《こも》れ日に触れて煌《きら》めくそれは、細く長い針だった。

うううううばあああああッ！

地竜が絞《しぼ》り出すその声は──悲鳴か。

恐《おそ》らく神経が集中しているであろうその器官に突き刺さった針は、地竜に尋常《じんじょう》ならざる痛みを与えているのだろう。人間であれば眼《め》や舌や指先に針を刺される様なものだ。

地竜の動きが明らかに変わる。もう目の前のイオリなどどうでもいい、とばかりに赤い花弁状の器官を震《ふる》わせながら、針を抜こうと頭を左右に振りまくる。

そして──

「…………ぬッ！」

木々の幹を、枝を蹴り、葉を舞《ま》い散らせて人影《ひとかげ》が舞う。

タビタである。獣《けもの》じみた動きで彼女は跳躍《ちょうやく》を繰《く》り返し、そして——胴体の動きを封《ふう》じられた地竜に襲《おそ》いかかった。

彼女自身の身の丈《たけ》程も在る大剣《たいけん》が地竜に向けて振り下ろされる。

正しくは——イオリの糸が食い込み、鱗の合わせ目から裂け始めた首の根元に向かって。

ばあああおお、ばあああおお！

更に吠える地竜。

傷口には、鱗も無ければ震動の防御《ぼうぎょ》も無い。剣は、先程とは打って変わって易々《やすやす》と突き刺《さ》さり、その剣身の半ば以上を地竜の体内へと潜《もぐ》り込ませた。

「——ぬッ！」

更に短く吼《ほ》えて、タビタがその剣に——ぶら下がった。

両腕《りょううで》と髪《かみ》で剣と繋がった彼女は、振り子の様に揺《ゆ》れたかと思うと、身を捻《ひね》り、尻尾《しっぽ》を振って、姿勢を変え——近くに在った樹の幹を蹴った。

半ば以上突き刺さった大剣が、今度はタビタの動きで抉《こじ》られる。傷口は更に大きく深く

開き、大量の血が地面にぶちまけられた。

あああああおおおおおおおお……おおお……お…………お…………

地竜の吠え声が萎《しぼ》んでいくと同時に、イオリはずっと手に感じていた振動が弱まっていくのを感じる。

タビタは、再び身を捻って地竜の背中にとりつくと、傷口から大剣を引き抜き、そして改めてこれを振り上げた。

「――ッ!!」

とどめ、とばかりに振り下ろされる剣。

それは……地竜の頭を首の根元から、見事に切り落としていた。

●

狩猟《しゅりょう》には罠の類《たぐい》か飛び道具を用いる――それが現世の常識である。

大抵《たいてい》の野生動物は人間よりも素早《すばや》いし、単純な力比べにおいては人間よりも強い生き物も多い。そもそも二本足で立つ人間は、四本足の獣に比べて走る際の安定性に欠けるし、踏ん張りも利《き》きにくい。

だから獣を相手に、真正面からの肉体を使った『勝負』において人間は分が悪い。

結果、狩《か》りには道具を使う事になる訳だが……剣の様な『持って使う』道具は、本来、肉体の延長に過ぎない。間合いこそ広がるものの、小型の獣や鳥との勝負においては躱《かわ》されるばかりであまり役に立たないだろう。

比較的動きが鈍い大型の獣が相手の場合でも、今度は迂闊《うかつ》に近づいた人間が潰《つぶ》される恐れが在る。だから槍《やり》も大型獣《じゅう》の狩猟に使う場合は、離《はな》れた場所から投げるのが基本だ。

少なくとも狩猟に剣を使う――などという話をイオリは聞いた事が無かった。

「……なんでそんな得物《えもの》を持ち歩いてるのかと思ったら……」

イオリは若干呆《じゃっかんあき》れながら――てきぱきと地竜の骸《むくろ》を解体するタビタを眺《なが》めていた。

彼女が地竜の皮を剝《は》ぎ、肉を削《そ》ぎ、筋を切る、それらの作業に使っているのは、ずっと背負っていた例の大剣である。普《ふ》通《つう》なら持てあましそうな長大なそれを、棄界人《ゲヘナント》の少女はまるで手足の延長の様に器用に使いこなしていた。

「要するにそれって……肉切り包丁だった訳か」

狩りをするのに、弓矢でも槍でもなく、剣を携《たずさ》えているのは奇妙《きみょう》だと思っていたイオリだが……これで合《が》点《てん》がいった。人間の何倍も大きな獲物《えもの》を解体するには、これ位に大きな得物でなければ難しいだろう。

（しかし……髪の毛に繋《つな》がってるってのは何なんだ……？）

ひょっとしてこれはタビタの身体の一部なのだろうか。

獣を思わせる幾つかの身体的特徴《とくちょう》。力強さ。身軽さ。

狼《おおかみ》や虎《とら》といった狩猟性の肉食獣は勿論《もちろん》、人間と違って自らの身体一つで獲物を狩る。それを思えばタビタの大剣は――彼女にとって『爪《つめ》』や『牙《きば》』に相当するのかもしれない。

「ところでこれはどうするんだ？」

ある程度まで解体の進んだ地竜の頭部を指さしてイオリは問うた。

人間の数倍ある巨体なので、切り落とした頭部を解体して各部位に分けるだけでも結構な手間になる。胴体部分に至っては未だ手つかずに等しい状態だ。

「血抜《ちぬ》きしてから、村に運ぶ」

とタビタは答える。

「その前に頭、仲間と食べる――習わし。タビタ、イオリ、ユーフェミア」

「さばいたばかりの新鮮《しんせん》な肉をいただく訳か」

「美味《おい》しい」

そう言ってタビタは〈地竜〉の顔から得られた肉片《にくへん》を大剣の先に突き刺して、掲《かか》げる。

肉片といっても、成人の掌《てのひら》程度の大きさと厚さのある代物《しろもの》だが。

　地竜の異様な外見とは裏腹に、それはごくごく普通の肉に見えた。

「……ってこれを……食べるのか!?」

　それまで黙《だま》って作業を眺めていたユーフェミアが、慌《あわ》てた様に聞いてくる。

「何の為《ため》に狩りをしてると思ってたんだ、お前は」

　とイオリは肉を受け取ると、先に集めて積んでおいた小枝の先に、右手を掲げる。魔術《まじゅつ》陣《じん》に意識を集中し、術語詠唱《えいしょう》。

「サホコ、サロオ、サロケ、サホエ、サロケ、サイオ、疾《と》く顕《あらわ》れよ、我が思惟《しい》に従いて、仮初《かりそ》めなれどここに顕れよ、始まりの元素、水より分かれし燃ゆる風、空へと昇《のぼ》る軽き息、今此処《ここ》に顕現《けんげん》せよ」

　詠唱内容そのものは爆裂《ばくれつ》の術式だが、意識的に小単位で仮想物質を顕現させる。

　可燃気体と稲妻《いなずま》によって小さな爆発《ばくはつ》が生じ、小枝に火が点《つ》いた。

　魔術猟兵《りょうへい》として都市部から遠く離れた山林や森林で戦う事の多かったイオリは、この手の作業はお手のものであるし、牛や豚《ぶた》や鳥以外の生き物を喰《く》う事にも抵抗《ていこう》は無い。だが都育ちの――というか王都から長く離れた事の無いユーフェミアにしてみれば、食用に育てられている家畜《かちく》以外を喰う事には、かなりの抵抗が在るのだろう。

「いや、しかしそれは……蜥蜴《トカゲ》の類……」

「部位にもよるが蜥蜴ってのは、味は鳥と似てるぞ。きちんと血抜きせんと臭《にお》うが」

そう言ってイオリは火の点いていない小枝に肉を突き刺し、一通りあぶっていく。

「そういやこれ、何処《どこ》の肉なんだ？」

「舌。コリコリ。美味しい」

「し……舌っ⁉」

タビタの言葉に眼を剝《む》くユーフェミア。

「ジンデル王国じゃ、舌は内臓扱《あつか》いで棄《す》てる事が多いみたいだが、他の国じゃ普通に牛や馬や豚の舌喰うぞ？　むしろ臓物が一番美味《うま》いなんて言う奴《やつ》も居る位で」

「そ……そうなのか？　いや、し、しかし……」

「タビタ。塩とかはあるか？」

正直、あまり期待はしていなかったのだが……タビタは小さな袋《ふくろ》を差し出してきた。

開いてみると、中には岩塩らしき白い粒《つぶ》と、何かの香辛料《こうしんりょう》らしき黒や緑の粉が混じって入っている。軽く匂《にお》いを嗅《か》ぐとかなり強めの――しかし決して不快ではない匂いがした。

イオリが、とりあえず少なめにその粉末を肉に振りかけると――

「…………」

途端《とたん》に立ち上る香《こう》ばしい香《かお》りに、ユーフェミアが生唾《なまつば》を飲み込んだ。散々走り回ったので、腹が空《す》いているのだろう。それはイオリも同じだし恐らくはタビタもだ。

「……喰うか？」

イオリは焼いた地竜の舌肉を小枝に突き刺したまま、ユーフェミアの方に差し出す。

「ど、毒味をさせる積もりか⁉」

「タビタ達が食用に狩ってる生き物なんだから、毒味の必要なんて無いだろ。そもそも大型の獣で毒を持ってるのはまずいない。元々毒ってのは小さく弱い動物が一発逆転する為というか、身を守る為の武器だからな」

もっとも棄界人《ゲヘナント》には毒にならなくとも、現世人には毒として作用する何かが含《ふく》まれている可能性も、無い訳ではないのだが。そこは賭《か》け――というより試《ため》していかねばどうにもならないので、言わないでおく事にする。

「喰うのか？　喰わないのか？」

「くっ……こ……こんな……こんな事で……」

と顔を背《そむ》けようとして、しかしユーフェミアは背けきれない。

しばらくイオリが半眼で眺めていると、彼女の腹が鳴るのが聞こえた。

「口ではなんと言っても身体《からだ》は正直だな、お嬢《じょう》さん？」

「くっ……⁉」

真っ赤になって震《ふる》えるユーフェミア。

そんな彼女を尻目《しりめ》に、イオリは肉を引っ込めて自分でかぶりついた。

さすがに食用家畜の肉程《ほど》に柔《やわ》らかくはないが、噛《か》めば独特の風味が感じられる。濃厚《のうこう》と言っても良いだろう。味付けが塩と香辛料だけだから尚更《なおさら》そう思うのかもしれない。

「あっ……」

何やら裏切られた様な表情を浮《う》かべるユーフェミア。

「ユーフェミアは要《い》らないそうだ。これかけて焼くと、美味いな」

「とっておきの岩塩」

そう言ってタビタも軽く香辛料と塩を振《ふ》りかけ、剣《けん》の先に突《つ》き刺した地竜の肉をあぶると――柄《つか》を下にした剣を目の前の地面に立てて、立ったまま平然とかぶりつく。勿論、肉は剣に突き刺したままで――皿に盛るでもなければ、ナイフやフォークを使うでもない。豪快《ごうかい》である。

「……美味い」

呟《つぶや》きと共に尻尾がぱたぱたと振られるのが見えた。

一方――ユーフェミアの方からは、ぐううう……と分かり易い腹の音が聞こえてきて。

「ユーフェミア？」

食べる？　とでも問うかの様に首を傾《かし》げるタビタ。

「育ちの良い御《お》嬢様には、皿に載《の》ってないものを、立って手づかみで食べるとか、耐《た》えられないんだろ。そんな行儀《ぎょうぎ》の悪い真似《まね》する位なら死んだ方がましだってさ」

「イオリ・ウィンウッド!!　貴様……！」

ユーフェミアは真っ赤になってしばらく震えていたが。

「こ……こんな……こんな……恥辱《ちじょく》……いっそ、いっそ殺せ！」

仰向《あおむ》けに五体投地した上で決め台詞《ぜりふ》を吐《は》くユーフェミア。

その腹がまたぐぐう、と鳴って——

「分かった。お前はそのまま飢《う》えて死ね——ってタビタ？」

イオリは眉《まゆ》をひそめる。

タビタが、何故《なぜ》かユーフェミアの隣《となり》にころんと横になったからである。まるで彼女を真似るかの様に、ただし両腕《りょううで》は折り畳《たた》んで拳《こぶし》を握《にぎ》っている。まるである種の獣《けもの》が——犬が腹を見せて『降参』をする時の様だが。

「それは何の真似だ？」

「タビタも示す」

「何を？」

「感謝と親愛」

「…………」

イオリは眼《め》を細めて無表情に仰向けに寝転《ねころ》がっているタビタと、そして怪訝《けげん》そうに彼女を見つめるユーフェミアを見比べる。

ある種の動物にとって、腹を見せる行為《こうい》は降参、服従の意味を持つと同時に、それを示す対象が異性であった場合は、求愛表現になる事がある——というのを、イオリは聞いた事が在ったたが。

「地竜狩り、上手《うま》くいったのイオリのお陰《かげ》」

とタビタは言う。だから感謝と親愛か。

どうやらタビタはユーフェミアの五体投地の意味を大きく勘違《かんちが》いしているらしい。

元々彼女は天使に——現世人に興味と好意を抱《いだ》いていた様だが、一緒《いっしょ》に命懸《いのちが》けの狩《か》りをした事で、一気に親愛を感じる様になったという事か。

「こいつは俺に感謝と親愛を表現してるんじゃないぞ」

「——ぬ？」

「あ、当たり前だ⁉」

跳《は》ね起きてそう叫《さけ》ぶユーフェミア。

「誰《だれ》がイオリ・ウィンウッド、貴様などに――」

「むしろ敵だって言っただろ。今はまあ一時休戦って感じだが」

「……ぬ？」

よく分からない、といった感じで首を捻《ひね》るタビタ。

「ユーフェミア。お前が何をしようとお前の勝手だが、タビタが勘違いするからその決め台詞っていうか、その五体投地は控《ひか》えてくれ」

「だから何が決め台詞かっ！」

「つまらん意地張ってないでさっさと喰えよ」

イオリは樹《き》の枝に刺《さ》した肉を差し出しながら言った。

「それとも俺が『食べてくださいお願いします』とでも言えば良いのか？　俺達の郷里の言葉に『腹が減っては戦《いくさ》が出来ぬ』なんてのがあるが。父親の仇討《かたきう》ちがしたいっていうんなら、腹ぺこの状態は避《さ》けるべきじゃないのか？」

「…………」

ユーフェミアはしばらくイオリを上目《うわめ》遣《づか》いに睨《にら》んでいたが、やがて奪《うば》い去る様にして肉を刺した枝を受け取った。

早速齧《さっそくかじ》り付いて――『熱っ⁉』と小さく悲鳴を上げている彼女を横目で見ながら、イオリはタビタから新しい肉片を受け取り、これを小枝に突き刺し焼いていく。

「ああ、ちょい固めだからよく嚙んで飲み込めよ。水はあんまり無いからな」

「分かっている、いつまでも子供扱いするなっ！　四つしか離《はな》れていない癖《くせ》に！」

と叫ぶユーフェミア。

そんな彼女を眺《なが》めながら――

（……あれは……チヅルだった……？）

ふと地竜狩りの時の事をイオリは思い出していた。

イオリの名を呼んだ声は確かにユーフェミアのものだった。

（だがあの口調、あの投針術、あれは……）

チヅル・ノースリヴァ――彼女は既《すで》に故人だ。

（いや。馬鹿《ばか》げた妄想《もうそう》だ……）

とイオリの口元に皮肉な笑《え》みが過《よ》ぎる。

「なんだ⁉　何を見ている⁉」

と視線に気付いたユーフェミアが、少し慌《あわ》てた様に――そしてそれを誤魔化《ごまか》す様に、強い口調で言葉を投げてくる。

「私の顔がそんなに、その、お、面白《おもしろ》いか⁉」

「面白いぞ。ころころ顔色が変わる所とか。カエルみたいだろ」

「カエルっ……⁉」

衝撃《しょうげき》を受けた様子で眼を剝《む》くユーフェミア。

昔からからかわれるとすぐムキになる――ユーフェミアの性格だ。間違いなく目の前の娘《むすめ》はユーフェミアだ。

ただ……

「――チヅル」

イオリがその名を口にした瞬間《しゅんかん》――肉を冷まそうとふうふう息を吹《ふ》きかけていたユーフェミアの動きが止まった。無論、チヅル・ノースリヴァの名前はユーフェミアも知っている筈《はず》だから、それ自体は不思議ではないのだが。

次の瞬間――

「本当になんなのだ？」

ユーフェミアはイオリの方に不満顔を向けてくる。

「私の顔がそんなにカエルみたいか⁉」

チヅルの名に反応して動きを止めた事など、まるで無かったかの様に。

いや。実際にユーフェミアが動きを止めたのは一瞬の事で、チヅルの名に反応した訳ではないのかもしれない。

だが――

(……まさかな)

肩《かた》を竦《すく》めて自分の想像を脇《わき》に押しやり――イオリは頭上に眼を向けた。

既に時刻は夕刻にさしかかり、空は気怠《けだる》い赤みを帯び始めている。この棄界《ゲヘナ》においても黄昏時《たそがれ》の空は、現世のそれと同じ様な色になるらしかった。

(……さて)

眼を細めて遥《はる》かな虚空《こくう》を見上げながらイオリは考える。

(何から手をつけるべきか……)

右手を掲《かか》げて薬指にはまっている指輪を見つめる。

ただ罪人として絶対流刑地《るけい》たるこの棄界《ゲヘナ》に送り込まれたというだけならば、とりあえず目の前の事態に対応していれば良いだけだ。幸運にもイオリは来て早々に案内役を確保出来た。当座の食料もだ。その点では非常に幸運だったと言えるだろう。

しかし――

「イオリ?」

食べないのか？　とでも言う様に首を傾げてタビタが声を掛《か》けてくる。

「いや。いただくよ」

イオリは頷《うなず》くと——程よく焼けてきた肉に、かぶりつく。

癖はある。だがしみじみと美味《うま》い。

自分の命を懸《か》けて手に入れた糧《かて》は——滋養《じよう》が全身に染《し》み渡《わた》る様で、何処《どこ》か尊い味がした。

第二章　棄界人種《ゲヘナント》

集めた小枝を大雑把《おおざっぱ》に組んで枯葉《かれは》の上に置く。

右手に入れ墨《ずみ》された魔術陣《じん》に意識を集中し――術語詠唱《えいしょう》。

「――空へと昇《のぼ》る軽き息、今此処《ここ》に顕現《けんげん》せよ」

掌《てのひら》の先に出現する透明《とうめい》な仮想物質に、稲妻《いなずま》が点火。ぱち、という音と共に仮想物質は燃え上がり、火は一瞬にして枯葉へ、そして更《さら》には小枝へと移っていた。

ぱちぱちと音を立てるそれらをしばらく確認《かくにん》してから、イオリは地竜の指の骨で組んだ『櫓《やぐら》』を上に被《かぶ》せた。その上に近くで見つけてきた平たい石を置き、更に小枝を細かく砕《くだ》いた木細片《チップ》を置いてゆく。

「……さて」

木細片から白い煙《けむり》が立ち上り始めたのを確認すると、丁寧《ていねい》に岩塩をすり込み、長めの枝に突き刺しておいた肉を、宙に浮かせる様な形で周囲に並べていき――最後に大きな樹の葉で編んでおいた半球状の『蓋《ふた》』をした。

程《ほど》無くして……編んだ葉の隙間《すきま》から細い煙《けむり》が幾筋《いくすじ》か漏《も》れ始める。

後は火の勢いだけ気をつけていれば、問題なく地竜の肉の燻製《くんせい》が出来上がる筈だ。

魔術猟兵《りょうへい》として兵站《へいたん》も怪《あや》しい最前線で戦ってきた経験上、食料の現地調達は勿論《もちろん》だが、この手の保存食作りもイオリにとってはお手の物だ。燻製は調理の手間は色々かかるが、じっくり燻《いぶ》した肉は、ただ焼いたり干しただけのものに比べて保《も》ちと味が違う。

「………………」

頭上を見上げると木漏《こも》れ日の代わりに、白々とした月光が降り注いでいるのが見える。色や形は現世のものと大差無いのだが、棄界《ゲヘナ》の月はやたらに大きく、頭上にのしかかってくるかの様な印象が在った。

「……落ちてきそうだな」

「しっかり結んだ。大丈夫《だいじょうぶ》」

そう言ってくるのは――右手で樹の枝を何本も抱《かか》えたタビタだった。

イオリが近くを回って集めてくる様にと、タビタと、そしてユーフェミアに頼《たの》んだのである。ただしユーフェミアの姿は無い。御嬢様《おじょうさま》育ちの彼女は恐《おそ》らく薪《たきぎ》拾いなど経験が無いだろうから、手こずっているのだろう。

「ああ……そうだな」

彼女の方を振《ふ》り返りながらイオリは苦笑《くしょう》を浮《う》かべる。

タビタが言っているのは、月の事でなく、近くの樹の枝に吊《つる》してある地竜の骸《むくろ》の事だ。

タビタの大剣《たいけん》で手足を落とし、首を落とし、内臓を掻《か》きだして——出来るだけ軽くしてから、縄《なわ》で結んで引っ張り上げて血抜《ちぬ》き中だ。

丸一日この状態なので、そろそろそちらも岩塩をすり込んで、燻《いぶ》すなり何なりして保存が利《き》く様にしておくのが良いだろう。

鱗《うろこ》付きの皮も鞣《なめ》してやれば使える筈だ。さすがに唾液《だえき》で鞣すのは量的にも無理が在るだろうから、魔術で鞣しに使える仮想物質を顕現させるなり、渋《しぶ》を含《ふく》む植物を探し出してその液で鞣すなりせねばならないだろうが。

後者は恐らくタビタが適した植物を知っているだろう。彼女の持ち物の中には、小物入れや帯紐《おびひも》など、明らかに皮を鞣して作ったと思《おぼ》しきものが幾つか在った。

(しかしあの大剣以外は金属器は見ないな……ひょっとして製鉄や精錬《せいれん》の技術、いや、概《がい》念《ねん》が無いのか？　鉄鉱石や石炭が無いって事も有り得るが)

そんな事を考えながらイオリは森の中を見回す。

当然……標識だの何だのといった人工物はどこを見ても眼《め》に入ってこない。道らしい道も無く、原生そのままの森林風景が広がっているだけだ。

「……………棄界《ゲヘナ》……か」

それはこちらの世界をイオリ達が見て呼ぶ名だ。

罪人を棄《す》てる為《ため》の絶対流刑地。それ故《ゆえ》に『棄界《ゲヘナ》』。送り込まれれば二度と戻《もど》れぬ異境であるが故に、現世ではその様子を語れる者も居らず、出所も不確かな噂《うわさ》以上の事は、何も知られていない世界だった。

事実上――死後の世界と大差無い。

「想像したよりはまとも……だが」

イオリ達は地竜を狩《か》った現場から少し移動した辺り――イオリが最初に落ちた湖の近くで野営をしていた。飲み水の確保に加えて、解体作業でもその後の加工でも、水が在るに越《こ》した事は無いからだ。

とりあえず何は無くとも水と食べ物である。

これが一定量確保出来れば行動範囲《はんい》は大きく広がる。

「――ん？」

ふとイオリはタビタが左手で引きずっているものに気がついた。

麻袋である。穀物を詰めて運んだりするのに使う代物《しろもの》で――端に印字された文字と紋章には見覚えがある。現世の、というよりジンデル王国の品だ。

「それは――」

「湖の岸辺、落ちていた」

とタビタは言う。

「多分、天界の品」

「正解だ。というか多分、俺のだ、それ」

「イオリの？」

「ああ。他には何かなかったか？」

首を傾げるタビタにそう尋《たず》ねてみるが、棄界人《ゲヘナント》の少女は首を振った。

（岸辺の岩にたたき付けられて木箱が壊れたか……？）

タビタから麻袋を受け取って中身を改めると、服と靴が入っていた。

イオリが国境警備部隊としてジンデル王国軍に居た際、使っていた衣装だ。王国正規軍の夜戦服よりも機能的で重宝する。特に長革靴は各所に鉄板や鉄片が仕込んであって、頑丈な上に武器としても使える。

（小剣や魔術担体は重くて沈んだか……回収は難しいだろうな）

この棄界《ゲヘナ》においてイオリは――イオリを含め今回送り込まれた十二人の罪人は、ジンデル王国の重臣から『仕事』を依頼されている。

この為、本来体一つで送り込まれる筈《はず》の棄界《ゲヘナ》送りであるにもかかわらず、イオリ達は一人一箱、一抱えほどの木箱に詰め込める範囲で、武器や装備を持ち込めるように手配されていたのだ。ユーフェミアの剣と鎧《よろい》もそうして持ち込まれたものだろう。

棄界《ゲヘナ》送りの刑の執行は基本的に公開制になっている為、身につけたまま、という訳にはいかなかった。イオリ達の『仕事』は秘密裏に遂行される必要があり、刑の執行は表向きいつもの体裁を取り繕わねばならなかったのだ。

ともあれ。

イオリの木箱は不幸にも落下した際に破損し、中身の大半が湖の底に沈んでしまった様だ。衣類と靴だけが、目の細かい麻袋に入っていた為、浮き袋の様な状態となり、水没を免れて岸に流れ着いたのだろう。

(しかしあれは何だった？)

ふとイオリは棄界《ゲヘナ》送りの時の『事故』を思い返す。

当初の予定ではイオリ達は全員まとまって、同じ場所に降りる筈《はず》だった。各人の木箱も同様だ。少なくともイオリ達はそう説明を受けていた。

だがその途中——魔法儀式の途中で、『事故』が起きた。

棄界《ゲヘナ》の空にイオリ達がでた直後、どこからか加えられた衝撃——爆発の様なものに晒《さら》されて、イオリ達はばらばらになった。イオリが短い間とはいえ、気絶していたのもこの為である。

（落雷？　あるいは――何者かの攻撃？）

偶然の結果か。あるいはなんらかの故意によるものか。

いずれにせよ、イオリ達の『仕事』はのっけから、頓挫《とんざ》しかかっていた。

残りの十人も果たして生きているのか否か。生きているとしても何処《どこ》に落ちたのか。ユーフェミアはたまたま近くに落ちた様だが。

「……イオリ？」

タビタが声を掛けてきたので、イオリは思索を止《や》めて彼女の方を見る。

「どうかしたか？」

「いや、大丈夫だ、よく拾ってきてくれた。ありがとう」

「――ん」

とタビタは小さく頷《うなず》いた。

それから――

「……これは？」

棄界人《ゲヘナント》の少女は、不思議そうに首を傾《かし》げてイオリの燻製器を眺める。

「燻製。その道具だよ。間に合わせだけどな。今、燻し中だ」

「クンセイ……」

顔を前に出して匂《にお》いを嗅《か》ぐタビタ。

「燻製は——この匂いが駄目《だめ》だって奴《やつ》もいるけどな。平気なら出来上がった時に味見してくれ。そこそこ美味いぞ。多分な」

「これは？」

とタビタが更に問うてきたのは、燻製器の隣《となり》に置いてある即席《そくせき》の『大鍋《おおなべ》』だった。

これも葉で編んだものに、樹脂《じゅし》を塗《ぬ》って接着したものだ。葉で編んだ鍋《なべ》など火に掛けると途端《とたん》に炎上《えんじょう》すると思われがちだが、水が入っている限りは、対流と蒸発で熱を循環《じゅんかん》させる為、そう簡単に燃えたりは——発火する温度まで上がったりはしないものだ。

そしてその中には今、少々どろりとした印象の液体が入っている。

「骨髄《こつずい》のスープだよ。先に塩と混ぜて肉を漬《つ》け込んでおいた。こうすると燻製肉が美味くなるし、スープだけでも割と美味いし——」

言って、先程から火を掻いている『棒』をイオリは示した。

「骨髄をきっちり抜《ぬ》いて乾燥《かんそう》させれば、こっちはこっちで色々使いでが在る」

それは——地竜の骨だった。

その巨体《きよたい》に相応《ふさわ》しく地竜は非常に強靭《きようじん》で大きな骨格を備えている。イオリはその中から比較的《ひかくてき》直線的なものを選んで、これを煮《に》たのだ。

結果として骨髄を取り出せば、真ん中に穴の空いた棒……というか筒《つつ》が出来上がる。

「…………」

しばらくタビタは燻製器と大鍋を無言で眺《なが》めていたが――イオリの隣に腰《こし》を下ろした。

「イオリ、この後、どうする？　イオリ、何処を目指す？」

「あー……その話か」

イオリはため息をついた。

タビタの当面の目的である地竜狩りが終わり、切迫《せつぱく》した状況《じようきよう》でも無くなった今、彼女がイオリの目的について興味を持つのは当然だろう。

「どうしたものかな」

何処まで話して良いものかイオリは迷った。

全《すべ》て……となると長くなる。込み入った話であるし、現世独特の――『天界』独特の事情が絡《から》むので、タビタには理解し辛《づら》い部分も在るかと思う。誤解されても面倒《めんどう》だ。

だが……隠《かく》し立てをしてタビタの信用を失うのも得策ではないだろう。

（地竜狩りの時、あっさりこっちを信用してたしな……）

出会って間も無いイオリを信用し、囮役《おとりやく》を買って出てくれた。

あまりにも無防備というか不用心に過ぎる印象が在るが、だからこそ彼女がイオリに『裏切られた』と感じれば、激しく怒《おこ》るに違いない。

そんな事をイオリが考えていると――

「イオリ……強い」

ふと何か思い出した様にタビタが言った。

「タビタの助け、要《い》らない」

「いや、そんな事は無いが……地竜にとどめさしたのはタビタだろ？」

「違う。イオリ、タビタ助けなくても、生きていけた」

とタビタは即席の燻製器を見ながら言った。

イオリは元魔術猟兵で生存能力に優《すぐ》れている。

仮初《かりそ》めとはいえ、魔術で様々な仮想物質を生み出せるし、野外生活での知識も経験も持ち合わせている。ただ生き残るというだけなら、タビタの助力は必須《ひっす》ではない。だからイオリはタビタを助けて地竜狩りに参加したりせず、そのまま逃《に》げていても良かったのだ。

「自分だけ逃げるのは……もう沢山《たくさん》でな」

イオリはふと自嘲《じちょう》めいた笑《え》みを浮かべて言った。

「逃げる？」

「前にな。現世での――天界での事だよ」

焚《た》き火の炎《ほのお》が爆《は》ぜるのをぼんやりと眺めながらイオリは言った。

「一緒《いっしょ》に戦ってきた仲間を……俺は置いて逃げたんだ。家族同然だった奴等《やつら》が死んでいくのを横目に、仲間の亡骸《なきがら》をその場に残して、俺一人だけ生き残ったんだよ」

降り注ぐ火炎《かえん》と衝撃《しょうげき》。飛び交《か》う怒号《どごう》と悲鳴。

ぶちまけられる血潮。無造作に転がる手足。

「仲間に『生きろ』と言われた。自分達はもう駄目だから、お前だけでも生き残れって言われて……仲間にそう言われたからって自分に言い聞かせて、俺は、逃げた。でもそれは単に――仲間の『せい』にしてただけでさ？」

「……せい？」

「俺が逃げたのは結局の所、死にたくなかったからだ。なのに『仲間がそう言ったから』なんて言葉で、自分を誤魔化《ごまか》して、逃げた。仲間をその場に残して、振り返りもせずに、走って逃げた。俺を庇《かば》って大やけどを負った奴とか、俺にこの――」

イオリは燻製器に眼を向ける。

「燻製のやり方から魔術の基礎《きそ》まで色々教えてくれた奴とか、家には綺麗《きれい》な嫁《よめ》さんと可愛《かわい》い娘《むすめ》が待ってる奴とか、病気で歩けなくなった妹が居る奴とか……そんな連中をみんなみんな、その場に残してな」

「イオリ……」

不思議そうにタビタはその紫《むらさき》の眼を瞬《またた》かせてイオリを見つめてくる。

「『お前だけでも生き延びろ』と言われたから、なんてのは言い訳だよ」

死んだ仲間に自分の行為《こうい》の責任を押しつけてるだけだ。自分の上にのしかかってくる罪の意識を、代わりに仲間の骸に背負わせてるだけだ。少なくともイオリはそう思う。

「ああ──いや、悪い。俺の『仕事』の話だったか」

イオリは首を横に振って苦笑した。

「それからまあ……色々あって、俺は罪人となった」

その色々がまたユーフェミアやその父親絡《がら》みで込み入っているのだが──今はその事を省いても問題無いだろう。ユーフェミア自身も細かい事情は知るまい。そして知らないで居た方が良い。そういう事情も在るのだとイオリは身に染《し》みて知っていた。

「早々に棄界《ゲヘナ》送りが決まったよ。タビタ達が言うところの『天界』から、罪人をこの棄界《ゲヘナ》へと送り込む流刑《るけい》だ。だがその直後に……妙《みょう》な話が俺の所に持ち込まれてきた」

目を閉じて──右手の薬指に塡《は》めた指輪に触《ふ》れながら、イオリはその時の記憶《きおく》を脳裏《のうり》に思い描《えが》いた。

●

ジンデル王国。

それはしばしば『千年王国』『永久楽園』などと謳《うた》われる王制国家だ。

その歴史は実際に千年に達しようかという程《ほど》に永く――過去に何度も他国からの侵略《しんりやく》の脅威《きようい》にさらされつつも、これを撥《は》ね除《の》けて領土を維持《いじ》し、大規模な飢饉《ききん》や疫病《えきびよう》、災害に見《み》舞《ま》われて臣民の数を半減させる事も無く、人々は終わる事の無い平和と繁栄《はんえい》を当然の様に享受《きようじゆ》していた。

他に類を見ない国家の盤石振《ばんじやくぶ》りは……しかし実の所、地理的優位性によるものでも気候的優位性によるものでもなく、ましてや政治体制や経済体制が優れていたからでもない。

それは偏《ひとえ》に――建国より連綿と続く王家の力だった。

「――聖約宮《テスタメント》という名前を聞いた事は？」

イオリが元上官である騎士《きし》ワディンガム卿《きよう》殺害の罪により投獄《とうごく》されてから、十日余り。

突如《とつじよ》として彼は牢屋《ろうや》から引き出され、目隠《めかく》しをされた上で、ある場所へと連れて行かれた。途中《とちゆう》で馬車にも乗せられていた事を思うと、恐《おそ》らくはそれなりの距離《きより》を移動させられたのだろうが、あれが何処《どこ》だったのか、イオリは今も分からない。

ただ確かなのは……最終的にイオリが連れられた場所は、何処かの貴族の屋敷《やしき》だった。

それも王国貴族の中でも指折りの大物の。床《ゆか》に敷《し》かれた絨毯《じゅうたん》は一歩歩く毎《ごと》に身体《からだ》が沈《しず》み込むかの様な柔《やわ》らかさであったし、部屋の中に飾《かざ》られていた調度品も、窓を覆《おお》い隠す飾り布も、庶民《しょみん》のイオリの眼から見てさえ、高級品とすぐ分かる代物《しろもの》だった。

そこでイオリはある男と顔を合わせた。

いや。顔を合わせたというのは間違《まちが》いかもしれない。

最初から最後まで相手は仮面で顔を隠していたからだ。勿論《もちろん》……名乗りもしない。ただ棄界《ゲヘナ》送りに処せられる様な重罪人を、強引《ごういん》に牢《ろう》から出して連れてくる様な真似《まね》が出来る以上、王国貴族の中でもかなりの大物であるのは間違いなかった。

「聞き覚えが無いですかね。普段《ふだん》あれはただ『王宮』とだけ言われていますからね」

黙《だま》ったままのイオリに対し、相手は勝手に話を進めていく。

言葉面《づら》こそ丁寧《ていねい》だが、自分の言葉には誰《だれ》もが耳を傾《かたむ》けて当然――そう思って疑っていないのが、イオリにも分かった。だが大貴族ならば、その傲慢《ごうまん》さも別に不思議ではない。

問題はそんな大物が、刑の執行《しっこう》を待つばかりの罪人に何の用か――という事だった。

「では王権器《レガリア》は？　こちらは無論、聞いた事が在るでしょう？　ジンデル王国の臣民であれば子供でも知っています。臣民権を持たぬ移民や難民でも耳にした事は在るでしょう？」

それは名の通り王権の象徴《しょうちょう》であり……王家の血統にのみ顕《あらわ》れる奇跡《きせき》だった。

清水の如《ごと》く、あるいは玻璃《はり》の如くに透《す》き通ったそれは、王の血族がある年齢《ねんれい》に達すると、その身の内から生み出すものなのだという。形状は個人差が多いが、大抵《たいてい》は剣《けん》の形を採るといわれる。実際、イオリも以前一度、国境警備軍の激励《げきれい》に訪《おとず》れたジンデル国王がこれを顕現《けんげん》させて掲《かか》げる様を見ているが……細身の長剣だった。

聞く所によると、この王権器《レガリア》はジンデル王国の始祖王が、古代魔法王国の生き残りと契《けい》約《やく》し、その身に——いやその血統に得た祝福の具現なのだとか。

「偉大《いだい》なる始祖王、ジンデル一世陛下は、慈悲《じひ》の御心《みこころ》を以《もっ》て、古代魔法王国の生き残りを庇護《ひご》なされました」

仮面の男は歌う様な口調で言った。

「その御恩《ごおん》に報《むく》いるため、古《いにしえ》の業《わざ》に通じた魔法使い達、通称《つうしょう》東方七博士はその秘儀《ひぎ》を尽《つ》くし、始祖王とその子孫に、未来永劫《みらいえいごう》の繁栄を約束する祝福の魔法を掛《か》けたのです」

まるで見てきたかの様な口ぶりだが、無論、それは遥《はる》か昔の——千年は言い過ぎとしても、数百年は前の事である筈《はず》だ。

魔法。喪《うしな》われた秘儀。

イオリ達の扱《あつか》う魔術とは別物だ。

魔術は、永続しない――魔術で生み出された仮想物質は、術者から離《はな》れたり、術者が意識を失えば、途端に霧《む》散《さん》する。所詮《しょせん》は魔力によって強引に『存在しているかの様に装《よそお》われている』だけの幻《まぼろし》だ。当然、術者が死んでも魔術は消滅《しょうめつ》する。

だが魔法は違う。

既《すで》に始祖王に祝福の魔法を掛けたという東方七博士は居ないが、彼等の魔法は今もジンデル王国を護《まも》り続けている――

「その証《あかし》が王権器《レガリア》です」

つまるところ……ジンデル王国が建国以来、他国に侵略されて領土を奪《うば》われた事が一度も無い事や、歴史に残る様な大災害の被《ひ》害《がい》に一度たりとも遭《あ》っていない事も、全《すべ》てはこの祝福の魔法のお陰《かげ》であり、王権器《レガリア》がその象徴、祝福の証であるのだという。祝福の魔法が生み出す幸運強運がこのジンデル王国を護っているのだ。

「――と、教えられ、殆《ほとん》どの臣民は、それを信じ込んでいる訳ですが」

「……なに？」

「実際は違います。そんな幸運だの強運だの。そんなあやふやなもので国が護られる筈が無いでしょう？　王権器《レガリア》は『鍵《かぎ》』なのですよ。聖約宮《テスタメント》を使う為《ため》の」

何処か芝居《しばい》がかった仕草で大きく頷《うなず》いてみせながら仮面の男は言った。

「聖約宮《テスタメント》は魔法の機関《からくり》です」

「魔法の……機関？」

「建前は王宮という事になっていますし、実際に、王宮として使われてもいますが、その本体は地面の下……地上に見えているのは、その大半が後から造られ、聖約宮《テスタメント》を隠す為の『覆い』でしかないのですよ」

「………………」

「聖約宮《テスタメント》はジンデル王国を統治する。完全に。絶対的に」

仮面の男は両手を広げて言った。

「例えば天候を操《あやつ》る。雨を降らせるのも晴天を続けるのも、暑さ寒ささえ思いのまま。農耕や牧畜《ぼくちく》に最適な、温暖で湿潤《しつじゅん》な気候を作り出せる」

「それは……そんな事が？」

「例えば空間を操る。他国の軍隊が攻《せ》めてきても、それらを永遠に終わらぬ道に閉じ込める事が出来る。侵略者共は延々と閉じた環《わ》の中を餓死《がし》するまで行軍するのみ」

聖約宮《テスタメント》とはつまり……ジンデル王国の国土を構成する、ありとあらゆる要素を弄《いじ》る為の魔法機関なのだ。確かにそれは幸運などではなく、具体的で明確な力であり、『千年王国』の繁栄を支えるものであったろう。

「始祖王は東方七博士に命じて御自身《ごじしん》とその血族のみがこれを扱える様になされた。血族の証として王権器《レガリア》を出せる様に魔法を掛けさせ、その上で王権器《レガリア》を以て契約した者だけが聖約宮《テスタメント》を扱える様になされたのですよ」

　それは王位を——そして奇跡の魔法機関を他の者に奪われぬ様にする為の、処置であったろう。自分と自分の子孫が未来永劫ジンデル王国を支配し、繁栄を続ける為の——

「しかし聖約宮《テスタメント》の力でも、個人に降りかかる災厄《さいやく》……事故や病《やまい》までは、どうにもならなかったし、悪意から来る行動までは止められなかった。それらが偶然《ぐうぜん》にも重なる事も」

「重なる？」

「つまり——王家の血筋は途絶《とだ》えたのですよ」

　仮面の男は長々と嘆息《たんそく》して言った。

「勿論未《いま》だ、伏《ふ》せられていますがね。王位継承《けいしょう》権の在る者達の争いと、流行病、事故、これらが運悪く重なったのです。その結果として、去年まで八人も居た王権器《レガリア》を出せる王族が、悉《ことごと》く、死に絶えてしまった」

　言われてみれば、国王やその家族が臣民の前に出てこなくなって、もう半年余りになる。

前線で——国境線付近で戦う事の多かったイオリは、元々その手の事情に疎《うと》く、特に気にしていなかったのだが。

「今は未《ま》だ、替《か》え玉を使って誤魔化していますが……所詮は偽者《にせもの》。あまり頻繁《ひんぱん》に人目にさらすと、ボロが出かねない。何より王権器《レガリア》を出せず、聖約宮《テスタメント》の力が使えない」

「…………どうするんだ」

熱の無い口調でイオリは問うた。

殆ど会話の流れで尋《たず》ねただけで、別に気になった訳ではない。ジンデル王国の裏事情など知りたくもなかった。王国を千年近く支えてきた魔法機関が使えなくなるというのは、大変な事態なのだろうが、既に棄界《ゲヘナ》送りが決まっているイオリにとって、ジンデル王国の事情は既に、他国のそれに等しかった。

「我々は大慌《おおあわ》てで探しましたよ。王国の記録を遡《さかのぼ》り、過去に野に下った——王族の立場を棄《す》てて臣民となった者が居なかったかと。さすがに見つからなかったのですが、代わりに我々は知る事となりました——かつて王位継承権争いの果てに、反逆の罪を被《かぶ》せられて棄界《ゲヘナ》送りに処せられた王族がいた事を」

権力闘争《とうそう》の結果なら、王位継承権者本人のみならず、恐らくは家族諸共、棄界《ゲヘナ》に送られた事だろう。配偶者《はいぐう》や子、孫を残しては、後々の禍根《かこん》となりやすい。

伝統的にジンデル王国には死刑《しけい》が無い。

代わりに存在するのが、二度と戻《もど》れぬ絶対流刑――棄界《ゲヘナ》送りなのだ。二度と現世の事情に関《かか》われぬというのであれば、それは確かに絶対的な断絶であり死刑に等しい。

「……なるほどな」

此処《ここ》に至ってイオリにもようやく話の大枠《おおわく》が見えてきた。

「元ジンデル王国軍、銀二等位、魔術猟兵《まじゅつりょうへい》イオリ・ウィンウッド」

改まって仮面の男はイオリの名を呼んだ。

「罪状は『上官殺し』、刑罰《けいばつ》は『棄界《ゲヘナ》送り』……結構。資料によると、君は国境警備部隊の一人として豊富な実戦経験が在り、なおかつ、森や山において生き抜《ぬ》く術《すべ》を能《よ》く心得ているそうですが？」

「………………」

「君に『仕事』を頼《たの》みたいのです。きちんとこなせれば、君は無罪放免《ほうめん》の上、それなりの金を得る。新しい名前と立場も。取引としては悪くないと思いますが――さて？」

「……もしその王族が向こうでも絶えていたら？」

「その場合は、ただ君が建前通り棄界《ゲヘナ》送りになって、それで終わりですね」

別に今更喪《いまさらうしな》うものは無いだろう――という事らしい。

大貴族であろう男の表情は勿論、仮面に遮《さえぎ》られてイオリには見えないままだが……男が顔を隠《かく》しているのは、素性《すじょう》を隠す為だけではないのだろう。口調は殊更《ことさら》に余裕《よゆう》を含《ふく》み、何《ど》処《こ》かイオリを見下す様なものになっているが、同時に苛立《いらだ》ちの様なものも滲《にじ》んでいた。

もう余裕が無いのだ――罪人に頼《たよ》らねばならない程《ほど》に。

あるいは既に何人か、いや何十人かに同様の話をして、断られているのかもしれない。

もしくは既に何十人もの人間を王族の末裔探索《まつえいたんさく》の為に送り込んで、未だに成果が無いのか。

（……引き受けなければ消される……か？）

当然、事は秘密裏《ひみつり》に行われる事を要する。

ジンデル王国の『護《まも》り』が事実上、消えたも同然なら、今が好機と他国の軍隊が攻め込んでくる可能性が高い。正規の軍人に命じるのではなく、イオリの様な罪人に声を掛けているのは、元々棄界《ゲヘナ》送りにされる罪人だからだ。棄界《ゲヘナ》送りの刑の執行は公開で行われるし、正規の軍人を何人も動かせば、色々と目立ちやすい。

（……別に今更《いまさら》……惜《お》しい命でもないが……）

何人もの知己《ちき》の顔が脳裏《のうり》を過《よ》ぎる。

その多くは仲間達だった者――あの日、戦場で果てた戦友《せんゆう》達のものだ。

イオリの様に天涯孤独《てんがいこどく》な者も多かったが、中には妻子持ちや、年老《としお》いた親や病気の肉親を抱《かか》えていた者も居た。

『生きろ』


何度も何度も脳裏に蘇《よみがえ》る言葉。

胸に突《つ》き刺《さ》さってどうにも抜けない一言。

それは、今はもう亡《な》き者達が異口同音に遺《のこ》した――請願《せいがん》であり命令だ。

だが何もかも全てを喪ったイオリにとってそれは、ひどく過酷《かこく》な呪《のろ》いだった。即《すなわ》ちそれは『死ぬな』という事であり、死んで楽になる事を……自分の人生を含んだ諸々《もろもろ》を終わらせて放《ほう》り投げてしまう事を禁じる言葉なのであるから。

何の為に生きるのか。何を求め生きるのか。

死者達は願い命じるばかりで生き甲斐《がい》というものを与《あた》えてはくれなかった。

だから――

「……分かった。引き受けよう」

イオリは深呼吸を一つしてからそう答えていた。

「――まあ、こんな事情さ」

とイオリは肩《かた》を竦《すく》めて言った。

要するにイオリの目的は人探しだ。

本当に生き残っているかどうかも分からないジンデル王族の末裔《まつえい》を、右も左も分からぬ異境で探し出して、連れ帰らねばならない。

「本来は一緒《いっしょ》に送り込まれた他の罪人と協力して、動く筈《はず》だったんだがな。何が在ったのかは俺にもよく分からないが、俺達はばらばらになってしまった……」

「…………」

タビタは――しばらく黙《だま》っていたが。

ふと彼女は身体《からだ》を傾《かたむ》け、イオリの肩に寄りかかってきた。

「タビタ？　おい――」

「…………」

驚《おどろ》いたイオリが声を掛けるが、彼女はそのままイオリの肩から胸へ、胸から膝《ひざ》へとずるずると滑《すべ》っていって、横倒《よこだお》しになった。そのまま身を起こす様子が無い。念《ねん》の為にと手を彼女の鼻に近づけると――安らかな吐息《といき》が感じられた。

「……寝《ね》るなよ」

苦笑《くしょう》してイオリは呟《つぶや》く。

イオリとしては、出来るだけ嚙《か》み砕《くだ》いて説明した積もりだが、タビタには初めて聞く言葉も多かったであろうし、退屈《たいくつ》して眠気《ねむけ》を感じるのも仕方ない事だろう。そもそも彼女は地竜狩りに入ってから、ぐっすりと眠った事も無かったであろうし。

「……にしても不用心に過ぎるだろう」

逆に言えば、今は安心しきっているという事だ。

だが出会って間も無い相手の、膝枕《ひざまくら》で眠るなど……人懐《ひとなつ》っこいにも程が在る。地竜という怪物《かいぶつ》を命懸《いのちが》けで共に斃《たお》した事で、強い仲間意識を感じているのかもしれないが――

「大体、俺は罪人な訳で――」

「――何をしている？」

背後から投げかけられる――不機嫌《ふきげん》に尖《とが》った声。

振《ふ》り向くまでもない。ユーフェミアが戻ってきたのは、微《かす》かな鎧《よろい》の音で気づいていた。

「燻製《くんせい》を作ってんだよ。説明しただろうが。燻《いぶ》しておくと保存が利《き》いて――」

「そうではなくて！」

「大声出すな。タビタが起きる」

イオリは言ってタビタの寝顔を指さした。

「う？　いや、す、すまん…………………いや、だからそうではなくて、イオリ・ウィンウッド、貴様——」

抱えていた小枝を足下《あしもと》に投げ捨てると、ユーフェミアはイオリの膝の上で寝息を立てているタビタを指さした。

「その棄界人《ゲヘナント》の少女に何をしているのだ？　そんな——出会ったばかりの相手に、そんな、は、破廉恥《はれんち》な！」

「……破廉恥？」

「こ、股間《こかん》に、少女の顔を……」

「…………」

イオリは——自分の膝に頭を置いて俯《うつむ》きで眠るタビタと、それを指さすユーフェミアの間で何度か視線を往復させてから、長いため息をついた。

「ただの膝枕を見てそういう発想になる奴《やつ》って、そいつの方が破廉恥だよな」

「なっ……!?」

衝撃《しょうげき》を受けた様によろめくユーフェミア。

「何という侮辱《ぶじょく》⁉　私は騎士《きし》として――」

「大体――俺、お前にも膝枕した事在るぞ」

「え……いつ⁉」

「出会って間も無い……確かお前が十歳かそこらだった頃《ころ》、お前の屋敷《やしき》で。遊び疲《つか》れてたのか何だったのか知らないが、いきなり、こてんと寝てしまってな」

それこそ今のタビタと同じ様に。

「ぐーすか気持ちよさそうに寝てて、動くに動けないから困った」

「で、でも、そんな覚え――」

「そりゃそうだろう、その後、隊長が来て…………」

そこでイオリはふと言葉を途切《とぎ》れさせた。

王国騎士ヴィンセント・ワディンガム。ユーフェミアの父。

かつての上官であり――正規臣民申請《しんせい》の際の後見人であり、私生活でも何度も面倒《めんどう》を見て貰《もら》った恩人であり、そして、彼が殺した相手でもある。

イオリとユーフェミア、双方《そうほう》に深々と刻まれた心の傷。

未《いま》だに癒《い》えきっていないそれは、軽く触《ふ》れるだけでも再び血を滲ませる。

「…………」

ユーフェミアも無言でその場に立ち尽《つ》くしている。

改めて自分がどうして今此処《ここ》に居るのかを思い出しているのだろう。

「……何故《なぜ》なんだ？　……何故……父様を……？」

やがて彼女は腰《こし》に提げた剣《けん》の柄《つか》に手を掛けながら――喘《あえ》ぐ様な口調で問うてきた。

「部下を全滅《ぜんめつ》させてしまったから？　部下を助けずに逃《に》げたから？　それとも――」

「…………」

イオリは答えない。答えても誰《だれ》も喜ばない。誰も幸せになどなれない。死者も生き返らない。全《すべ》て無かった事になどならない。だから――答えてはならない。

「私は……！」

震《ふる》える手がカチカチと無様な音を立てながらも、ゆっくりと剣を引き抜いていく。

今のイオリは座っているし、膝の上にはタビタも眠っている。立ち上がるのにも手間取るだろう。魔術《まじゅつ》も、使うには術語詠唱《えいしょう》が必要になるので即応《そくおう》性は低い。ここでユーフェミアが斬《き》りかかれば――彼女は確実に父の仇《かたき》を討《う》てる。

そして――

「…………ん」

ふと身じろぎしてタビタが身を起こす。

「イオリ……ユーフェミア……？」

二人の間にわだかまる微妙《びみょう》な空気を察してか、タビタが首を傾《かし》げる。

「…………」

ユーフェミアの指が柄から離《はな》れる。半ばまで抜《ぬ》かれていた剣は自重でするりと鞘《さや》の中に戻《もど》って小さな金属音を立てた。

「何でもない」

イオリは燻製器の下で爆《は》ぜる火を眺《なが》めながら――物憂《ものう》げな声でそう言った。

●

見渡《みわた》す限りに鬱蒼《うっそう》たる『森』の風景が広がっていた。

いや……それを果たして『森』と表現して良いのかどうかイオリは確信が持てないでいる。イオリの知識の中で最も近い印象の言葉が『森』だというだけだ。

数え切れない程に生え並ぶ樹木が、大きく枝を、そして葉を広げている。密に重なるそれらのせいで、陽光は辛《かろ》うじて細い糸の様なものが届くばかり……地面を歩いているとまるで頭上に蓋《ふた》をされたかの様にも思え、地上は昼間だというのにぼんやりとして暗い。

だが――

「……でたらめ過ぎるな」

何もかもが大きい。大き過ぎる程《ほど》に大きい。

生え並ぶ木々は、それぞれが地形を成す様な規模に——小山の様な大きさにまで成長しているのだ。幹などは近くまで寄ると巨大《きよだい》な『壁《かべ》』の様にすら思える。枝に生える無数の葉も、人間がその上に寝転《ねころ》べそうな程の大きさである。

むしろ自分達が何分の一かの大きさに縮んだのではないか——とすら思えてくる。

「……流石《さすが》にきついか」

と——イオリは肩越《かたご》しに背後を振り返って呟いた。

適当に休憩《きゆうけい》を挟《はさ》んではいるが、既《すで》に丸一日、イオリ達は移動に費やしている。

勿論《もちろん》、イオリは歩くのには——行軍は勿論、慣れている。

それにタビタが回収して来てくれた衣装——黒い革の上着、鋼糸を編み込んだシャツとズボン、そして何より黒革の長靴、と国境警備部隊時代から慣れ親しんだ格好をしている為、歩き回るのにも違和感は無い。

だが地面は無数の岩塊《がんかい》とその隙間《すきま》に張られた巨大樹の根によって複雑な凹凸《おうとつ》を成しており、勿論、整地された道など何処《どこ》にも見当たらない。平坦《へいたん》な場所を見つけて通るだけでも一苦労だ。

森歩きや山歩きになれていない身では尚更《なおさら》、疲労《ひろう》が蓄積《ちくせき》する筈だった。

「タビタ。少し休憩を入れないか？」

「村。もうすぐ」

先を歩くタビタが、肩越しに振り返り、淡々《たんたん》とした口調で告げてくる。

しっかりした足取りで歩いている彼女だが、ふらふらと力なく揺《ゆ》れる尻尾《しっぽ》を見るに、彼女も疲れているのかもしれない。

「……イオリ疲れた？　辛《つら》いか？」

「ああ……多分な」

言ってイオリは立ち止まり、背後を振り返る。

歩数にして二十歩かそこらの距離《きょり》に……ユーフェミアの姿が在った。

彼女はイオリと同様、地竜の骨で作った間に合わせの『杖《つえ》』をつきながら、後をついてきている。杖といっても実質的には単に骨に滑り止めの布を巻き付けただけの代物《しろもの》だ。同様のものはイオリも手にしていた。

「おい。もうすぐだそうだから、サボるな」

ユーフェミアが立ち止まったのを見てイオリがそう声を掛ける。

「誰がサボっているか！　失礼な事を……ひゃっ？」

ユーフェミアは眉尻《まゆじり》をつり上げて怒鳴《どな》り――しかしどうやら足を滑らせた様で、その場に転んでしまった。がしゃがしゃと彼女の軽装鎧の金属部分が音を立てる。

軽装とはいえ鎧を身につけ、剣を佩《は》いている以上、それらの重量は最終的に足に負担を掛けてくる。イオリ達に比べて、ただ歩くだけでも彼女はより疲れやすいのである。

「……タビタ、すまん、少し休憩だ」

「分かった」

タビタが振り返って頷《うなず》いてくるのを確認《かくにん》すると、イオリはため息をつき、自分が背負っていた荷物を下ろしてユーフェミアの方に歩いて行く。

イオリ達は……いずれも大荷物を背負っていた。

地竜の骨の中で比較的《ひかくてき》細く長いものを選んで、樹の枝や蔓《つる》と組み合わせて背負子《しょいこ》を作り、そこに地竜を解体して得た諸々《もろもろ》を積んでいるのである。これがまた重いのだ。

これでも地竜の遺骸《いがい》の半分以上を、現場に残してきたのだが。

「〜〜〜〜ッ！」

ユーフェミアは、両手両足を広げて仰向《あおむ》けになったまま、唸《うな》る様な声を上げている。

「駄々《だだ》っ子《こ》かお前は」

「だからいつまでも子供扱《あつか》いするな！」

「起きろ。少し休憩する。まあ村はもうすぐだそうだが」

そう言って手をさしのべるイオリだが、ユーフェミアは寝転がったまま、イオリを睨《にら》むばかりでその手を取ろうとはしなかった。一時休戦している様な状態とはいえ、親の仇の助けは借りない、という事だろう。

「…………」

イオリは肩《かた》を竦《すく》めて手を引っ込める。

とりあえずはタビタに村までの距離を確認しようと彼女を振《ふ》り返り——

「——タビタ？」

ふと眉《まゆ》をひそめてイオリは棄界人《ゲヘナント》の少女に声を掛《か》けた。

「…………」

タビタは——無言。

イオリを無視したというよりも、何かに気をとられている様に見えた。ある方向を向いて、僅《わず》かにその長い尖《とが》り耳を動かしている——途切れ途切れに聞こえてくる微《かす》かな音を捉《とら》えようとしているかの様に。

「——おい、タビタ？　どうした？」

もう一度声を掛けてもやはり反応が無い。

だが次の瞬間《しゅんかん》――

「…………！」

タビタは荷物を放《ほう》り出し、地を蹴《け》って、猛然《もうぜん》と駆《か》け出していた。

「おい⁉　タビタ⁉」

イオリが声を掛けるも、タビタは一瞬、肩越しに振り返っただけで――止まらずそのまま走って行く。その顔にはやはり表情は浮《う》かんでいなかったが、何か突発的《とっぱつ》で深刻な事態が生じた結果なのだろうという事は、イオリにも想像がついた。

「……村に何か在ったたか」

「何かって……」

「何かだよ」

さすがに身を起こして尋《たず》ねてくるユーフェミアにイオリはそう答えると、背負っていた荷物をその場に下ろした。何が起こっているにせよ、身軽に動けた方が良いだろう。

改めて骨杖を軽く振ってその感触《かんしょく》を確かめる。

特に折れそうな気配も無い。さすがはあの巨体《きょたい》を支えていた骨格である。あるいは物質としての組成そのものがイオリ達のものとは違《ちが》うのかもしれない。

何にしても、これならば武器としても――棍《こん》としても使えるだろう。

「お前は此処で休んでろ。荷物を見ておいてくれ。もし余力が在るなら荷物ごと木の上に登っておいた方がいい」

「あ、ちょっ……待っ……!?」

慌《あわ》てるユーフェミアにそう言い置いて、イオリはタビタの後を追って走り出した。

●

タビタの村――棄界人達《ゲヘナント》の集落には労せずして辿《たど》り着く事が出来た。

だが……

「これは……!」

さすがのイオリもその風景には驚《おどろ》かざるを得なかった。

端的《たんてき》に言えば、彼の目の前に広がっているのは『家のなる樹《き》』の風景だった。

巨大な――これまで見てきた中でも、一際《ひときわ》巨大な樹木が数本、広い範囲《はんい》に点在しており、そこにまるで果物の様に色々なものが付属しているのだ。

幹や太い枝の上には家屋らしき小部屋が幾《いく》つも造り付けられ、その傍《そば》には大きめの布袋《ぬのぶくろ》が幾つもぶら下げられている。恐《おそ》らくは倉庫代わりの備蓄《びちく》袋なのだろう。

昇《のぼ》り降りには階段の代わりに幹に網目《あみめ》状の縄《なわ》が掛けられ、他にも非常用なのか何本かの縄が地面まで小部屋から垂らされているのが見えた。巨大樹相互《そうご》の行き来には吊《つ》り橋らしきものも渡《わた》されている。

森の中には変わりないので集落も全体的に薄暗《うすぐら》い。

昼間だというのに陽光は巨大樹の葉や枝の重なりに遮《さえぎ》られて細い糸の様な木漏《こも》れ日が降り注いでいるばかりだ。お陰《かげ》で巨大樹の根元は日陰《ひかげ》の部分が殆《ほとん》ど、多少暗くても育つ陰生植物が疎《まば》らに生えているだけで、森の中とは思えない程に広い平面がそこに確保されていた。馬程も在る大型の鳥が何羽か、樹皮を編んで作られた縄に繋《つな》がれているのも見える。

そして――

「何が在った……!?」

そこには大量の棄界人達《ゲヘナント》が倒《たお》れていた。

一人や二人ではない。ざっと見回しただけでも五十人以上が倒れている。

男も女も、若者も老人も、等しく見受けられた。

着ているものも仕立てに多少の違いはあれど、タビタの衣装《いしょう》と同じ布で、同じ様な形に整えられた衣装である。耳は長く尖り毛に覆《おお》われていて、腰《こし》には尻尾が生えている。

間違いない。タビタと同じ部族の者達だ。

しかも彼等の多くは……手に得物《えもの》、つまり武器を持っていた。

タビタの様な大剣《たいけん》を持っている者も居れば、長柄戦斧《ながえせんぷ》や短槍《たんそう》を持っている者も居る。

（これは……全部タビタの大剣と同じか？）

よく見れば、棄界人《ゲヘナント》達の得物は全《すべ》て長く伸《の》ばした彼等の髪《かみ》に繋がっていた。勿論、単に髪を結びつけてあるのではない。三つ編みにしたり束ねたりした長い髪の先端《せんたん》部分が、武器の一部と溶《と》け合っている様だった。

しかも――

「……」

イオリは手を伸ばして棄界人《ゲヘナント》の得物の一つに触れてみる。

途端――それはまるで砂細工が崩れるかの様に輪郭が緩んで、さらに次の瞬間には単なる髪の毛に変化していた。

他にも二つ三つ触れてみたがいずれも同じだ。どうやら棄界人《ゲヘナント》達の得物は、使い手が意識を失うと――気絶したり死んだりすると、形を保てなくなるらしい。

（タビタの時はそのままだったが、何か違うのか？）

タビタがイオリの膝で眠っていた時は、大剣はそのままだった。単に眠っているだけならば、形を維持出来るのか。それともタビタが何か特別なのか。

（要するにこれは元々髪の毛なのか）

だから見た目のような重さも無いのだ。

そもそもこれは能力なのか技術なのか。

いずれにせよ――

（武器を持って倒れているという事は、何者かと――あるいは何物かと争った後か？）

イオリは念の為《ため》に気配を殺し足音を殺して、倒れている棄界人《ゲヘナント》達に近寄った。

倒れている者達は半数が既に息絶えており、残る半数も重傷を負っている者が多い。だが奇妙《きみょう》なのは――刃物《はもの》傷の類《たぐい》が全く見当たらない事だった。傷は全て打撲《だぼく》か、さもなくば爪《つめ》で引《ひ》っ掻《か》き抉《えぐ》った様なものばかりである。

少なくとも剣や槍で斬《き》り合ったのではない。するとあの地竜の様な化け物が集落を襲《おそ》ったのか。だがそれでは死体に喰《く》われた跡《あと》が無いのがおかしい。

「～～～ッ！」

「～～!!　～～！」

叫《さけ》び合う声が聞こえる。

イオリは倒れている棄界人《ゲヘナント》達の様子を調べるのを中断し、大きな樹《き》の幹を回り込んで、声が飛んできたその現場に向かう。一体何が起きているのか。その事を確かめなければ動きようが無い。

だが……そこでイオリは更《さら》に予想外の光景を見る事になった。

「…………!?」

今しも戦いが始まろうとしていた。

タビタと同様に獣《けもの》の様な耳と尾《お》を備えた棄界人《ゲヘナント》達が、三十人ばかり集まっている。

彼等は素手《すで》だった。いずれも武器を持っていない。

なのに——離《はな》れた所から身を隠《かく》して眺《なが》めているイオリにも、はっきりと肌《はだ》で感じられる程に彼等は強烈《きょうれつ》な殺気を放散している。戦う気なのだ。それは間違いない。

「ほおおおおおおおおおおおおおおおおおおおおおおおおおッ！」

棄界人《ゲヘナント》達が一斉《いっせい》に吼《ほ》える。

そして彼等は、まるで背中に背負った何かに手を伸ばすかの様に、利《き》き腕《うで》を後ろに回して——次の瞬間、何も無い所から武器をつかみ出していた。

(……!?)

長剣。長柄戦斧。短槍。その他諸々……いずれも服の下に隠せる様な武器ではない。

そしていずれの武器もが棄界人《ゲヘナント》の髪に繋がっていた。

(ひょっとして……魔術《まじゅつ》なのか!?)

あれは恐らく髪をある種の媒体《ばいたい》として用い、魔術同様に仮想物質を組み込む事によって生成されたものだ。

元々生物の毛髪《もうはつ》は魔力の伝導性が高いと言われる。

恐らく棄界人《ゲヘナント》達はその魔力を毛髪に込《こ》める事で武器を生み出す——そうした術に特化した存在なのだろう。

「おおおおおおおおおおおおおおおおッ！」

長々と尾を引く咆吼《ほうこう》。

ただ武器を編み上げるだけではないのか。激しく身を反らし、あるいは震《ふる》わせ、次の瞬間、棄界人《ゲヘナント》達は…………一回り大きく膨《ふく》れあがっていた。

いや。違う。これは——

（獣……!?）

元より棄界人《ゲヘナント》達は獣のものに似た耳と尻尾《しっぽ》を備えている。

だが今の彼等は、より獣に近い姿、毛むくじゃらの姿へと変化していた。

一体どういう理屈《りくつ》なのか、瞬《また》く間に棄界人《ゲヘナント》達の身体《からだ》が、その全身が剛毛《ごうもう》に包まれる。獣の様な斑《まだら》模様の体毛に包まれ、顔の大半も獣毛《じゅうもう》が覆い——若者の身体は瞬く間に、恐ろしく『毛深い』状態へと変化していた。

これは——『獣身化』とでも言うべきか。

骨格こそ人間のままの様だが、それは後ろ脚《あし》で立ち上がった獣そのものの姿だ。しかも――どれだけの力を秘《ひ》めているのかは未《ま》だ分からないが、ただそこに佇《たたず》んでいるだけでも相対した者を威圧《いあつ》する強烈な何かを、彼等は放っていた。

ただし、それは相手には微塵《みじん》も通じていなかったが。

（何者だ……？）

それは――黒い男達だった。

「………」

いや。黒いといっても肌や髪の色ではなく、衣服の色でもない。それはろくに縫製《ほうせい》もされていない、黒く汚《よご》れたぼろ布を身に纏《まと》った半裸《はんら》の男達だった。

顔も髪も薄《うす》汚れている為、全体的にどす黒く見えるのだ。また離れた場所に居るイオリでもはっきりと分かる程《ほど》に、強い異臭《いしゅう》を身に帯びている。明らかに真っ当な暮らしを送っていないと一目で分かる風体《ふうてい》であり臭《にお》いだった。

百人ばかり居るだろうか。明らかに棄界人《ゲヘナント》達よりも多い。

しかもよく見ればイオリ達の様な現世人も、棄界人《ゲヘナント》も居る。さすがに女の姿は見えなかったが――年齢《ねんれい》も若者から老人までばらばらだった。一体何の集まりなのか、見た限りではまるで分からない。

「…………」

　黒い男達の側に怯《おび》えの色は無かった。

　吼えて威嚇《いかく》する棄界人《ゲヘナント》達を、黒い男達は光を欠いた虚《うつ》ろな眼で見ているだけだ。年齢や人種に統一性は無い一方で、彼等の表情だけは共通している。虚無《きょむ》。単に無表情というのではない。表情の表出を押さえ込んでいるのではなく、単純に欠落しているのだ。およそ精気が感じられない。まるで死人の様だった。

　一体何がどうなればこんな集団が出来上がるのか――

「〜〜〜〜ッ‼」

　棄界人《ゲヘナント》達が一斉に黒い男達に襲いかかった。

　単に武器という意味からすれば、棄界人《ゲヘナント》達の方が有利に見える。彼等はいずれも間合いの大きな得物を持っている。対して黒い男達は素手か、精々《せいぜい》がどこぞで拾ってきただけの石だった。

「ほおおおおおおおおおおおおッ！」

　しかも『獣身化』した棄界人《ゲヘナント》達は恐ろしく精強だった。

　傍《はた》で見ていてさえ、彼等の膂力《りょりょく》が倍増しているのが分かった。槍を、斧を振《ふ》り回す彼等の動きが速い。異様なまでに速い。文字通りに目にも留まらぬ速さで彼等は武器を使い、一撃《いちげき》で相手の首を刎《は》ね、腕を落とし、あるいは打撃によって吹《ふ》っ飛《と》ばす。

細かい理屈はイオリには分からないが、恐らく『獣身化』する事で一時的にその力を撥《は》ね上げる事が出来るのだろう。

個々の戦闘《せんとう》能力という意味では、全く、比較《ひかく》にもならない。

ただ――

「…………！」

イオリは息を呑《の》んだ。

そもそもそれは――最初から戦いなどではなかった。

どす黒い格好の男達が、まるで津波《つなみ》の様に、土砂崩《どしゃくず》れの様に、一斉に押し寄せる。

各々《おのおの》には技《わざ》も術も何も無い。ただ迫《せま》って拳《こぶし》で、あるいは手にした石で叩《たた》く。それだけ。

本当にそれだけだった。棄界人《ゲヘナント》達の武器を避《よ》けたり払《はら》う事すらしない。受け止めもしない。

「…………」「…………」「…………」「…………」

槍で脇腹《わきばら》を刺《さ》され、斧で片腕《かたうで》を落とされても、怯《ひる》む事無く前に出て手にした石で殴《なぐ》る。

ただひたすら、殴り続ける。それしか知らぬとでも言うかの様に。結果、滅多《めった》刺しにされ、あるいは四肢《しし》を落とされて、ようやく動きを止める――どの男も同じだった。

無茶苦茶だ。

だが黒い男達は数が多い。しかも何処《どこ》からか次々と集まってきて際限が無かった。棄界人《ゲヘナント》達が一人片付ける間に、二人増える。二人片付ける間に四人が肉薄《にくはく》する。そうして無数の石が寄って集《たか》って棄界人《ゲヘナント》を打ち据《す》える——延々と。延々と。まるである種の虫が集団で獲物《えもの》を狩《か》っているかの様な風景だった。

「……薬か……？」

黒い男達は棄界人《ゲヘナント》を打ち据えているその瞬間《しゅんかん》すら、感情も意思も感じられない虚ろな眼《め》をしていた。闘争《とうそう》の現場だというのに、殺気を放っているのは棄界人《ゲヘナント》の側だけだ。黙々《もくもく》と、淡々《たんたん》と、怒号《どごう》も悲鳴も発する事無く押し寄せて、刺され斬られて、そしてただひたすら数で蹂躙《じゅうりん》する。人間的なありとあらゆる情動を欠いたその姿は——本当に虫の様にも見えた。

やはりこれは戦闘ではない。そもそも何かが噛《か》み合っていない印象が在った。

（……何が目的なんだ、こいつら……？）

黒い男達の動きは二つに分かれ始めていた。

最前線とでも言うべき一団は、棄界人《ゲヘナント》達と戦っている。それは変わらない。ただ後からやってきて合流した連中が……そこかしこに倒れている村人達を連れて退却《たいきゃく》を始めたのだ。

殴られて気絶した者、血を流しながら呻《うめ》く者、そうした村人達を担《かつ》ぎ上げ、あるいは手足に縄《なわ》を掛《か》け、引きずって連れて行くのだ。

(人攫《さら》い……?)

つまり殺傷が目的ではないという事か。奴隷《どれい》にでもする積もりなのか。

いずれにせよ――このままでは、棄界人《ゲヘナント》達が負ける。それはイオリにも分かった。

(どうする……?)

イオリには大雑把《おおざっぱ》に言って三つの選択肢《せんたくし》があった。

ただ傍観《ぼうかん》者に徹《てっ》して一切《いっさい》手を出さない。

もしくは、棄界人《ゲヘナント》側に助力して戦う。

あるいは、黒い男達の側に協力して戦う。

もっとも……三つ目の選択肢はおよそ現実的ではないだろう。あの連中とは意思の疎通《そつう》が出来るかどうかすら怪《あや》しい。迂闊《うかつ》に近づけばイオリも石で殴られそうだった。

だがそもそも……これが何の戦いなのかが分からない。正義だの何だのと青臭《あおくさ》い事を言う積もりはイオリには無いが、細かい事情も知らぬままに他者の争いに加われば、抜《ぬ》き差しならぬ状況《じょうきょう》に追い込まれる可能性が在った。

もう少し様子を見るべきか。イオリがそう考えた――直後。

「――ぬッ!!」

突如《とつじょ》――樹上から黒い男達の真ん中に飛び降りる人影《ひとかげ》が在った。

「タビタ⁉」

何処に行ったのかと思ったが……どうやら樹《き》の上に登って、襲いかかる機を窺《うかが》っていたらしい。小柄《こがら》な棄界人《ゲヘナント》の少女は、黒い男達の集団の中に一瞬消えて――次の瞬間、ごそりと黒い男達の『群れ』が陥没した。

タビタが身を沈《しず》めながら大剣《たいけん》をぶん回したのだ。

いわば大剣による足払《あしばら》いである。元より攻撃《こうげき》を受ける事も流す事も知らぬ黒い男達は、歩いている途中《とちゅう》の不安定な状態から片足をなぎ払われ、あるいは斬《き》り飛ばされて、為《な》す術《すべ》もなく転倒《てんとう》したのだろう。

だが――

「無茶な事を……！」

物陰《ものかげ》から飛び出しながらイオリは唸《うな》る様に言った。

見事な奇襲《きしゅう》ではあったが、後先を全く考えていない。十人やそこらを倒《たお》しただけで――敵全体の動きは変わっていない。むしろ今のタビタに逃《に》げ場は無い。四方八方から押し包まれれば瞬く間に殴り殺されてしまうだろう。

（くそっ――仕方ない！）

イオリは走りながら――術語詠唱《えいしょう》。

「――始まりの元素、水より分かれし燃ゆる風、空へと昇《のぼ》る軽き息、今此処《ここ》に顕現《けんげん》せよ！」

イオリの右手の甲《こう》に入れ墨《ずみ》された魔術陣《まじゅつじん》が術語詠唱に反応。

掌《てのひら》の少し先、虚空《こくう》に燃素系の仮想物質が急速に生成されていく。

（結局、こいつらは――でっかい獣《けもの》だ）

個人個人を見るから対応を見誤る。

黒い男達は――全部で一つの生き物だ。

虫以外でも、ある種の魚や獣はしばしばこうした集団行動を採る。個々の動きは単純だし個々は決して強くは無いが、全体として見れば異様に統制がとれた動きで、集団としての強みを発揮する。

それはつまり、急所の無い巨獣と言っても良い。『切り裂《さ》いて』もすぐに元通り。『殴り付けて』も一瞬、その部分が凹《へこ》むだけで、やはりすぐに元通り。倒そうと思えば、自身を維持《いじ》出来なくなるまで『削《けず》り取る』しかない。

「……なら削ってやるよ」

イオリは呟《つぶや》きながら発動直前で止めてある右手の術式に意識を向ける。

可燃性の仮想物質。元々常温では気体であるそれを、イオリは液体に、更《さら》には固体近くにまで圧縮した状態で顕現――黒い男達が形成する集団へと投げつけた。

細い細い糸を――見えない程の細い、仮想物質の糸を引きつつイオリの投げた『塊《かたまり》』は密集隊形の男達の真ん中に飛び込む。そして――

「――ッ！」

イオリの鋭《するど》い呼気と共に、糸を伝って走る稲妻《いなずま》。

閃光《せんこう》が弾《はじ》けたのは次の瞬間だった。

轟音《ごうおん》と共に紙人形の如《ごと》く黒い男達が四方八方に吹っ飛ぶ。個体から液体、気体へと常温で戻《もど》りながら拡散した仮想物質は、稲妻により着火され、空気と混じり合って、猛烈《もうれつ》な爆《ばく》発《はつ》へと転じたのである。

勿論《もちろん》、爆発と言っても、空中で生じたそれは破片《はへん》や石礫《つぶて》を一切伴《いっさいともな》わないものだ。

黒い男達はただ一瞬の熱波と衝撃波《しょうげきは》を喰らったに過ぎない――だが密集していた事が、彼等にとって仇《あだ》となった。一気になぎ倒され、互《たが》いを巻き込みながら連鎖《れんさ》的に転倒が広がる。しかも爆発の際に生じた炎《ほのお》が彼等の黒いボロ布の何枚かに引火し、燃え上がった。

勿論、それだけでは百名を超《こ》える集団を駆逐《くちく》する事は出来ないが――

「タビタ！」

イオリは――爆発で『削れた』部分に飛び込んだ。

途中、何度かなぎ倒されずに踏《ふ》みとどまった黒い男達が石で殴りかかってきたが、イオリは左手でこれを弾き、あるいは蹴《け》り飛ばして走り続ける。その場に留《とど》まってまともにやり合う積もりが無いならば、黒い男達個々の攻撃を避けるのはそう難しくはなかった。

「何処だ、タビタ！」

「イオリ……!?」

異臭《いしゅう》を放つ黒い男達を強引《ごういん》にかき分けてタビタの所に到達《とうたつ》するとイオリは彼女の手を摑《つか》んで引っ張る。するりと自分の腕《うで》の中に飛び込んできたタビタを抱《かか》えつつ、呪文《じゅもん》詠唱。

「吹っ飛べ！」

再び爆轟《ばくごう》の魔術をぶちかますイオリ。

轟音と共になぎ倒される黒い男達。

未《ま》だ立っている黒い男達を文字通りに蹴散《けち》らし、あるいは手にした骨杖《こつじょう》で殴り倒し、踏みつけながら、イオリはタビタと共に集団の中から脱出《だっしゅつ》した。

だが――

「こいつら……」

振り返って見れば、なぎ倒された黒い男達は何事も無かったかの様に起き上がり、再び棄界人《ゲヘナント》達に――あるいはイオリ達の方に向かい始めていた。

さすがに黒いボロ布に火が点《つ》いた者は、火傷《やけど》の痛みからか、単に火への恐《おそ》れからか、その場でのたうち回っているのが見えたが……他の者達はそんな仲間に見向きもしない。

やはりこの連中は普通《ふつう》ではない。

薬で感情や苦痛を殺しているのか。それとも何か——

（いや、しかし火は恐れるのか……？）

薬で感情や苦痛を殺しているのならば、服に火が点こうが火傷を負おうが、刺され斬られたのと同様に、むしろ無反応であるべきだろう。

「………」

イオリを押し包む様に迫ってくる男達。

数歩後ずさり、しかしイオリはそこで巨大樹《きょだいじゅ》の幹に退路を阻《はば》まれた。

もう一度、爆轟の魔術を使うか。あるいはもっと別の魔術が良いか。

威嚇《いかく》が通用しないならもう完全に制圧するしかない。

だが——イオリの手持ちの『札』の中には個人で集団を制圧する魔術も幾《いく》つか存在はするが、いずれも遣《つか》いどころが難しい。術語詠唱も長く、状況を厳密に見定めなければ、自分の魔術に巻き込まれる可能性が在った。

イオリが大急ぎで打つべき手を脳裏《のうり》に並べて検討していると——

「見ない。お願いする、イオリ」

とイオリの腕の中からするりと抜け出ると、タビタは彼を背後に庇《かば》ってそう言った。

「タビタ？　何を――」

「……見ない、で」

肩越《かたご》しに振《ふ》り返ってそう言うと――タビタは大きく深呼吸。

次の瞬間、彼女の全身がざわめいた。

「…………！」

それは――恐らくは先に棄界人《ゲヘナント》達が見せていたものと同じなのだろう。

獣身化だ。頭髪《とうはつ》が強風に吹《ふ》かれたかの様にざわざわと揺《ゆ》れ動き、逆立ち、体毛が急速にその濃《こ》さを増していく。

（これは……そうか、筋肉が増大してるんじゃない、体毛が……）

タビタの『獣身化』は――先の棄界人《ゲヘナント》達のものと若干《じゃっかん》、異なっていた。

端的《たんてき》に言えば、それは中途半端《ちゅうとはんぱ》で斑《まだら》なのだ。

先の棄界人《ゲヘナント》達は、顔も含《ふく》めて全身が完全に獣毛《じゅうもう》に覆《おお》われていたが……タビタの場合、顔や指先には獣毛が生えていない。腕も獣毛に包まれている部分と、そうでない部分が混在していた。

しかし――そのお陰《かげ》でイオリは気がつく事が出来た。

棄界人《ゲヘナント》達の力が『獣身化』で倍増した様に見えたのは、筋肉が増大したから――ではない。体毛だ。彼等が武器を髪《かみ》の毛から生み出していたのと同様、体毛を芯《しん》にして、仮想物質の繊維《せんい》を生み出し、これで身体《からだ》を覆っているのだ。

彼等の体毛は相互《そうご》に絡《から》み合い、伸縮《しんしゅく》する。まるで筋肉を構成する繊維の様に。タビタの獣毛も、ただでたらめに生じている訳ではなく――明らかに筋肉の付き方に沿っている。

（上腕《じょうわん》筋、上腕二頭筋、上腕三頭筋、腕橈《わんとう》骨筋……要するに、筋肉に重なって同じ働きをする服……いや鎧《よろい》を纏《まと》っている様なものか⁉）

それはつまり魔力で増量強化した体毛で、身の外側に『追加』する筋肉を編み上げているという事だ。

「――ッ！」

鋭い呼気と共に旋回《せんかい》する大剣。

今しもイオリ達に石で殴《なぐ》りかかろうとしていた襲撃者《しゅうげきしゃ》達は、まとめてなぎ払《はら》われていた。

刃《は》を立ててはいなかった――つまり剣の側面で叩《たた》いただけの様だが、それでも数人が腕や首をおかしな角度に曲げて吹っ飛び、彼等の掲《かか》げていた石が砕《くだ》け散るのが見えた。

やはりとんでもない膂力《りょりょく》である。

見た目には不完全でもタビタの獣毛は充分《じゅうぶん》に威力《いりょく》を発揮している様だ……が。

「見ない。お願いする、イオリ」

とイオリを自分の背中に庇いながらタビタはそう繰《く》り返してきた。

「斑。不完全、出来損《できそこ》ない——醜《みにく》い、私」

とタビタは言う。

一瞬《いっしゅん》、何を言っているのか分からなかったが——すぐにイオリは理解した。

先に見た通り、棄界人《ゲヘナント》の獣身化は、全身を覆う姿が普通なのだ。だからタビタのそれは——棄界人《ゲヘナント》の眼《め》から見れば不完全で、ひどく歪《いびつ》に、つまりは醜く見えるという事らしい。

「見ない、イオリ、お願いする」

なおも近づいてくる男達を力任せになぎ払いながら、タビタはそう繰り返し乞《こ》うてくる。

タビタは自分の獣身化した姿を醜いものとして恥《は》じている。命懸《いのちが》けで地竜を狩《か》っていた時ですら、彼女は獣身化をしなかった程に。

なのに彼女は今——獣身化した。

恐らくはイオリを庇い守る為《ため》に。

「サホコ、サロオ、サロケ、サホエ、サロケ、サイオ——疾《と》く顕《あらわ》れよ！　我が思惟《しい》に従いて！　仮初《かりそ》めなれどここに顕れよ！　始まりの元素、水より分かれし燃ゆる風、空へと昇

る軽き息、今此処に顕現せよ！」

イオリは口早に術後詠唱しつつ、苦笑《くしょう》を浮《う》かべていた。

現世人の彼の感覚からすれば、タビタの獣身化が醜いなどとは思わない。

「タビタ、さがれ！」

叫《さけ》び——彼女が自分の方に跳躍《ちょうやく》するのを確認《かくにん》すると、イオリは黒い男達を爆轟の魔術でなぎ払った。轟音と共に三度目の衝撃《しょうげき》と火炎《かえん》が異臭を放つ奴等《やつら》をなぎ倒《たお》す。

「——！」

爆風で勢いを増して跳《と》んできたタビタの身体を両腕《りょううで》で抱《だ》き留めるイオリ。続けて彼は彼女を左脇《わき》に抱えてそのまま走り出す。黒い男達が態勢を立て直す前にその包囲から抜《ぬ》け出ねばならない。タビタを立たせて走らせるより抱えた方が早かった。

タビタはしばらく驚《おどろ》いた様に抱えられたままイオリの顔を見上げていたが——

「イオリ……平気？」

「あ？　何が——」

「醜い、私……触《ふ》れるの、平気？」

彼女は眼を伏《ふ》せて尚《なお》もそんな事を言ってくる。よく見れば心なしか耳も下がり気味だ。

まるでしょぼくれた犬や猫《ねこ》がそうするかの様に。

「……馬鹿《ばか》言うな」

イオリははっきり顔をしかめて見せながら言った。

「触れるも何も、お前には自分の姿がどう見えてるのか知らないが、俺に言わせりゃ醜いどころか立派な美人さんだ、堂々としてろ！」

「イオリ……？」

その紫《むらさき》の目を何度も瞬《また》かせるタビタ。

「それよりも——今ひとつ状況《じようきよう》が分からないが、こうなったら、傍観《ぼうかん》を決め込む訳にもいかんだろ」

はっきりと黒い男達に敵対行動を取ってしまった以上、残る選択肢《せんたくし》は一つしか無い。

「兵隊を——使い捨ての『手』や『足』をいちいち叩いていても埒《らち》があかない。何処《どこ》かに必ず全体を動かしている『頭』が居る筈《はず》だ。それを探して叩くぞ」

「…………分かった」

ぱたりと大きく一度尻尾《しつぽ》を振ってタビタは頷《うなず》いた。


「——イオリ兄様！」

そう呼ぶと、イオリはいつも微妙《びみょう》な顔をしていた。

勿論、血の繋《つな》がった実の兄という訳ではない。

父は——ヴィンセント・ワディンガムは、休暇《きゅうか》の度に部下達を自宅に招いて労をねぎらう為の宴《うたげ》を催《もよお》しており、その際には十代半ばの少年から父よりも年嵩《としかさ》の男性まで、様々な年齢《ねんれい》の男達が顔を見せた。とりあえず父と母に言われてユーフェミアは若者を『兄様』と呼び、年嵩の男性を『小父様《おじ》』と呼んでいたに過ぎない。

イオリは、元々父の部下の中ではあまり愛想《あいそ》の良い方ではなかったが、一番の若輩《じゃくはい》である事から——歳《とし》が近いからという理由でユーフェミアの相手をさせられる事が多かった。

イオリがその事をどう思っていたのか、ユーフェミアは知らない。

だが嫌《いや》がられてはいなかったと思う。あまり笑ったりはしない少年だったが、彼はユーフェミアの『お願い』は大抵《たいてい》、ぶつぶつと文句を言いながらも聞いてくれていた。ユーフェミアが騎士《きし》剣術《けんじゅつ》を父から学び、その『実践相手《じっせん》』としてイオリを選んだ時も、彼は面倒《めんどう》臭《くさ》そうにしながらも、ちゃんとつきあってくれた。

勿論《もちろん》、実際の戦場を何度も経験しているイオリとユーフェミアでは戦いにならないというか……生真面目《きまじめ》に突撃《とつげき》を繰り返すユーフェミアを、イオリが適当にあしらって終わり、という事が多かったが。

イオリは……元々、難民の子で正式なジンデル王国の臣民ではない。

だが国境警備という、ジンデル王国軍の中では特に——というかほぼ唯一《ゆいいつ》と言って良い位に危険な軍務を十年こなせば、晴れて臣民としての権利を獲得《かくとく》出来る筈だった。そうすればジンデル王国内の法的な扱《あつか》いは、本来の臣民と大差なくなる。

職業。住居。そして——結婚《けっこん》。

「大きくなったらイオリ兄様と結婚する」

「だからその呼び方やめろって。落ち着かないから」

「なんで？」

「なんでもだよ。大体、兄妹《きょうだい》は結婚出来ない」

「あー……それは、困る……じゃあイオリ・ウィンウッドで」

「まあいいけどな。王国の臣民権得たら、本当にウィンウッドになる訳だし」

「なにそれ？」

「ああ、俺の本当の名前はイオリ・カツキなんだよ。東方の国の言葉で『勝利の樹《き》』って意味な。だからウィンウッド。ジンデル王国に臣民申請《しんせい》する為の名前だよ」

「ふぅん。変なの」

「変とか言うな」

ユーフェミアはイオリが大好きだった。

父も彼の事を特に可愛《かわい》がっていた様だったし、あるいは、本当にユーフェミアがイオリを結婚相手に選んだとしても、反対はしなかったかもしれない。

だが――……


（でも……もうあの頃《ころ》には……戻《もど》れない……）

大樹の根元に腰《こし》を下ろして座りながら、ユーフェミアは思い出す。


血溜《ちだ》まりの中に倒れる父。

短剣を手にその傍《かたわ》らに立つイオリ。

彼はひどく虚《うつ》ろな表情でユーフェミアを振《ふ》り返って……


今でもあの時の光景は鮮明《せんめい》に思い出せる。

だが……未《いま》だにまるで悪い夢を見ているかの様な非現実感を、ユーフェミアは拭《ぬぐ》いきれないでいる。あれは本当に在った事なのかと心の何処かで疑っている自分がいる。

あの日から、ユーフェミアにとっての世界は変わった。

ユーフェミアがイオリと添《そ》い遂《と》げる未来はもう来ない。

彼女は明日を思い描《えが》く事が出来なくなった。分からない。自分は何を望んでいたのか。

自分は何を求めていたのか。自分は——明日から何をして生きていけば良いのだろうか。

だから……

…………

がちゃりと何か金属同士が触れあう音がした。

「…………!?」

勿論、ユーフェミアが出した音ではない。そしてこの樹と草と岩と土ばかりの森の中で、
そうそう金属の音を聞く筈も無い。同じ様に鎧をつけた者でも居れば別だが。

「……他の『罪人』か？」

イオリとユーフェミアを除いてあと十人。

ジンデル王国から『王族の末裔《まつえい》を探し出して連れ帰る』という密命を帯びてこの棄界《ゲヘナ》に
送り込まれた者達。彼等もまたユーフェミアの様に自分達が指定した装備一式を木箱に詰《つ》
め込んで送り込まれているだろうから、鎧の類《たぐい》を身につけていてもおかしくはない——

「え……？」

立ち上がり振り返ったユーフェミアは、そこに異様な姿をした男を見る事になった。

「おいおいおいおい。なんだ。なんだこりゃ。こんな所に人間の女か」

巨漢《きょかん》だった。

身の丈《たけ》はユーフェミアと比べて頭二つ分は違《ちが》う。長身だが一見してそうは見えないのは身の丈以上に常人離《ばな》れして広い肩幅《かたはば》と厚い胸板《むないた》のせいだろう。体重に至ってはユーフェミアの倍以上、三倍近いかもしれない。

短く刈《か》り込んだ金髪《きんぱつ》と、鑿《のみ》で岩を彫《ほ》って作ったかの様な造作の目鼻立ち、そして何よりも四角い顔を斜《なな》めに横切る凄惨《せいさん》な傷跡《きずあと》が、見る者に問答無用の威圧《いあつ》感を与《あた》えてくる。

「ははあ……なるほど、なるほどな」

巨漢は——何やら大仰《おおぎょう》な、相手に見せつけるかの様な仕草で頷いている。

「奴の言った通りか。堕《お》ちたての、堕ちたてほやほやの堕天使《だてんし》様って訳か」

「……貴様は」

違う。この者はユーフェミア達と一緒《いっしょ》に棄界《ゲヘナ》送りにされた罪人ではない。

棄界《ゲヘナ》においては現世人を『天使』と呼称《こしょう》する——この事をユーフェミア達は知らなかった。恐《おそ》らく現世においては誰《だれ》も知らない筈だ。なのにこの男はユーフェミアを一目見て『堕天使』と言った。つまりこの男は、こちら側で生まれ育った人間だ。恐らくは過去に送られた罪人の末裔だろう。

イオリを除けば、この棄界《ゲヘナ》に降り立ってから、初めて出会った現世人だ。

だが――

(なんだ、この男は……？)

巨漢は……異様な格好をしていた。

金属音からも分かる通り、鎧《よろい》を着ているのだが、それがあまりにも奇怪《きかい》な仕立てで……いや、奇怪かどうかよりも、果たしてそれは本当に鎧なのか。

隙間《すきま》だらけなのだ。

基本的に板状の部品が無い。指ほどの太さの鉄棒を何十本、いや百本以上使って繋いで作ってあるだけで、中の黒い布地の服が丸見えだ。首から上は剝《む》き出しだが、だからこそまるでそれは、人の形に作った鳥籠《とりかご》の中に、巨漢が頭だけ残してすっぽりはまり込んでいるかの様な、実に奇妙《きみよう》な印象が在った。

斬撃《ざんげき》を防ぐ事は出来るだろうが、突《つ》かれれば全く防御《ぼうぎょ》の用をなさないだろう。

しかも――

「……鼠《ねずみ》？」

眼《め》を細めてユーフェミアは呟《つぶや》く。

巨漢の胸の辺りにはもう一つ、男の身体を包むのとは別の、鳥籠が組み込まれている。

そこには一匹《いっぴき》の小さな獣《けもの》が囚《とら》われていた。

丸く黒い生き物。小さいながらも眼と耳と鼻がついている。かなり丸っこくてまるで肥満体の様にも見えるが、ユーフェミアの知識の中で最も近い姿の生き物は、鼠だった。

これは一体何なのか。まさか愛玩《あいがん》動物を連れ歩いているという訳でもあるまい。

「なあお前。そうなんだな？　そうなんだろ？　棄界《ゲヘナ》送りだったか？　天界から——現世から送り込まれてきたんだよな？　密命を帯びて」

にやにやと野卑《やひ》な笑いをその顔に浮《う》かべながら巨漢は言った。

「……!?」

愕然《がくぜん》としつつも、半ば反射的に腰の剣《けん》に手を掛《か》けるユーフェミア。

巨漢はそんな彼女の様子を尚《なお》も笑いながら眺《なが》めていたが——

「中々、いいぜ、いい顔してるじゃねえか。鼠共には勿体ねえ。用が済んだら俺の女にしてやるぜ、喜びな」

「ふ、ふざけるなっ！　誰が——」

ユーフェミアは剣を抜《ぬ》いて構えながら叫《さけ》んだ。

その異様な格好には一瞬《いっしゅん》、驚《おどろ》かされたが、所詮《しょせん》は虚仮威《こけおど》しの類だろう。刺突《しとつ》技であれば狙《ねら》える場所は幾《いく》らでも在る。地竜の時は相手が初めて見る野生動物という事もあり、色々と後《おく》れをとったが、今度は人間だ。騎士剣術で充分《じゅうぶん》に戦える。

（……武器は、あれか）

とユーフェミアは巨漢が腰につけているものに眼を向ける。

鞘《さや》に入った小剣……いや長剣か。巨漢の身体《からだ》の大きさに比して小さく見えるが、長さも幅《はば》もユーフェミアの剣と大差無いだろう。腕《うで》の長さの分だけ巨漢の方が間合いが大きいが、その程度ならば技術で補える。

ユーフェミアが見た限り、巨漢は剣術の訓練を受けている訳ではない様だ。単に立ち方を見ても素人《しろうと》丸出し——あちこちに隙《すき》が在るのが分かる。

まして巨漢は未だ武器を抜いていない。

ならば——勝機は十二分に在る。

「——ッ！」

地を蹴《け》って突撃するユーフェミア。

相手は剣を持っているが、未だそれを抜いていない以上——初撃はユーフェミアの方が絶対的に速い。初撃必殺は騎士剣術の常。剣先に突撃の勢いを全《すべ》て載《の》せた突きは、万が一に受けられたとしても、剣で受ければ剣をへし折り、鎧で受ければ鎧を貫《つらぬ》く、受け流しても僅《わず》かに狙いが逸《そ》れるだけで肩《かた》や腕に突き刺《さ》さる……それだけの勢いが在る。

だが——

「——え？」

次の瞬間、矢の様に突き進むユーフェミアの剣の先が——揺《ゆ》れた。

割り込んできた何かを貫き、その結果として刺突の軌道《きどう》がずれたのだ。

いや、それどころか——

「——鼠⁉」

鼠だった。何匹《びき》もの鼠が、ユーフェミアの剣の前に身を投げてくる。飛び出してくる。剣が進むであろうその軌道に、我先にと。まるで自殺だ。

「くっ——」

何匹もの鼠を貫いて、重さが変化し重心がずれるユーフェミアの剣。大きく逸れた剣先は、男の脇《わき》をこすって抜けた。

「へっ——」

鼠の群れの向こうで、巨漢が口の端《はし》に獰猛《どうもう》な笑《え》みを浮かべるのが見える。してみるとこれは偶然《ぐうぜん》の結果ではなく、巨漢はこうなる事を予測していたという事か。

更《さら》に次の瞬間——

「——⁉」

あり得ない程《ほど》の速さで巨漢の剣が鞘から解放されていた。抜くのではなく鞘がまるで剣に斬《き》られたかの如《ごと》く、左右に割れて剣身を解き放ったのだ。

しかも——見えない。剣身が。

いや、正確にはそこに剣身が在るのは理解出来る。見える。だが、輪郭《りんかく》が定まらない。まるで硝子《ガラス》で出来ているかの様に透明《とうめい》なそれは、ユーフェミアの視力を以《もっ》てしても、正確に捉《とら》える事が出来なかった。

しかも——速い。異常な程にその剣の旋回《せんかい》が速いのだ。

「くっ!?」

左から来る斬撃。ユーフェミアは咄嗟《とっさ》に——半ば勘《かん》で防御するので精一杯《せいいっぱい》だった。

甲高《かんだか》い音と共に銀光が跳《は》ねる。

「……!!」

ユーフェミアが咄嗟に一歩下がりながら掲《かか》げた籠手《こて》——薄《うす》いながらも鋼《はがね》のそれが、切り裂《さ》かれていた。相手の剣はユーフェミアの左の籠手を削《けず》り飛ばし、その下の服を切り裂き、ユーフェミアの腕の皮膚《ひふ》をかすめて抜けていた。

下がるのが遅れていればユーフェミアの腕は肘《ひじ》の少し先で斬り飛ばされていただろう。

「ま……まさか……！」

愕然としてユーフェミアはよろめく。

半透明《はんとうめい》の武器。重さが無いかの様に軽い——速い武器。それでいて軽装の薄手とはいえ、鋼の鎧をまるで紙の様にあっさり斬り飛ばす程の、異様な鋭利《えいり》さを備えた武器。

ユーフェミアの知識の中で、それはたった一つしか存在しなかった。

「王権器《レガリア》ッ⁉」

「ああ、知ってんのか、コレを」

と笑いながら巨漢は前に出る。

「そりゃそうか。そうだよな。知ってなきゃ密命は果たせねえよな。ああ——そうとも。そうともさ。王になる者の武器、王に連なる者の武器さ」

「馬鹿《ばか》な——まさか、お前が⁉」

愕然と叫ぶユーフェミア。

「しかし中々やる、やるな、お前。気も強そうだし、そそるぜ」

巨漢は舌を出して唇《くちびる》を舐《な》め——

「——ニコラス！　この小娘《こむすめ》は傷つけずに眠《ねむ》らせろ」

巨漢は両眼をひたとユーフェミアに据《す》えたままそう叫んだ。

応じる声は無い——が。

「…………」

視界の端《はし》で何かが動いた。

反射的にそちらに眼を向けると——大樹の陰《かげ》から、一人の男が姿を現すところだった。今の今までそこに隠《かく》れていたのだろう。

何やら幾つもの突起《とっき》を備えた杖《つえ》をついている初老の男だ。

歩く姿がぎこちないのは……足が不自由だからか。右足が義足——というより膝《ひざ》から下を単なる木の棒で継《つ》いであるのが見えた。

「……サテヤ、サロへ、サホマ、サテマ、サロマ、サホア、サホフ、サアオ、サホマ、サテマ、サイイ、サホマ、サテヤ、サイコ、サホマ、サテマ、サイオ……」

初老の男——恐らくはこの男がニコラスだろう——は薄笑いを浮かべながら杖を左手に持ち替《か》えて、右手を伸《の》ばしてくる。

(——魔術師《まじゅつし》！)

ぶつぶつと唱えられる意味不明の言葉と、そして右手の甲《こう》に刺青《いれずみ》された魔術陣《じん》からして間違《まちが》いない。するとあの杖は魔術の補助器具——魔術担体か。

「——第八と二二と五六に座する元素の眷属《けんぞく》、雷《かみなり》の意を持つ格子、発雷する猛毒《もうどく》、我が導きに従いて、此処《ここ》に顕《あらわ》れ出でよ……」

鋭《するど》い炸裂《さくれつ》音がユーフェミアの耳にねじ込まれる。

何をされた？　分からないまま——視界が真っ白に染まり、意識が砕《くだ》けて拡散していくのをユーフェミアは感じていた。

●

明らかに黒い男達は統制されていた。

具体的な方法はよく分からない。だが感情も、自我も、それどころか知性すらも怪《あや》しいその個々の動きに対して、集団としての行動には明確な方向性が在る。

ならば何処《どこ》かに必ず統率《とうそつ》者がいる筈《はず》だ。

そして統率者は全体が見渡《みわた》せる様に、少し離《はな》れた場所に位置するのが常だ。最前線に立って戦う指揮官もいないではないが、黒い男達の様な使い捨て上等の雑兵《ぞうひょう》を使って数でごり押しするのなら、指揮を執《と》る者は現場に居ない方が何かと都合が良い。

集落全体を襲《おそ》ったというのなら、指揮官は恐《おそ》らくその外に居る。

そう判断したイオリは、タビタと共に集落の外側に出る事にした。

先《ま》ずユーフェミアを待たせてある場所に向かったのは、統率者と彼女が鉢合《はちあ》わせした場合、面倒《めんどう》な事になる——と考えたからなのだが。

「——ユーフェミア⁉」

最悪の予測が的中している場面を、イオリは目撃《もくげき》する事になった。

即《すなわ》ち——地に倒《たお》れ伏《ふ》すユーフェミアと、その傍《そば》に立つ二つの人影《ひとかげ》。

黒い男達とは明らかに格好が違う。だが共に現世人だ。少なくとも棄界人《ゲヘナント》の集落の者ではないだろう。

片方は奇妙な鎧《よろい》らしきものを帯び、剣を佩《は》いた巨漢《きょかん》。

そしてもう一方は、片足が義足になっているらしい、初老の男で——

（……魔術担体！）

何やら金属と樹《き》を組み合わせて幾つもの突起を備えた杖をついている。

魔術猟兵《りょうへい》であるイオリには一見しただけで分かった。あれは魔術担体だ。つまり初老の男は魔術師だ。戦闘《せんとう》訓練を受け、戦闘用の魔術運用法を身に付けているかどうかまでは分からないが……こんな現場に出てくる以上、魔術兵と考えておいた方が良いだろう。

（……タビタの話から、棄界《ゲヘナ》送りされた罪人が皆《みな》死に絶えた訳でないのは分かっていたが……）

本来、棄界《ゲヘナ》送りでは身ぐるみ剝《は》がされて身体一つで送り込まれる。だから当然魔術担体の様な品も持ち込む事は出来ない。つまりあの魔術担体は、こちらに送り込まれた罪人が生き延びて、こちら側で造り上げたものだ。

そして金属の採掘《さいくつ》と精錬《せいれん》には、それなりの規模の設備と人手が必要になる。

つまり……規模の大小はさておき、冶金《やきん》や鍛冶《かじ》が職業として成立し、技術として承継《しょうけい》される程度の現世人による社会が成り立っているという事だ。

ならば王族の末裔《まつえい》も生き残っている可能性が高い——

「……お？」

鳥籠《とりかご》の様な奇妙《きみょう》な鎧を身につけた巨漢がイオリ達の方を見て眼《め》を細める。

「未《ま》だ居たか、居たんだな——堕天使《だてんし》様？」

巨漢は猫《ねこ》の子でも捕《つか》まえるかの様に、ユーフェミアの鎧の襟元《えりもと》を摑《つか》んで持ち上げると、軽々と肩に担《かつ》いでいた。細身の娘《むすめ》とはいえ人間一人分、しかも鎧込みとなるとそれなりの重量になる。なのに軽々とこれを扱《あつか》う——巨漢の筋力が見た目通りかそれ以上のものである事はこれで分かった。

その気になれば一瞬《いっしゅん》でユーフェミアの首を背中側にまで捻《ひね》る事が出来るだろう。

つまり、イオリの側からは迂闊《うかつ》な手出しが出来ない。

多くの場合、魔術による攻撃《こうげき》——特に中距離《ちゅうきょり》から遠距離の攻撃は周囲の環境《かんきょう》の影響《えいきょう》を受けやすく、精密さを欠く。矢の様に一点のみを狙《ねら》い撃《う》つ魔術攻撃も絶無ではないが、相手側に魔術師がいた場合、術語詠唱《えいしょう》の間に察知され対処されてしまう可能性が高い。

しかも――

「十二人、そう、十二人だ――こいつを持ってる人間を探しに来たんだって？」

そう言いながら巨漢が掲げるのは――まるで氷か硝子によって作られているかの様に、透《す》き通った剣《けん》だった。

「王権器《レガリア》……！」

「そうそう。王権器《レガリア》、王権器《レガリア》っていうんだっけな？　喜べよ。来て早々に探し人が見つかったんだ。『密命』とやらも簡単だったな。どうした、喜べ、喜べよ？」

「…………」

イオリは眼を細めてその巨漢と――そして相棒らしい初老の魔術師を観察する。

戦うにせよ説得するにせよ交渉《こうしょう》するにせよ……相手はこちらの予想以上の情報を持っている。こちらが相手の事をろくに知りもしないのは明らかに不利だ。今すぐ斬りかかってこないというのなら、出来るだけ喋《しゃべ》らせて情報をはき出させるのが良い。

「お前達は何者だ？　何故《なぜ》、この村を襲ってる？」

「……ああ？　ああ、そんな事か」

巨漢はにやにやと笑いながら頷《うなず》いた。

「それが俺達の生き方、つうか、生業《なりわい》、そう生業だからよ、何故と言われてもな？」

つまりは見た目通りの山賊夜盗《さんぞくやとう》の類《たぐい》という事か。

だが――

「まあ強《し》いて言えば――他の集落でも町でもなく、明日でも昨日でもなく、今日ここを襲う事に決めたのは、この辺に天使様が堕《お》ちてくる筈だって話を聞いたからだな」

「……誰《だれ》から？」

「さてな。俺も詳《くわ》しくは知らん。ウォーレン……そう、ウォーレンと名乗ってたが、さて、本名かどうかも分からんしな」

この巨漢はイオリ達が帯びた『密命』についてその中身まで知っている。こちらの世界で生まれたであろう罪人の末裔が――つまり現世と何の繋《つな》がりも持っていない筈の者が、ジンデル王国においても、ごく一部の者しか知らない機密情報を知っている。

それはつまり――

「その女も『密命』を帯びた一人だ。何が在ったかは知らないが、放してやってくれ」

とイオリは試《ため》しにそう乞《こ》うてみる。

だが……

「あ？　何？　何言ってんの？　寝《ね》ぼけてんのかてめえは」

巨漢は顔をしかめて言った。

「この女は俺が捕まえたんだ。どうしようが俺の勝手だろうが。なかなかいい女じゃねえか。いい女だ。楽しませて貰《もら》うぜ。たっぷりな」

「…………そうか」

イオリはため息をついて頷く。

すぐ隣《となり》に立つタビタの方を一瞥《いちべつ》してから――

「――ッ！」

此処に来るまでに、走りながら事前詠唱しておいた爆轟《ばくごう》の魔術を解き放った。

イオリの腕《うで》の動きで投げ込まれた仮想物質が、巨漢のやや手前で炸裂。

轟音と爆煙《ばくえん》が噴《ふ》き上がり、地面に堆積《たいせき》していた枯葉《かれは》や腐葉土《ふようど》が巻き上げられて燃え上がる。黒い煙《けむり》と紅《あか》い炎《ほのお》、それらが入り交じる中を、イオリは予《あらかじ》め目に焼き付けておいた相手の位置を頼《たよ》りに、突《つ》っ込《こ》んだ。

「ぬおっ……!?」

巨漢が驚《おどろ》きの声を上げるのが聞こえる。

対して――

「サホマ、サテヤ、サイテ、サホマ、サテマ、サアフ――」

イオリは走りながら口早に詠唱を開始していた。

長めの術語詠唱は複雑な物質構造の証《あかし》でもある。今詠唱中の魔術は色々と繊細《せんさい》で——しくじれば効果が無いどころか危険がイオリ自身にも及《およ》びかねないが、此処で躊躇《ちゅうちょ》している場合でもないだろう。

「——サテマ、サロマ！　疾《と》く顕《あらわ》れよ！　我が思惟《しい》に従いて！　仮初《かりそ》めなれどここに顕れよ！　神々の秘酒、鬼魔《きま》の秘薬、内なる凶獣《きょうじゅう》を解き放つ悦楽《えつらく》の鍵《かぎ》、今ここに顕現《けんげん》せよ！」

右手に入れ墨《ずみ》された魔術陣が青白い光を放ち——仮想物質を生成。

イオリは右の掌《てのひら》の上に生まれたそれを、顔の前に掲《かか》げ、しかし爆轟や鋼糸《ごうし》の魔術の際と異なり、骨杖《こつじょう》を握《にぎ》る左手で——押し潰《つぶ》す。まるでそれは何かの礼儀《れいぎ》作法か、さもなくば祈《いの》りを捧《ささ》げるかの様な姿だったが……

「——ッ！」

めりめりと音を立てて自分の全身に血管が拡張される感覚。イオリは体温の上昇《じょうしょう》と共に自分の身体《からだ》が一回り膨《ふく》れあがったかの様にも感じていた。

全身を駆《か》け巡《めぐ》る——覚醒《かくせい》の感覚。

まるで普段《ふだん》の自分が眠《ねむ》っていたかの様に、ありとあらゆる感覚が鋭敏《えいびん》化し、自分の肉体を含《ふく》む周囲の世界全《すべ》てを緻密《ちみつ》に、正確に、認識《にんしき》出来る。ありとあらゆるものを指先でつまんでいじくり回せるかの様な――そんな押し寄せる全能感にイオリは喘《あえ》いだ。

滅多《めった》に使わない白兵戦用魔術――イオリの奥の手、いや、禁じ手だ。

要はある種の薬物を合成して自身に投与《とうよ》する魔術なのだが……加減を間違えば惑乱《わくらん》して仲間まで攻撃しかねないし、術者自身、血圧の上昇に伴《ともな》って脳や心臓の血管をやられる可能性があり、身体の弱い者ならば致命の毒として作用しかねない。生成する仮想物質の量やそれを投与する機を厳密に図《はか》らねば、自滅《じめつ》を招く諸刃《もろは》の剣《つるぎ》だ。

「イオリ!?」

体臭《たいしゅう》か、呼吸か、とにかく彼の変化に敏感《びんかん》に気付いたらしく、傍《かたわ》らについてきていたタビタが声を掛《か》けてくるが――それに応《こた》えている余裕《よゆう》は、無い。

塵煙《じんえん》を押しのける様にして走るイオリ。

「――ぐっ!?」

煙の幕を突き破って飛び出してきたイオリに、巨漢は、驚きの声を上げた。

剣を使う様な余裕は与《あた》えない。まともに戦う積もりなどイオリには毛頭無かった。

走りながら拾っておいた砂礫《されき》を相手の顔に向けて投げつける。正々堂々と戦うのを宗《むね》とする騎士《きし》達からはしばしば『卑怯卑劣《ひきょうひれつ》』と評される白兵戦術だが、魔術猟兵たるイオリにそんなこだわりは無い。

「――ぐおっ⁉」

いきなり顔に浴びせかけられた砂礫に顔をしかめ、目を閉じながら身構える巨漢。

「――ッ！」

イオリはここで骨杖《こつじょう》を支えに大きく身を沈《しず》めながら――回し蹴《げ》りを繰《く》り出していた。

狙うは……相手の頭でも胸でも腹でもなく、足。

拳《こぶし》での殴《なぐ》り合いから、武器を使っての斬《き》り合いまで……白兵戦において、頭部や胸部といった上半身への攻撃は、素人玄人《しろうとくろうと》の区別無く、本能的にこれを躱《かわ》し、防ごうとする。重要な臓器が集中しているのだから当然の事だ。身を反らす、身を屈《かが》める、腕を掲げる、そうやって致命傷《ちめいしょう》を避《さ》ける。

それ故《ゆえ》に――白兵戦の訓練を受けていない素人は、上半身の回避《かいひ》や防御《ぼうぎょ》ばかりに気が向いて、下半身、特に膝《ひざ》から下は回避が遅《おく》れがちである。上半身だけ後ろに逃《に》げて右なり左なりの足が残って踏《ふ》ん張ったまま――というのはよく在る話だ。実戦的な白兵戦技術を習得している者は、自分の足にも注意を払《はら》うが……そうでない者にはこの膝下への攻撃が、面白《おもしろ》い様に決まる。

そして巨漢《きょかん》が素人だという事は、立ち方を見ればイオリには判別がついていた。

「ぬあっ⁉」

実際、巨漢は短く呻《うめ》いて体勢を大きく崩《くず》していた。

勿論《もちろん》、足は致命の急所になどなり得ない。だが、白兵戦の最中に転倒《てんとう》した相手の制圧は容易《たやす》い。急所や関節を、体重を掛けて思いっきり踏みつけてやれば、それで事足りる。

「ぐっ……」

巨漢は――ユーフェミアの身体を投げ出しつつ、その反動で何とか踏み留《とど》まっていた。

訓練を受けてはいないが、それなりに実戦経験は積んでいるのだろう。倒《たお》れれば蹴られ踏まれる。そこから逆転するのは難しいと知っているのだ。咄嗟《とっさ》にユーフェミアを投げ出した巨漢の判断は、正しい。

だが……崩れた姿勢のせいで、イオリの目の前に巨漢の頭部が下がってくる。

骨杖で殴るには、少々近すぎる間合いだが――

「――ふッ！」

短い呼気がイオリの口から迸《ほとばし》る。

骨杖から右手を離《はな》し、身体を伸《の》ばしつつ、指だけを折りたたんだ、掌――掌底《しょうてい》と呼ばれる形を成す。全身の発条《ばね》を使った、すくい上げる様な一撃《いちげき》が巨漢の顎《あご》へ叩《たた》き込まれたのは次の瞬間《しゅんかん》だった。

掌底打ち。単なる拳打《けんだ》よりも、細かい加減は難しいが――指を痛める事も無く、打撃の衝撃《しょうげき》をそのまま相手の体内に押し込む事が出来る。

果たして巨漢は短い声を漏《も》らしながら――膝をついた。

一撃で昏倒《こんとう》しなかったのは見事だが、今の一撃で軽い脳震盪《のうしんとう》を起こしている筈《はず》だ。

ならばここで駄目押《だめお》しの一撃を叩き込んで――

「――!?」

何かが閃《ひらめ》いた。

次の瞬間、身を反らしたイオリの前髪《まえがみ》が――その一部が消える。

巨漢が王権器《レガリア》の剣を振《ふ》ったのだろう。恐《おそ》らく技《わざ》も何も無いただ振り回しただけの事だろうが、如何《いか》なる刃《やいば》よりも鋭《するど》いとされる王権器《レガリア》の刃物《はもの》は、素人の無茶苦茶な一振りに達人の切れ味を与えてしまう。しかも――

「イオリ!!」

注意を促《うなが》すタビタの叫《さけ》び。

次の瞬間、異臭《いしゅう》と共に巨漢の左右から伸びてくる――何本もの、腕。

何処《どこ》かに潜《ひそ》んでいたのか、あるいは今丁度、駆けつけた所なのか……まるで何かに引っ張られているかの様な不自然な姿勢で、黒いボロを纏《まと》った男達が巨漢を庇《かば》う様に飛び出してきたのである。

「…………！」

愕然《がくぜん》としつつも、次の一撃を畳《たた》みかけるべく腕を引こうとするイオリ。黒い男達はそれを許さぬとばかりに、摑《つか》みかかってきた。

咄嗟に半歩後ずさりつつイオリは骨杖を振り回して黒い男の一人を叩く。硬《かた》い地竜の骨に加え、薬物強化状態の膂力《りょりょく》で手加減無しの一撃は、命中すれば脳震盪を起こすのは確実である。

だが――

（こいつら……!?）

打撃を喰らった黒い男は悲鳴を上げるでも苦しみもだえるでもなく、自らの存在そのものを盾《たて》、いや、罠《わな》にしていたかの様に、両手両足でイオリの右腕《みぎうで》にしがみついてきた。

「この……野郎《やろう》……」

頭を振りながら巨漢が立ち上がる。

同時に――

「――!?」

黒い男達にあちこちを摑まれながらも――イオリは見た。

何処からか黒い何かが押し寄せてきて、巨漢の、まるで鳥籠《とりかご》の様な鎧《よろい》にしがみついていくのだ。まるで地面に落ちていた影《かげ》がそのまま起き上がって、巨漢に覆《おお》い被《かぶ》さっている様にも見えたが――

「鼠《ねずみ》……⁉」

黒い毛の大型の……鼠。

それらが隙間《すきま》だらけの奇妙《きみよう》な鎧にしがみつき、骨組みに対する肉や皮の様に巨漢を覆ってた。恐らく百匹《びき》を超《こ》える数だろう。ただでさえ大きな身体は、肉の鎧を得て更《さら》に一回り膨れあがった様に見えた。

（なんだあれは……⁉）

「そのまま……押さえろ……押さえとけよ……」

「――！」

身動きを封《ふう》じられている間に、更に二人の男がイオリにしがみついてきた。

巨漢が剣《けん》を――王権器《レガリア》を構えるのが見える。

「頭から……頭のてっぺんから……真っ二つにしてやる、してやるぜ」

巨漢が透明《とうめい》な長剣を振り上げる。

だが黒い男達はイオリに全身で組み付いたままだ。

（仲間ごと⁉）

「――ッ！」

大上段から振り下ろされる透明な長剣の一撃。

だがそれは――イオリに届く直前で、止まった。

「ぬお⁉」

驚きの声を上げる巨漢。

長剣はその剣身の根元部分で――受け止められていた。

「…………ぬ」

タビタである。

イオリと巨漢の間に飛び込んできた彼女が、自分の大剣で――男の一撃を受け止めていたのだ。小柄《こがら》な彼女だが獣身化《じゅうしんか》している以上、その膂力は普段のそれよりも倍増している。

理屈《りくつ》としては彼女が巨漢の一撃を受け止めても不思議は無い――のだが、少女が巨漢の剣を受け止めている図は、ある種、喜劇的な程《ほど》の不条理さだった。

しかも……

(王権器《レガリア》を……止めた⁉)

鉄に触《ふ》れれば鉄を斬り、岩に触れれば岩を斬る。

如何なる武器よりも鋭利《えいり》とされるその刃に斬れぬものは無いという。斬り結べば相手の剣が斬られてしまうと聞く。

（どういう事だ？　いや――）

よく見れば王権器《レガリア》の刃は大きくタビタの大剣に食い込んでいる。タビタの大剣が斬り負けているのだ。だが大きく斬り込まれながらもタビタの大剣は王権器《レガリア》の斬撃を確かに食い止めていた。

「このガキ……!?　ケダモノのくせに!?」

それは棄界人《ゲヘナント》に対する蔑称《べっしょう》か。

「ぬっ……ぬ……」

だがタビタは両手で大剣を保持したまま一歩も退かない。

むしろ彼女は僅《わず》かながらも大剣を持つ手を捻《ひね》り王権器《レガリア》の長剣を搦《から》め捕《と》ろうとする動きさえ見せていた。あるいは自分の大剣が斬り負けるのも彼女にとっては想定内で、最初からそれが狙《ねら》いだったのかもしれない。

「ちいっ――引くぞ！　ニコラス！」

舌打ちしながら、巨漢は強引《ごういん》に長剣をタビタの大剣から引き抜《ぬ》く。

どうやら激昂《げっこう》して無闇矢鱈《むやみやたら》と前に出る様な馬鹿《ばか》ではないらしい。予想外の敵との遭遇《そうぐう》を以《もっ》て一旦退却《いったんたいきゃく》を決める。やはりそれなりに場数を踏んでいるのだろう。

（……ニコラス？）

それが魔術師《まじゅつし》の名か。

いつの間にか周りに集まってきていた黒い男達——雑兵《ぞうひょう》達が一斉《いっせい》に退却を始めた。

まるで黒い領域が移動するかの如《ごと》く、一糸《いっし》乱れぬ動きだ。しかも何人かがユーフェミアの身体《からだ》を持ち上げて運び始めるのが見えた。

「待てッ！」

イオリは叫ぶも、黒い男達にしがみつかれたままなので、充分《じゅうぶん》に身動きがとれない。

（やはり目的は——人間？　誘拐《ゆうかい》？　しかし）

改めて見れば、退却する黒い男達は、棄界人《ゲヘナント》の村人を何人も抱《かか》えていた。先に見たのと同じだ。瀕死《ひんし》の人間は捨て置かれている様だが、比較的《ひかくてき》軽傷の者は皆《みな》、運ばれていく。

雑兵の中には物資を抱えている者も居る様だが、明らかに運搬《うんぱん》しにくい人間を何人も抱えているのは一体どういう事か。まさか身代金《みのしろきん》でも要求する積もりか。

「イオリ！」

タビタが大剣をふるってイオリにしがみついている黒い男達を叩いて払い落としていく。

上半身が自由に振り回せる様になった時点で、イオリは魔術を放つべく右手を掲《かか》げた。

先の身体強化魔術の影響《えいきょう》は未《ま》だ残っているので、術語詠唱《えいしょう》は高速に進む。

「サホコサロオサロケサホエサロケサイオ疾《と》く顕《あらわ》れよ我が思惟《しい》に従いて仮初《かりそ》めなれどここに顕れよ始まりの元素水より分かれし燃ゆる風空へと昇《のぼ》る軽き息今此処《ここ》に顕現《けんげん》せ……!?」

次の瞬間——四方八方から何か小さな黒いものが襲《おそ》いかかってきた。

鼠である。

黒い小動物達はいずれも歯を剝《む》いていた。ひと嚙《か》みされた程度では致命傷《ちめいしょう》にはほど遠いだろうが、全身に嚙み付かれて穴だらけにされれば大量出血も有り得るし、何より病原菌《きん》を感染させられれば、致命的だ。

「くっ——」

咄嗟にイオリは腕《うで》を横に振り、爆轟《ばくごう》の魔術の為《ため》に生成していた仮想物質を『面』状態に散布。魔術陣《じん》の稲妻《いなずま》をもって着火——防御《ぼうぎょ》陣としての火炎障壁《かえんしょうへき》を形成していた。

個体としての壁《かべ》では無いので、襲いかかってきた黒い何かはそのままイオリの方にまで突《つ》っ込《こ》んでくるが、強烈《きょうれつ》な炎《ほのお》に焼かれてそれらは空中で藻搔《もが》き苦しみ、イオリに取りつく事も無く地面に転がった。

「イオリ！」

「俺は、大丈夫《だいじょうぶ》だ」

タビタが地面でのたうつ鼠を蹴《け》り避《よ》けながら駆《か》け寄ってくる。

「ユーフェミアがさらわれた、追うぞ！」

そう言ってイオリは駆け出そうとする――が。

「ぐっ――!?」

次の瞬間、視界の端《はし》で何かが光り――猛烈《もうれつ》な衝撃がイオリ達をなぎ倒《たお》していた。

(魔術攻撃《こうげき》！)

術語詠唱は聞こえなかったが、恐らくあの魔術師が殿《しんがり》代わりに放った置き土産《みやげ》だろう。

イオリ達よりずっと身体の小さな鼠達はまとめて吹《ふ》っ飛《と》んで、近くの大樹の幹や根に叩き付けられていた。

幸い……イオリもタビタも転倒《てんとう》しただけで済んだ。

すぐに二人して跳《は》ね起きるが――

「…………逃《に》げたか」

爆発《ばくはつ》の黒煙《こくえん》が晴れた後には、既《すで》に巨漢《きょかん》も、そしてユーフェミアや村人達を抱えた雑兵達の姿も無い。

本当に見事な引き具合であった。

「くそっ――」

イオリは短く呻《うめ》いて、足下《あしもと》で焼け死んでいるネズミを蹴り飛ばした。

第三章　貴種流離《ワンダリング・アリストクラット》

単に『玉座』と呼ぶには……それはあまりに奇異《きい》であった。

確かに腰《こし》を下ろすのに丁度良い窪《くぼ》みは設けられている。肘《ひじ》を掛《か》けるのに適した部分も両《りょう》脇《わき》に在る。背中を預けるべき部分も在る。座るという点においては過不足の無い代物《しろもの》だ。

だが――

「……聖約宮《テスタメント》」

それを見上げているのはジンデル王国の重臣達である。

数はジンデル王国における聖数と同じく――七。伝統的にジンデル王国における大臣は七人と決まっていて、それらの地位は七門の大貴族によって世襲《せしゅう》する形で受け継《つ》がれている。数百年前からずっと変わらずに。

今――彼等の前には巨大《きょだい》な球体が安置されていた。

ちょっとした小屋ほどもあるそれの輪郭《りんかく》は、何処《どこ》から見ても全く変わらない真円だ。つまり微塵《みじん》の歪《ゆが》みも無い真球の形状をしているという事である。台座が在る訳でも、鎖《くさり》に繋《つな》がれている訳でもないのに、その球体は転がる事も無く、広間の中央に鎮座《ちんざ》していた。

そして『玉座』が位置するのはその球体の内側だった。

泡《あわ》の如く透明な球体の中に封入《ふうにゅう》された……総統者の座。

そもそも何処からどうやって球体の内側に入り、腰掛けるのかも一見しただけでは分からない。何百という細い線が四方八方に伸《の》びていて玉座を球体の中央に固定している。線は玉座の上に刻まれた精緻《せいち》な紋様《もんよう》に繋がっており、それらはぼんやりと光を放っていた。

「今のところ……他の国には気取《けど》られていない様だが」

大臣の一人が低い声で言う。

「このままでは遠からず……」

「かといって我等では玉座に触れる事すら出来んからな」

自嘲《じちょう》めいた口調で別の大臣が言う。

「既にいくつかの区域で水不足による農作物の被害《ひがい》が出ているとの事だ」

「干魃《かんばつ》――か。辞書の中か、他国でしかお目《め》に掛かる事の無かった言葉だな」

「……昨日送り出した十二人から連絡《れんらく》は？」

「未《いま》だ何も……」

更《さら》に別の大臣が首を横に振《ふ》る。

「昨日の今日だぞ？　さすがに――」

「忘れたか。向こうは棄界《ゲヘナ》、現世とは法《のり》も理《ことわり》も違《ちが》う。時の歩みさえ――」

「それより気がかりなのは――棄界《ゲヘナ》送りの魔法儀式《ぎしき》の終盤《しゅうばん》で、妙《みょう》な反応が出た事だ」

「何かの事故か？」

「分からん。だが件《くだん》の十二人、棄界《ゲヘナ》に降り立つ事すら出来ていないやもしれん――」

「ではどうする？　また新たに捜索者《そうさく》を見繕《みつくろ》うのか？　罪人の中から？」

大臣達の口調には苛立《いらだ》ちが滲《にじ》んでいた。

「中央正規軍の中から志願者を――」

「実戦経験皆無《かいむ》の、お飾《かざ》りの軍の中からかね？　国境警備隊ならともかく」

「駄目《だめ》だ。国境警備隊の大半は難民や移民……非正規臣民だ。信用出来ん。他国の間諜《かんちょう》も交じっているやもしれん。この状況《じょうきょう》が知られれば……」

かつて古代魔《ま》法《ほう》王国の生き残り達によって造り出された魔法機関――聖約宮《テスタメント》。

ジンデル王国数百年の栄耀栄華《えいようえいが》は、偏《ひとえ》にこれのお陰《かげ》だった。

だからこそ聖約宮《テスタメント》が止まってしまえば……速《すみ》やかに全《すべ》てが瓦解《がかい》を始める。

少し考えれば分かった事だ。ジンデル王国は砂上の楼閣《ろうかく》に築かれた世界だと。

だが今この場に居る大臣七人を含《ふく》め、ジンデル王国の要職に就《つ》く者達は誰《だれ》も――誰一人として聖約宮《テスタメント》が止まるなどという事を、王の血族が全滅《ぜんめつ》してしまうなどという事を、想像していなかった。それは空や大地や風や太陽の様に、当たり前の様に常にそこに在るものであり、彼等が生まれる前から存在し続けていたからだ。

既に聖約宮《テスタメント》を造り出した魔法使い達は居らず、その秘儀《ひぎ》を承継《しょうけい》した者も居ない。新たに聖約宮《テスタメント》を造り出す事も、『王とその血を引く者にしか扱《あつか》えない』という制約を解除する事も出来ない。故《ゆえ》に――

「……待つしか無いのか？」

大臣の一人が忌々《いまいま》しげに呟《つぶや》く。

それに答える者は――やはり誰一人として居なかった。

●

そこは巨大樹の虚《うろ》、即《すなわ》ち幹に生じた穴の中だった。

イオリの記憶《きおく》や知識では――つまり現世における常識では――精々《せいぜい》が、ある種の鳥や樹上棲の小動物の類《たぐい》が巣穴に使ったりする程度の大きさなのだが。この棄界《ゲヘナ》に生える巨大樹のそれは、規模がまるで違った。

中に十人を超《こ》える人間が入ってもまだ余裕《よゆう》が在る。

具体的には――

「………堕天使《だてんし》」

睨《にら》み据《す》えるかの様にイオリに眼《め》を向けている年老《としお》いた棄界人《ゲヘナント》と。

その背後に剣《けん》や槍《やり》を携《たずさ》えて居並ぶ十人ばかりの男女と。

そして――老齢《ろうれい》の棄界人《ゲヘナント》に相対して座るイオリとタビタだ。

（さて……どう対応したものか）

イオリは胸の内で小さくため息をついた。

あのアダムという名の巨漢や黒い男達が撤退《てったい》した――直後。

イオリとタビタは集まってきた棄界人《ゲヘナント》達に武器を突きつけられて、拘束《こうそく》された。

この集落の者である筈《はず》のタビタが一緒《いっしょ》に居るというのに、捕虜《ほりょ》の様な扱いを受けるのは不可解だったが……アダム達の襲撃《しゅうげき》で気が立っているのだという程度の事は、イオリにも想像がついた。反抗《はんこう》して暴れてはタビタの立場も悪くなるだろう。そう判断してイオリは素直《すなお》に連行される事にした。

結果――こうして何やら集落の重鎮《じゅうちん》らしい老人の前に引き出された訳だが。

「我が名、〈重い雨〉テオフィル」

そう老人は名乗る。

〈重い雨〉というのは通り名の類か。あるいは姓《せい》なのか。タビタが名乗らなかった事を思えば、それは立場の在る者だけに許された名前なのかもしれない。

「名乗る、しろ、名」

「イオリ・ウィンウッドだ」

「……イオリ……」

老人――テオフィルは頷《うなず》いて二人の名をまるで味わう様に繰《く》り返す。

「問う、する、目的」

「目的？」

イオリは眉《まゆ》をひそめた。

目的とはどの部分を指しての事だろうか。棄界《ゲヘナ》に来た事か。それともタビタを助けた事か。あるいはこの集落を訪《おとず》れた事か。集落を襲っていたアダム達と戦った事か。

どう答えたものか――とイオリは考える。

文化も習俗《しゅうぞく》も異なる連中を相手に、迂闊《うかつ》な回答は命取りになる。元は難民であり、軍務に就いてからは魔術猟兵《まじゅつりょうへい》として国境線付近を行ったり来たりしていた――他国の連中とも頻繁《ひんぱん》に接してきたイオリは、その事をよく知っていた。

だが誤魔化《ごまか》したりハッタリを利《き》かせるには、あまりにイオリ達は棄界人《ゲヘナント》について、いや、この世界について知る事が少ない。なので――

「……さしあたっては仕留めた地竜の肉や皮や骨を、集落に運ぶのに手を貸して欲しくて此処《ここ》に来た。獲物《えもの》を解体するのは現場で出来ても、加工は無理だからな」

情報を小出しにし、もっとも手前からとりあえず説明する事にする。

「知っての通り、俺達は身体《からだ》一つで此処に来た。これから此処で生きていくには何かと要《い》り用なものも多い。それらを得る為《ため》にその場で知り合ったタビタの地竜狩《か》りに手を貸した。狩るのに俺達も協力したのだから、幾《いく》らかの取り分はあって良いだろう？」

「…………」

テオフィルは黙《だま》ってイオリの言葉を聞いている。

棄界人《ゲヘナント》は総じて顔に表情を出さない様だが、テオフィルの場合、座った状態で正面から向き合っている為、尻尾《しっぽ》の様子もイオリ達からは把握《はあく》出来ない。またタビタと違って首を傾《かし》げたり眼を伏《ふ》せたりといった仕草もあまり示さないので、益々《ますます》何を考えているのかも分かりづらい。

（……厄介《やっかい》だな……）

イオリ達にとっては他意の無い平凡《へいぼん》な一言が相手を激昂《げっこう》させる事も有り得る。

細かな表情の変化を見ながら注意深く話を進めるという手法がとれない以上、相手が激《げき》怒《ど》するその瞬間《しゅんかん》まで――いや激怒したその後ですら、イオリ達には何が悪かったのか分からない可能性が在った。

「〈黒奇団〉との関係、如何《いか》に？」

「……〈黒奇団〉？」

「あの黒く臭《くさ》い奴等《やつら》」

つまりは巨漢が率いていた連中の事か。

「関係は無い。あの連中と出会《でくわ》したのも偶然《ぐうぜん》だ」

「…………」

ふとタビタが横目でイオリの方を見てくるのを感じたが、イオリは構わず言葉を続けた。

「先にも言ったが俺は此処に来たばかりだ。それはタビタが見て知っている」

「……正しい」

とタビタが口添《くちぞ》えしてくれる。

どうやらテオフィル達は、同じ現世人という事で、アダムとの関連を――もっと端的《たんてき》に言えばイオリがアダム達の仲間ではないのかと疑っていた様だ。いきなり集落が襲《おそ》われ、少なくない者が殺され、傷を負い、そして何十人という仲間が連れ去られた。そこに見知らぬ異種族の者が迷い込んでくれば、とりあえずは疑ってかかるのも当然だろう。

「俺はこの世界で一つやらなければならない事が在る」

慎重《しんちょう》に相手の反応を見極《みきわ》めながらイオリは言った。

「その為にこの世界の案内人が必要だ。タビタに頼《たの》むのか、あるいは別の者に頼むのかはさせておき、人がある程度の数、集まる場所に来て、案内人を探す必要があった」

「……理解する、した」

とテオフィルは頷く。

殊更《ことさら》にイオリの『やらなければならない事』を問い質《ただ》してこなかったのは助かった。

タビタが基本的に黙ったままなのもだ。

彼女はイオリとアダムとの会話を聞いていた筈で――何処まで理解していたかは分からないが、イオリの『やらなければならない事』にアダムが関係している事は知っている筈だ。なのにイオリがしらばっくれても黙っていてくれる。

恐《おそ》らく此処で余計な事を言えば話がこじれると理解しているのだ。

言葉遣《づか》いがたどたどしいのであまりそうは見えないのだが――タビタは物事を察する力、理解する力はかなり高い方なのだろう。要するに頭が良いのだ。

「我々、かなえる、する、ない、希望、御前《おまえ》の」

皺《しわ》深い顔に冷たい無表情を湛《たた》えたままテオフィルはそう言った。

要するに地竜の肉と皮と骨に関しては、集落の者は一切手を貸さないという事らしい。出来れば自分の取り分は、此処で他のものに……武器や各種物資と交換《こうかん》出来ればとイオリは考えていたのだが、それも難しそうだ。

「……それは、何故《なぜ》？」

「地竜狩り。試練。儀式《ぎしき》」

とテオフィルは言った。

「集める、する、仲間。斃《たお》す、する、地竜。成人の儀、全《すべ》て。タビタ、失格」

「……長」

タビタが何か言いたげな様子だったが、テオフィルに睨まれると彼女は黙り込んだ。

「とにかく地竜を斃せば良いんだろう？　タビタは立派にやり遂《と》げたと思うがな？」

「天使、違《ちが》う、仲間」

とテオフィルは端的に切って捨てた。

「仲間、同じ集落、同じ部族。集める、する、仲間、力、成人の証《あかし》」

「長――でも」

「天使、違う、仲間」

何か言いたそうなタビタに、しかし重ねてテオフィルはそう繰り返した。

「……部外者の手を借りたら駄目《だめ》ってか」

要するに、地竜狩りが成人の儀式として考えられているのは、この集落の中で——生活共同体の中で、他の者と協力して上手《うま》くやっていけるかどうかの試《ため》しでもあるらしい。

やはり地竜狩りは元々一人でする様なものではないのだ。タビタは仲間を集める事が出来なかったので、一人でせざるを得なくなっていただけの事である。

（つまり……人付き合いが下手な奴《やつ》は死ねってか）

共同体の中で上手くやれそうにない奴は、独り、地竜狩りに挑《いど》んで死ぬ。

そうする事で共同体の結束力を強めているという事なのだろう。

合理的ではあるが——

（……何故？）

イオリが今まで接してきた限り、タビタは悪い少女ではない筈だ。

少なくともイオリの感覚では協調性も在るし、他を思いやれる気持ちも在る。表情に乏《とぼ》しいのは他の棄界人《ゲヘナント》も同じだろうから、これが原因で彼女が孤立《こりつ》している理由という訳ではあるまい。

「タビタ、成人の儀、穢《けが》した」

駄目押しの様にテオフィルが告げる。

「…………」

タビタは――俯《うつむ》いたまま立ち上がる。テオフィルの背後に控《ひか》えていた者達が一斉《いっせい》に身構えたが、タビタは彼等とは眼を合わせる事すら無く、踵《きびす》を返してそのまま虚《うろ》を出て言った。

一瞬、タビタを追うべきかどうかイオリは悩《なや》んだが――

「…………テオフィル族長」

イオリは敢《あ》えてこの場に留《とど》まる事にした。

タビタが居ない今がむしろ訊《き》き時かと考えたからだ。

「タビタはどうして、仲間を集める事が出来なかったんだ?」

「…………」

テオフィルの背後の者達がわずかながらざわめく。何か相当にまずい事を訊いてしまったか――とイオリが頭の中で誤魔化す為の言葉を二つ三つ考えていると。

「――不義の子」

短い沈黙《ちんもく》の後、テオフィルが言った。


『信じてるからね』

それが母の口癖《くちぐせ》だった。

物心ついた頃《ころ》にはもう父は居なかった。

『母さん、お前の事、信じてるからね』

挨拶《あいさつ》の様に繰り返される『信頼《しんらい》』の表明。数え切れない程《ほど》に聞いたその言葉はいつしか本来の意味がすり減って無くなっていった。

譫言《うわごと》の様なものだ。

いや。譫言の方が未《ま》だマシだったかもしれない。空っぽになった器《うつわ》には別のものが入り込む。母の口にする『信頼』はいつしか我が子を搾取《さくしゅ》する事の理由付けになっていった。

信じているから絶対に裏切ってはならない。

信じているから無理や無茶を強《し》いても良い。

信じているから自分を何よりも優先すべき。

信じているから――……

子供に働かせて自分は何もしない。子供が得てきた糧《かて》を喰《く》い、家とは名ばかりの荒《あば》ら屋の外に出る事も無く……ただひたすら依存《いそん》する息子《むすこ》への『信頼』と、かつて自分達の先祖が暮らしていたという現世への憧憬《どうけい》と、そして自分を裏切った者達への呪詛《じゅそ》を吐《は》き続けるだけの生き物に……母親は、なっていた。

自分の期待《きたい》に添《そ》わない事を息子がすると『裏切り者』と罵倒《ばとう》して蹴《け》った。自分の期待通りに事が進まなければ、それは努力を怠《おこた》った息子の『裏切り』なのだと詰《なじ》り、棍棒《こんぼう》で殴《なぐ》った。自分達を棄《す》てて逃《に》げたという父に息子が似てきた事すら、彼女にとっては『裏切り』で、打擲《ちょうちゃく》の理由になった。

記憶《きおく》は曖昧《あいまい》だが、幼い頃は母の愛を信じていた様に思う。

だが母は『信じている』と繰《く》り返し口にしながらも自分が『信じられている』かどうかにはひどく無頓着《むとんちゃく》だった。母にとって『信じる』という言葉は自分が他人に向けるものであり、あくまで、他人に責任をなすりつける為のものでしかなかった。

このままでは自分は母に殺される。全《すべ》てを吸い尽《つ》くされる。

ある日、ふとそう思ったので――母の事を信じられなくなったので、殺した。

自分を殴ってきた母の棍棒を取り上げて殴り返した。倒《たお》れた母の腹を思いっきり踏《ふ》みつけた。血を吐きながら『信じてたのに』『裏切り者』と叫《さけ》ぶ母の顔を何度か蹴っていると静かになった。

そして――

「……信じてたんだよ」

荒《あら》い息をつきながら岩肌《いわはだ》剥《む》き出しの床《ゆか》に座り込む女を――アダムは見下ろした。

着ているものは全て乱暴に引き裂《さ》かれ、白い肌にはあちこちに叩《たた》かれて出来た腫《は》れ痕《あと》が在る。それは蹂躙《じゅうりん》の、征服《せいふく》の、証だった。

「ああ。信じてた、信じてたんだぜ。俺はよ。なのにこの体《てい》たらくだ」

「…………」

女が床に座り込んだまま顔を上げる。

長い金髪《きんぱつ》は乱れ、頬《ほお》にはアダムに先程殴られた際の青痣《あおあざ》が浮《う》かんでいた。

「王権器《レガリア》ってのはどんなものでも斬《き》れるすげえ刃物《はもの》なんだよな？　剣《けん》に当たれば剣を、鎧《よろい》に当たれば鎧を斬るんだよな？　お前、俺にそう教えてくれたよな？　だったらなんで受け止められるんだよ、ケダモノの剣なんぞに？　奇髪器《サムソニア》つったか？　あんな──」

「……わ……分かりま……」

「それともお前の言った事は嘘《うそ》だったのか？　お前は俺を裏切ったのか？」

女奴隷《どれい》の白く細い首を──そこに巻かれた首輪を右手で摑《つか》むと、アダムは強引《ごういん》に彼女を立たせた。苛立《いらだ》って仕方ない。

棄界人《ケダモノ》共の集落を一つ襲って滅《ほろ》ぼして、色々奪《うば》う、ただそれだけの事だった筈《はず》なのに──何度も繰り返してきた簡単な作業だった筈なのに、予想外の抵抗《ていこう》に遭《あ》い、中途半端《ちゅうとはんぱ》な状態で退かざるを得なかった。

「エステル。人間、信頼が、信頼ってのが、大事だ。言ったよな？　何度も何度も言ったよな？　信じ合わなきゃ人間なんてのは誰《だれ》とも一緒《いっしょ》にやっていけねぇんだ。だから嘘は駄目だ。信頼をなくす。知ってる事を黙《だま》っててるのも駄目だ。やっぱり信頼をなくす。な？」

「は……い……」

アダムに首を摑まれ、つま先で床に立ちながら目で頷《うなず》いてくるエステル。

「信頼には信頼で応《こた》えねえとなあ。俺はお前を信じてる。信じてるから首輪はつけても繫《つな》がずにおいてやってる。なあ？」

「あ……ありがとう……ござい……ま……」

「ならお前はどうだ？　お前は、俺を信じてるか？」

「信じて……います……」

「そうだな。奴隷なんだから主《あるじ》を信じるのは当然だよな。だから主にも信じてもらえる」

「は……い……」

「…………まあいいだろう」

気が済んだのでアダムは手を離《はな》す。

再び床に座り込んで荒い息をつく女奴隷――エステル。アダムはすぐに彼女には興味を失い、彼女をその場に残したまま部屋を出た。

根城に戻《もど》ってきてすぐ、憂《う》さ晴《ば》らしを優先したので『戦利品』の『処置』を未だしていない。手下のニコラスに任せておく事も出来るが、一部の『戦利品』に関しては必ず個別にアダムにお伺《うかが》いを立てる様にと厳命してあるので、恐らく根城の中に運び込むだけ運び込んで、何もせずに待っている事だろう。ニコラスのそういう愚直《ぐちょく》とも言うべき部分だけは信用に値《あたい》する。

「……次はあの魔術師野郎《まじゅつしやろう》とケダモノの小娘《こむすめ》……確実にぶち殺してやるぜ」

歯を剝《む》いて独り笑いながら――アダムは複雑に入り組んだ根城の通路を歩いて行った。

●

ぱし――と不機嫌《ふきげん》そうにテオフィルの尻尾《しっぽ》が床を打つのが見えた。

「嫌《きら》う、される、穢れの子。裏切り、証《あかし》」

「不義って……タビタが？」

それはつまりタビタの父か母が、本来の伴侶《はんりょ》以外と通じて出来た子という事か。

「我が息子、裏切る、する、妻。妻、憤死《ふんし》、する、我が息子、連れる、する、不義の子」

「…………つまり、タビタは」

驚《おどろ》いた事にどうやらタビタはこのテオフィルの孫らしい。

「我が息子、怪我《けが》、した、死ぬ、した、残す、した、不義の子」

　妻以外の子を連れ帰った族長の息子は、事故か何かで怪我をして死に、妻以外の女との間に生まれた子だけが残ったという事か。タビタの父が彼女だけを連れて部族の村に戻ってきた事を思うと……タビタの母も既《すで》に死んでいるのかもしれない。

「愚《おろ》かな息子。天使かぶれ」

　そういえばタビタは言葉も含《ふく》め天使の事を父から色々教わった様だが。

　あるいはタビタの父はこの部族の中では異端《いたん》とも言うべき『親天使派』だったのかもしれない。テオフィルを含め、この場に居る者達の態度からして、現世人は敵視とまではいかずとも、歓迎《かんげい》されてはいない様だ。

　考えてみればこの世界における天使はいずれも流刑《るけい》者として送られた余所者《よそもの》である。その全てが棄界《ゲヘナ》においても暴力的な行為《こうい》に出る乱暴者とは限らないだろうが、いずれにせよ、多くの棄界人《ゲヘナント》にとって天使とは招かざる客なのかもしれなかった。

（やはり最初に出会ったのがタビタだったってのは……幸運だったって事か）

　そんな事をイオリが考えていると――

「タビタ。同じ、我が息子。天使かぶれ」

「成人の儀《ぎ》、穢《けが》す、する、タビタ、違《ちが》う、我等が仲間」

テオフィルの言葉に続けて背後の者達が口々にそう言ってくる。

「不義の子、成人の儀、穢す」

「やはり不義の子、やはり天使かぶれの子――」

「我等に災《わざわ》いをもたらす――」

（えげつないな……）

イオリは胸の奥で再びため息をつく。

元より妻以外との間にもうけられた不義の子という事で、疎《うと》まれ続けてきたタビタにとって、今回の地竜狩《か》りは、単なる成人の儀式という以上に、部族に受け入れてもらえる最後の機会《チャンス》だったのだろう。あるいは、それで仲間の助けを得られず死んでも仕方が無い――あるいは死ぬ事でようやく父の代からの『罪』を償《つぐな》えるのだとでも思われていたのかもしれない。

だが事もあろうに、タビタは天使の助力を受けて地竜を狩り、挙げ句に天使を連れて帰ってきた……これでタビタは完全に村から孤立してしまったらしい。

しかも帰ってきたのはアダム達の――現世人の襲撃《しゅうげき》の直中《ただなか》である。

元よりタビタに良い印象を持っていなかった集落の者ならば、タビタがアダム達を連れてきたのではと勘《かん》ぐる事も在るだろう。

（人間ってのは――『良くない事』に原因を求めたがるからな……）

それが単なる偶然《ぐうぜん》の不幸ではなく、何か原因の在る必然だったと思いたがる。ただの不運だったとは思いたくない。誰かが悪かったのだと、誰かの怠慢《たいまん》や悪意の結果なのだと考えて、その誰かを責める事で自分を慰《なぐさ》めたがる。その何かを憎《にく》む事で目の前の苦境を乗り越《こ》える力にしようとする。

そういう心の動きには……イオリも覚えが在った。

（その辺は現世人も棄界人《ゲヘナント》も同じか……）

こんな事で棄界人《ゲヘナント》に親近感を覚えたくは無かったが。

「テオフィル族長……幾《いく》つか尋《たず》ねたい事が在る」

仮面の様な無表情を凝《こ》らせる老人を前に――とりあえずイオリはそう切り出した。

「そもそもあんた達にとって、天使ってのはどういう存在なんだ？」

イオリの問いにテオフィルが答えるまでには、若干《じゃっかん》の間が在った。

「…………………難しい。伝える」

と言って――テオフィルは僅《わず》かに眉《まゆ》をひそめる。

「違う、在る、部族、それぞれ」

「……つまり天使に好意的な部族も居れば、否定的な部族も居るって事か？」

「正しい」

「で、あんた達は？」

「我々、拒《こば》まない、天使。ただ置く、距離《きょり》。交わらぬ様」

「……敵対はしていないが、仲良く交流はしない？」

「正しい」

…………実にもどかしいやりとりだが、イオリは辛抱強《しんぼうづよ》くテオフィルとの会話を続けた。

そうして聞き出した所によると——

「我々、鋼《はがね》、持たず」

ふと懐《ふところ》から一本の棒を取り出してテオフィルは言った。

いや。それは棒ではない。煙管《キセル》だ。火皿と吸口は金属製だった。

「天使、もたらす、する、鋼」

煙管でこんこんと虚《うろ》の床を叩きながらテオフィルは言った。

続く動作で彼は何処《どこ》からか取り出した葉を詰《つ》め、燭器の炎《ほのお》で火を点《つ》ける。

「鋼以外、もたらす、する」

天使はもう随分《ずいぶん》と昔からこの世界に訪《おとず》れ、棄界人《ゲヘナント》が持っていなかった様々な『業《わざ》』をもたらした。

そもそも棄界人《ゲヘナント》達には鉱物を扱《あつか》う技術が無かったらしい。

基本的に彼等が扱うのは木材と――そして獲物《えもの》の骨や皮ばかりで、たまに石器を扱う事がある程度だったとか。当然、製鉄や精錬《せいれん》技術など無かったのだ。

だが天使達、即《すなわ》ちジンデル王国から送り込まれてきた罪人達は、そこに鉱物を――銅や鉄やその他の金属を精錬し加工する技術を持ち込んだ。

他にも、天使達は複雑で抽象《ちゅうしょう》的、概念《がいねん》的なものを扱える言語や、牧畜《ぼくちく》、農耕の技術、更《さら》には医療《いりょう》関係の技術も持ち込んできたという。天使達が持ち込む以前、棄界人《ゲヘナント》達の間には薬学どころか、呪《まじな》いの延長の様な治療《ちりょう》方法しか無かったらしい。

それらを積極的に取り入れて、天使達と交流を深めていった部族も在ったが、同時に、急速な生活様式や価値観の変化を恐《おそ》れ、天使達との距離を置こうとした部族、更には天使達を危険な存在として排斥《はいせき》しようとした部族も在ったそうだ。

結果……一部の部族と天使達の社会は、今も対立を続けており、互《たが》いに相まみえれば殺し合いに発展する事も少なくないという。

同時に、一部の部族は天使達の社会に馴染《なじ》み過ぎて、尻尾や耳以外は完全に天使達と同じ様な格好をし、同じ様な生活をしている状態で……それは、他の部族からは裏切り者、あるいは堕落《だらく》した者として嫌われているという。

「……難しい」

煙管で吸った煙草《たばこ》の煙《けむり》をゆっくりと吐《は》き出しながらテオフィルは言った。

「天使の業、凄《すご》い……便利、役立つ、する。病《やまい》の子供、助かる、する」

たとえ伝統や信条を理由に拒もうとしても、現に役に立つ技術がそこに在る以上、無視し続けるのは難しい。事が人間の生き死にに関《かか》わるなら尚更《なおさら》だ。

だが、だからといって何でもかんでも区別無く取り入れていけば――後戻《あともど》り出来なくなる。便利なものが在るのが当たり前になって、手放せなくなる。そしてその便利なものを与《あた》えてくれる相手に、奴隷の如《ごと》く従属するしかなくなっていく。

テオフィルや多くの部族の族長達は、それを危惧《きぐ》したらしい。

だから一線を引いた。

中立的な立場をとり、天使とは距離を置く。拒絶《きょぜつ》はしないが擦《す》り寄りもしない。色々と弁《わきま》えた必要最低限の交流だけを部族の者に許し、それ以上を望む者は処罰《しょばつ》し、あるいは追放した。定期的に天使の――現世人やその末裔《まつえい》の商人達が交易にやってくる事は在る様だが、彼等は村に住み着く事は許されないし、長く滞在《たいざい》する事も無い。交易は村の古老達が行い、そもそも若い者達が直接、現世人の商人とやりとりをする事はほぼ皆無《かいむ》だそうだ。

「つまりあんたの息子《むすこ》、タビタの父親は、そういう村の掟《おきて》というか、しきたりを、破ったと……？」

「正しい」

頷《うなず》いてから――テオフィルは改めて目を細めながらイオリを睨《にら》んできた。

元々『天使かぶれ』の族長の息子は色々と疎まれていた。更に、部族の結束を固めるべく有力者の娘《むすめ》と夫婦《ふうふ》にさせたにもかかわらず、妻を裏切り、どこぞの女と駆《か》け落ちし――戻ってきた時にはタビタを連れていたらしい。

勿論《もちろん》、政略結婚《けっこん》で娘を差し出した有力者は顔に泥《どろ》を塗《ぬ》られた様なものだ。許す筈《はず》が無い。それでも今までタビタが村の中で生きてこられたのは、彼女が族長の血縁《けつえん》であるからだ。

あるいは――イオリ達が手を貸した事を隠《かく》して、タビタ一人でこの集落に帰らせていれば、彼女は『禊《みそぎ》』を済ませて集落に受け入れられていたのかもしれない。だがその事を今《いま》更《さら》に悔《く》やんでも遅《おそ》い。

「……あまり恩を売りつける様な事は言いたくないが」

イオリは改めてテオフィルの顔を見ながら言った。

「俺はこの村を襲《おそ》ったあの連中と戦った。あの連中が撤退《てったい》したのは俺や――タビタが戦った結果だ。それは俺の、そしてタビタの功績として認めてもらえないか？　あるいは俺達が持ち帰った地竜の肉や骨をあんた達に渡《わた》してもいい。さすがに俺達だけじゃ喰い切れないし使い切れないだろうからな」

「………」

またもテオフィルの背後の者達がざわめく。

テオフィルは眼《め》を細めてしばしイオリを睨み据《す》えていたが——

「天使イオリ……求める、何？」

「大したものじゃない。さしあたっては、酒と、それから——糸が欲《ほ》しい。在れば出来るだけ鋭《するど》い刃物《はもの》も」

イオリは肩《かた》を竦《すく》めてそう言った。

●

タビタの『家』は集落の外れに在った。

元々は人が寝泊《ねと》まりする家屋でも部屋でもなく、村人達が共同で扱う納屋《なや》の様な場所であるらしい。一番下の枝の根元に、何十本という縄《なわ》と蔓《つる》で縛《しば》り付けられた大きな籠《かご》、といった印象である。扉《とびら》は無く、側面に開けられた出入り口には、代わりに二枚の布が掛《か》けられていた。

「——タビタ」

族長テオフィルの前から解放されたイオリが中を覗《のぞ》くと――タビタが膝《ひざ》を抱《かか》えて座っているのが見えた。大剣《たいけん》は壁《かべ》に立てかけられている。

殺風景な――家具も何も無く、ただ灯《あか》りの為《ため》の灯炉《とうろ》と、寝るための床《ゆか》だけが在る――部屋の中である。恐らく集落の中でもはみ出し者扱いを受けてきたタビタは、本当に必要最低限の品しか手に入れる事が出来なかったのだろう。

「イオリ……」

「入って良いか？」

「……ん」

とタビタが頷くのを確認《かくにん》すると、イオリは床の上に腰《こし》を下ろすと、そこに改めて調達してきた幾つかの品を目の前に並べた。

（正直、これだけじゃ心許《こころもと》ないが――）

悠長《ゆうちょう》に品を揃《そろ》えている時間も無い。

「――タビタ」

イオリは部屋の壁際《かべぎわ》で、同じく床の上に座りながら、じっとこちらを眺《なが》めている棄界人《ゲヘナント》の少女に声を掛けた。

「悪いが、ちょっと部屋の外に出ててくれるか？」

「……？」

タビタは眼を瞬《またた》かせながら、ぱたりぱたりと床を打っていた尻尾《しっぽ》を止めた。

これは――怪訝《けげん》に思っている『表情』か。

「タビタ、邪魔《じゃま》？」

「邪魔というか……まあ、あんまり見て楽しいもんじゃないぞ」

とイオリは言いつつ、地竜の骨を削《けず》り出して作ったという短剣と、巨大樹《きょだいじゅ》の葉の繊維《せんい》から作られたという細い糸、果実を発酵《はっこう》させて作ったらしい酒、更に木を削って作られた『針』を確認していく。

全《すべ》てテオフィルに頼《たの》んで都合して貰《もら》ったものだ。短剣は先程《さきほど》、魔術で炎を生み出して消毒済み、糸と針も酒にくぐらせてある。

「……まあ、無いと思うが、悲鳴とかあげるなよ」

念《ねん》の為にそう言ってから、イオリは深呼吸を一つ。

それから――短剣を自分の腹に突《つ》き刺《さ》した。

「イオリ!?」

流石《さすが》に驚《おどろ》いたのだろう、タビタが尻尾の毛を逆立てながら腰を浮《う》かす。

「大《だい》……丈夫《じょうぶ》だ、大丈……夫ッ……」

腹から吹《ふ》き上がってくる激痛を堪《こら》えながらイオリは短剣を引く。

傷が広がり、こぼれ落ちた血が彼の膝をぬらしていく。ある程度の所まで傷口を広げるとイオリは短剣を引き抜《ぬ》き――痛みで筋肉が収縮して非常に抜きにくかったが――やはり酒で洗った指先を傷口に突っ込んだ。

「くおっ……」

思わず苦痛が漏《も》れるが、構わず指先で自分の――文字通りに腹の内を探《さぐ》る。

おおまかにだが先に皮膚《ひふ》の上から位置を確認しておいたので、そう無闇矢鱈《むやみやたら》と自分の腹の内側をかき回す必要も無く……イオリは目当てのものを探し当てた。

一気に指を引き抜くと、しゃり、と軽い音を立ててそれが床に転がる。

血に濡《ぬ》れた、小さな――指輪。

「イオリ？　大丈夫か？」

改めてタビタが問うてくるが、イオリは小さく頷いてみせると、腹圧ではみ出ようとする自分の内臓を強引《ごういん》に押し込み、針と糸で、自分の腹を縫《ぬ》い始める。

「ぬ……く……」

予《あらかじ》め痛み止め代わりに少し酒は飲んでおいたが、酔《よ》っ払《ぱら》って手元が狂《くる》う様では意味が無いので、激痛を完全に消してくれる程の効果は望めない。この辺りの加減は何度か経験が在るのでよく分かっていた。戦場では必ずしも衛生兵が傍《そば》にいるとは限らない。

「サホコ、サロオ、サロケ、サホエ、サロケ、サイオ……」

何とか傷口を縫い上げると、最後にイオリは右手を傷口に当てて――呪文詠唱《じゅもんえいしょう》。

「……始まりの元素、水より分かれし燃ゆる風、空へと昇《のぼ》る軽き息、今此処《ここ》に顕現《けんげん》せよ」

認識可能な最小単位で火炎《かえん》の魔術を行使。

瞬間《しゅんかん》的に燃え上がった青白い炎が、イオリの腹を焼く。

「ぐっ……」

刃物のそれとは別の激痛が吹き上がるが、それを代償《だいしょう》として――血は止まった。

「イオリ……」

さすがに黙《だま》って見ていられなくなったか、タビタがすぐ傍にまで這《は》い寄っていた。だが迂闊《うかつ》にイオリに触《ふ》れては邪魔になると分かっているのか……手を出しかけた姿勢のままで固まっている。表情はやはり無いが、尻尾が――不安の徴《しるし》なのか、左右に小さく揺《ゆ》れているのが見えた。

「大丈夫だ、慣れてる」

とイオリは言って笑顔《えがお》を取り繕《つくろ》い――それから床の上の指輪を拾った。

右手に塡《は》めているものと異なり、こちらは塊《かたまり》というより、細い糸状の金属を網目《あみめ》状に編んで幾重《いくえ》にも重ねたものである。なので見かけよりは軽く柔軟性《じゅうなん》が在る。

「これ……指輪？　何？」

「白金《プラチナ》の指輪だよ」

自分の指にそれを填めながらイオリは言った。

「棄界《ゲヘナ》送りにされる以前から、身体《からだ》に埋《う》め込んでた。武器やら何やら全部取り上げられても、これだけは残る様に――ってな。魔術猟兵《りょうへい》にはまあ、よく在る話なんだが」

戦場で敵軍の捕虜《ほりょ》になった場合、武装解除されても――それこそ衣装《いしょう》を含《ふく》めて根刮《ねこそ》ぎ持ち物を全て奪《うば》われても、脱出《だっしゅつ》の為の道具を手放さずに済むとして、魔術猟兵にはこの手の『仕込み』を自分の身体にしている者は少なくない。鞘《さや》に入った指先程の小さな刃物やら金の針金やらを入れておく場合も在る。

「俺が使う力……魔術は見たよな。あれに使うと……色々便利なんだよ」

適当に言葉を探しながらイオリは言った。

（……触媒《しょくばい》、とか魔術担体って言ってもさすがに分からんだろうし）

そもそも金属を扱《あつか》う文化が殆《ほとん》ど無い棄界人《ゲヘナント》にとって、精製だの何だのよりも更《さら》に先の触媒作用《カタリシス》の話をしても分かるまい。

白金は爆轟《ばくごう》の魔術を行使する際、術者の負担を下げ、結果的により多様な派生型術式の展開を可能にするし……使い方によっては消毒にも、あるいは水中での呼吸を可能にする魔術の補助としても用いる事が出来る。勿論、貴金属として買収に使う事も出来るが、これは魔術猟兵にとってはむしろ余録だ。

「とにかくこいつを手に嵌めてれば、より多くの、より強い魔術が使える」

イオリは魔術陣《じん》が入れ墨《ずみ》された左右の手を見せてそう言った。

●

これは夢だ。それは考えるまでもなく理解出来た。

何もかも輪郭《りんかく》が曖昧《あいまい》で色が無い。全てが灰色の濃淡《のうたん》のみで描《えが》き出される世界。音ですら何処《どこ》かくぐもっていて現実味に乏《とぼ》しい。匂《にお》いはまるで感じず、肌《はだ》の感覚も無い。五感の全てに薄《うす》い膜《まく》が掛けられているかの様で——ひどくもどかしい印象だった。

だが——

「困ったものです」

誰《だれ》かがため息交じりにそう言うのを聞いた様な気がしてユーフェミアは周囲を見回した。

白と黒が境目も判然としないままに入り交じる中で——その娘《むすめ》は、その娘だけが、色を備えていた。髪《かみ》は黒く、瞳《ひとみ》も黒く、肌は白く、衣装すら白い薄衣《はくい》なのだが……ただ一点、唇《くちびる》だけが血の様に紅《あか》い。

年齢《ねんれい》はユーフェミアと変わらないか少し上といった所か。

肩口《かたぐち》で切りそろえられた髪、円《つぶ》らな瞳、何より何処か浮き世離《よばな》れしたその雰囲気《ふんいき》に、ユーフェミアは見覚えがあった。

「……チヅル？」

「覚えていてくださったのですね、御嬢様《おじょうさま》？」

とその娘は笑った。

「直接、お会いしたのは片手でも数えられる程度でしたのに。御《ご》尊父の催《もよお》された部下を慰《い》労《ろう》する宴《うたげ》で――三度かそこら。私はすぐに参加出来なくなってしまいましたが」

「チヅル・ノースリヴァ……」

「はい。そうです。兄妹揃《きょうだいそろ》って御尊父の下で働かせていただいておりました、キタガワ、いえ、ノースリヴァです」

そう言って紅い唇の娘は静かに微笑《ほほえ》んだ。

全体的に清楚《せいそ》な印象だが――何処か匂い立つ様な艶《つや》がそこには潜《ひそ》んでいる。

「貴女《あなた》は死んだと……」

「ええ。死にました。どう死んだと御尊父からお聞きになられましたか？」

あっさりとチヅルは頷《うなず》いてきた。

「え？　だから病気で……」

チヅル・ノースリヴァは若い娘でありながら、猟兵としてユーフェミアの父ヴィンセント・ワディンガムの部隊に所属していた。魔術こそ使わなかったが、かなり優秀《ゆうしゅう》だったと聞いている。

だが彼女は十八の時に難病に罹《かか》り、父の部隊から退役《たいえき》する事になったらしい。彼女の兄はそのまま父の部隊で働いていた為、部下を慰労する宴には一度、車椅子《くるまいす》でチヅルも参加した事があった様に思う。

だが……

「まあ……概《おおむ》ねその通りなのですが……」

微妙《びみょう》に端《は》切れの悪い言い方をするチヅル。

いや。そもそもこれは何なのか。チヅルなのか。彼女の亡霊《ぼうれい》か。だがチヅルの亡霊が何故《なぜ》ユーフェミアの夢の中に出てくる？　仲が悪かった訳ではないが、殊更《ことさら》に親しかった訳でもない筈《はず》だ。

「それは今更どうこう言っても詮無《せんな》い事でした。ともあれ御嬢様？」

チヅルは首を傾《かし》げて言った。

「もう少し御自重くださいませ。兄からは無鉄砲《むてっぽう》な方だとはお聞きしておりましたが、ここまでとは想いませんでした」

「ど……どういう意味だ？」

「イオリ様を追って棄界《ゲヘナ》に来るなど。魔術猟兵であるイオリ様ならいざ知らず、世間知らずの貴女様では自殺する様なものですよ」

やれやれ、といった様子で頭を振《ふ》りながらため息をついてみせるチヅル。

「な……なにを……」

ユーフェミアは動揺《どうよう》で上手《うま》く言葉が出てこない。

この者は――幽霊《ゆうれい》なのか幻影《げんえい》なのかは分からないが――一体、何が言いたいのか？

「ち、父の仇《かたき》を討《う》つためには、そ、そうでもしないと」

「……御尊父の仇討ち？」

一瞬《いっしゅん》、驚いた様に眼《め》を丸くしながらチヅルは言った。

「まさか。ああ、そう御自分に言い聞かせておられるのですね？」

「な……何を」

「勝てないのは分かっておられるでしょう？」

チヅルは苦笑《くしょう》を浮かべる。

「何度イオリ様と試合をされましたか？　何度『殺せ』と開き直られました？　実力の差は歴然——それでもイオリ様を殺したいとおっしゃるなら、何故、闇討《やみ》ちなり何なりなさらないのです？　機会は在りましたでしょう？　騎士《きし》の矜持《きょうじ》が許さない？　ですがそんなもの、罪人の汚名《おめい》を着て棄界《ゲヘナ》送りにされている時点で、棄《す》てたも同然でしょうに？」

「…………」

ユーフェミアは何も言えなかった。

チヅルの言葉が正しいと認めている部分が自分の中に在るのだ。

「御尊父の敵討ちの名目で貴女はイオリ様に甘えているだけですよ。父親を殺した相手を憎《にく》まねばならない。憎むのが当然。けれどイオリ様を憎めない。だから形だけでも仇討ちの為《ため》に行動していないと不安で不安で仕方ない、イオリ様に突《つ》っかかってさえいれば、いつかイオリ様が自分を決定的に打ち負かして、自分の代わりに結論を出してくれる——」

「だ、だ、黙れっ……！」

ユーフェミアは悲鳴じみた声で喚《わめ》いた。

「何が分かる⁉　お前に、お前の様な亡霊が、知った風な——」

「分かりますとも。今の私は貴女ですから」

とチヅルは柔《やわ》らかく微笑んだ。

「そして、だから困るのです。こんな所で、イオリ様に誤解されたまま貴女様が死んでしまわれては、私が死んだ意味が無くなってしまいますから……」

「……!?」

ユーフェミアは身体が震《ふる》えるのを感じた。

いや。これは夢である以上はそれも幻覚《げんかく》なのだろうが——何か自分の身体が自分の意思とは関係無しに動いている様な、奇妙《きみよう》な感覚が在る。

「ですから御嬢様？　時折、私が後ろから茶々を入れますが、どうかご容赦《ようしや》くださいましね。この数日でようやくやり方が分かって参りました。勿論《もちろん》、まだいつでも自由にという訳には参りませんが」

「なんの話だ!?」

「ですから貴女の置かれている状況《じようきよう》です。御無理をなさると命を落とします。くれぐれもその御命、大事になさいませ。私もいつもご助力出来るとは限りませんし」

そう言ってチヅルは立ち上がると、ゆっくりと後ずさる。

その姿が緩《ゆる》やかに白と黒の濃淡の狭間《はざま》に溶《と》けて消えていくのを見て——ユーフェミアは思わず叫《さけ》んでいた。

「ま、待てっ！　待ってくれ!?」

「努々《ゆめゆめ》、お忘れ無きよう――」

そう言って全てが曖昧に溶けて消えていく。

これはやはり夢だ。

そうは理解しつつも――チヅルの言葉に幻影の戯言《たわごと》と切って捨てる事の出来ない奇妙な重みを、ユーフェミアは感じていた。

●

気が付くと何処か薄暗《うすぐら》い場所に転がされていた。

「…………」

何処かの屋内――なのだろうか。ざらざらした感触《かんしょく》の床《ゆか》だ。ただし岩肌《いわはだ》の様な冷たさは無い。どちらかといえば微《かす》かな暖かみの感じられる――板張りの床に感じが近い。だが完全に平らな訳でもない。細かな凹凸《おうとつ》が服を通してでも感じられる。

「……なんだ？　此処《ここ》は」

ユーフェミアは身を起こし目を瞬《またた》かせて周囲を見回した。

第一印象は――『籐籠《とうかご》』だった。

指位の太さの枝が、まるで籐編みの様に密に絡《から》み合い、広がって面を成し……それが床になり壁《かべ》になっているのだ。しかもそれらには継《つ》ぎ目が、というより加工した痕跡《こんせき》が全く見当たらない。

わずかな編み目の隙間《すきま》から外のものらしい光が入り込んできていて、それが照明代わりになっていた。

「まさかこれは……自然物なのか？」

いや。もう一度念入りに見回してみると、ユーフェミアの背後に一カ所、明らかに人の手が入っていると思《おぼ》しき部分が在った。

扉《とびら》である。元々壁だった所を切り取って、蝶番《ちょうつがい》代わりに針金の様なもので結びつけてある。手を伸《の》ばして触《さわ》ってみたが――結び目は扉の向こう側に在る様で、ユーフェミアの側からはどうにもならなかった。

小さくとも刃物《はもの》でもあれば何とかなりそうだが――

「――剣《けん》！」

そこでようやくユーフェミアは自分が完全に武装解除されている事に気付いた。

今の彼女は鎧《よろい》の下に着る薄い肌着《はだぎ》のみの格好だった。鎖帷子《くさりかたびら》も無い。

当然といえば当然、捕《と》らえた相手を武装させたままにする筈も無い。

全身に怠《だる》さが残っていたが、痛みや苦しさは感じない。とりあえず致命《ちめい》的な攻撃《こうげき》なり何なりを加えられたわけではない様だった。この様子では、寝《ね》ている間に貞操《ていそう》を奪《うば》われる様な事も無かっただろう。

「……つまり此処は捕虜《ほりょ》を押し込む牢屋《ろうや》か……」

奥の方に眼を向けると、ユーフェミアの他にも棄界人《ゲヘナント》らしき女達が十数人転がされている。恐《おそ》らくは同じ時にさらわれてきた女達だろう。

「………」

女の一人に這《は》い寄って首筋に触《ふ》れてみる。

脈は在る。安定もしている様だ。棄界人《ゲヘナント》の脈拍《みゃくはく》が現世人のそれと同じかどうかはユーフエミアも知らないが、恐らくそう差は在るまい。

男の姿は見当たらない。此処に居るのは女ばかりだ。

そもそも男はさらわなかったのか――あるいは別の所に閉じ込めてあるのか。

「……闘病《とうびょう》生活がこんなところで役に立つとは、皮肉な話だ……」

ため息を一つついてユーフェミアは呟《つぶや》く。

一年と少し前の事だが……彼女は大病を患《わずら》ってしばらくの間、施療院《せりょういん》生活をしていた事がある。細かい事は何も聞かせてもらえなかったが、相当に治療の難しい病《やまい》だったらしく、入院当時は何種類もの、それもかなり強い薬を定期的に処方されていた。

その結果……ユーフェミアの身体はある種の薬物に対してかなりの抵抗力《ていこう》を備えるに至った。同じ量の薬を投与《とうよ》されても効きにくい上に、効果が切れるのも早いのだ。

他の女達よりも先に目が覚めたのはこの為だろう。

とはいえ……それが実際何か有利に働くかといえば怪《あや》しい所である。多少早めに目が覚めていても此処から逃《に》げ出す方法が無い。

どうしたものか――とユーフェミアが腕《うで》を組んで思案していると。

「………………！」

足音が近づいてくる。

木の板の床を踏《ふ》むかの様な、きしきしと、微かな軋《きし》みの音が――三人分。

ユーフェミアは慌《あわ》てて床に身を横たえて、まだ意識が回復していない風を装《よそお》った。うまくやれば――相手の油断を誘《さそ》う事が出来れば、武器を奪って逃げる事も出来るかもしれないと考えたからだ。

「……捕らえてきた『肉床《ニクドコ》』共には睡眠薬《すいみんやく》を嗅《か》がせてありますれば」

そんな声が聞こえてくる。

奇妙に甲高《かんだか》いその声には覚えが在った。意識を失う前に最後に耳にしたあの術語詠唱《えいしょう》の声である。あの片足が義足の魔術師《まじゅつし》だ。

「男共はいつも通りに『兵隊』でよろしいので？」

「そうしろ。特に今回は結構、目減りしたからな」

これに応《こた》えるのはあの巨漢《きょかん》の声だ。

そしてそれに被《かぶ》る様にして聞こえてくるのは——じゃらりじゃらりと独特の金属音を立てているのは、鎖だろうか。耳を澄《す》ませば足音らしきものも三人分聞こえる。

明らかに靴音《くつおと》らしき硬《かた》い音が二つ。

そして素足《すあし》らしきぺたぺたと柔らかく湿《しめ》った感じの音が一つ。

「邪魔《じゃま》も入って、充分《じゅうぶん》に、まったく充分に、狩《か》れなかったぜ。忌々《いまいま》しい」

「アダム様に突っかかったあの現世人の男——魔術師でしたな。それもあの戦い方、噂《うわさ》に聞く魔術猟兵《りょうへい》かと」

「魔術猟兵？」

「魔術兵の派生兵種だそうで。細かい事は私も存じませぬが、白兵戦もこなすとか……」

「つまり魔術師としちゃ、殴《なぐ》り合いが出来る分、強い——貴様より強いってか？」

巨漢——アダムはせせら笑う様な口調で問う。

「滅相《めっそう》もない。アダム様の信用を勝ち取るこの我が身……少なくとも魔術に関してあの様な若造に劣《おと》るなど有り得ません。魔術の道は奥深い。魔術猟兵は余技を身に付ける分、専門の魔術師に比べて、魔術の力では劣るのが道理というもの……」

やがて待つほどの事も無く……牢屋の扉が開いた。

切り欠きの様な出入り口に三人分の人影《ひとかげ》が現れる。

どうやらこの牢屋は長い通路の行き止まりの所に在るらしい。三人の背後にはやはり薄暗い廊下《ろうか》が伸びているのが見えた。あちらこちらから微かに、糸の様な光が漏《も》れ落ちてきている所を見ると、廊下もやはり牢屋と同様の壁や天井《てんじょう》――樹《き》の枝だか蔓《つる》だかが絡まって出来ている様だった。

（……やはりこの者達か）

二人は声からの想像通り、あの巨漢と魔術師の男だった。

そして三人目は――奴隷《どれい》なのか、半裸《はんら》で、首輪をされ、鎖で繋《つな》がれている女だ。鎖の端《はし》は巨漢の腰《こし》につなげられていた。恐らく巨漢の慰《なぐさ》み者なのだろう。

「まあ、あの野郎《やろう》の方はともかく、驚《おどろ》かされたのはケダモノの――ケダモノの娘《むすめ》の方だな。俺の一撃《いちげき》を、俺の剣を、受け止めやがった」

「…………」

びくりと女が身を震わせた。

未《ま》だ若い。二十歳《はたち》を超《こ》えたかどうかといった位だろう。

緩やかに波打つ長い金髪《きんぱつ》と、くっきりした目鼻立ち——そして左眼《ひだりめ》の脇《わき》についた泣きぼくろが特徴《とくちょう》的だった。気怠《けだる》げな表情が顔に張り付いているが、相当な美人である。簡単な化粧《けしょう》を施《ほどこ》して着飾《きかざ》れば相当に見栄《みば》えするであろう。だが、今その女奴隷が身につけているのは、服と呼ぶのを躊躇《ためら》う様な、ぼろぼろの布一枚だった。

「私も驚きました。まさかケダモノ共の奇髪器《サムソニア》で王権器《レガリア》の剣を止めるなど……」

「どういう理屈《りくつ》だ？　王権器《レガリア》はどんな剣でも、どんな物でもぶった切れる筈《はず》だな？」

「そう聞いておりますが、しかし、それはその尋常《じんじょう》ならざる鋭利《えいり》さと、刃毀《はこぼ》れ一つ許さぬ頑強《がんきょう》さ故《ゆえ》の事。あくまで剣は剣、切断の際には刃物の道理に縛《しば》られますれば」

魔術師は手にした杖《つえ》を僅《わず》かに掲《かか》げて動かしてみせた。

「押して斬《き》るか引いて斬るか……刃物は概《おおむ》ねこのどちらかで。ただ触れたものを何でもかんでも切断する訳ではございませんで。それでは鞘《さや》にも入れられない事になってしまいますからな」

「ああ、まあそりゃそうか」

「いずれにせよ王権器《レガリア》を止めたといっても、完全ではありますまい。私が見たところ、アダム様の剣はあの小娘《こむすめ》の大剣に食い込んでおりました。あの大剣もまた奇髪器《サムソニア》であれば、魔力を帯びた髪《かみ》の変化したもの。あるいは——斬られる端から剣身を再構築していけば、刃ではなくその側面から王権器《レガリア》の剣をくわえ込んで、止める、という事も可能ではないかと。恐らくですが、強引《ごういん》に押し切る、もしくは相手にくわえ込まれる前に、引き戻《もど》すなどの方法であの小娘の大剣は壊《こわ》す事が出来ましょう」

「……だといいがな」

とアダムは——ニコラスではなく、奴隷娘の方を見て言った。

奴隷娘が再び、怯《おび》えたように小さく身を震《ふる》わせる。

「で、どういたします？　この女達の方は。全員、『肉床《ニクドコ》』に使いますか。あるいは」

ニコラスは喉《のど》の奥から引き攣《つ》る様な笑い声を漏らした。

「……種付けして殖《ふ》やすという手も」

「そんな面倒臭《めんどうくさ》い真似《まね》、してられるか、面倒臭い。いつも通りにやっとけ」

何を思ってかにやりとアダムが笑う。

「ああ、それから、金髪《きんぱつ》の娘……そこの奴《やつ》だ、そいつは『肉床《ニクドコ》』に使うなよ」

とアダムの指が自分の方を向くのを見てユーフェミアは慌てて目を閉じる。

「ええ、ええ、勿論《もちろん》でございます、分かっております、アダム様のご命令に従い、手ずから魔術で気絶させて捕らえた娘ですので、忘れる筈もございませんで」

「こういう気の強い、高貴な出の女は『肉床《ニクドコ》』に使うより、そのまま這いつくばらせて尻《しり》から犯《おか》してやるほうが面白《おもしろ》い。面白いんだよ」

言ってアダムは下品な笑い声を上げる。

思わず『ふざけるな！』と叫《さけ》びたくなる気持ちを抑《おさ》えてユーフェミアは目を瞑《つぶ》り続けた。

「『鼠憑《つ》き』は思い通りなのは良いが、おとなしすぎてつまらん」

「……では御《ご》命令通りに。『肉床《ニクドコ》』作りの薬を持って参ります」

そんな言葉と——そして鎖の揺《ゆ》れる音と共に、三人が立ち去っていく。扉が閉められ、彼等の足音と気配が完全に感じられなくなるまで待ってから——ユーフェミアはゆっくりと身を起こした。

（……『鼠憑き』……）

更《さら》には『肉床《ニクドコ》』という言葉。

それらを併《あわ》せて考えれば、それはつまり——

（まさか……いや……）

地竜の例を見ても分かる通り、棄界《ゲヘナ》の生き物はユーフェミアのいた現世とは明らかに異なる——というか想像を絶する生態を持っている様だ。亡霊《ぼうれい》でも生き霊《りょう》でもなく、生きた動物として、人間に取り憑く鼠《ねずみ》が居ても不思議は無いのかもしれない。

そして——現世では軍で馬や犬を調教して使っていた様に、こちらの世界では鼠を使役《しえき》出来るのか？

「…………」

恐らく後であのニコラスがユーフェミア以外の女達を『鼠憑き』にするべくやってくる筈だ。ならばその時に逃げる隙《すき》を見つける事も可能かもしれない。ニコラスは魔術師だし、片足が義足だ。立ち回りは苦手だろう。

（少なくともあのアダムとやらを相手に、武器も無くやり合うよりは楽な筈……）

ユーフェミアは――呼吸を整えて体力の温存を図《はか》る事にした。

●

秘《ひ》めやかで湿った音が部屋の中に漂《ただよ》っていた。

まるで獣《けもの》が水に口をつけて、これを熱心に舐《な》め続けているかの様に、何度も何度も繰《く》り返されている――執拗《しつよう》な程《ほど》に。

「タ……タビタ」

喘《あえ》ぐ様に声を上げるのはイオリである。

彼は床の上に仰向《あおむ》けに押し倒《たお》された状態だった。辛《かろ》うじて自由に動く頭を上げて自分の上にのしかかっている棄界人《ゲヘナント》の少女を呼ぶが、返事は無い。わずかに尻尾《しっぽ》が『聞こえている』と言わんばかりに一振《ひとふ》りされただけだ。

ちなみに最初はイオリがタビタを押しのけようとした為《ため》に、今はその両手をタビタの両足が押さえ込んでいる。要するに彼女はイオリに対して尻を向ける格好で覆《おお》い被《かぶ》さっているのである。

「おい。タビタ。おい。やめろ――」

返事が無いのは当然と言えば当然だ。

タビタは今――イオリを舐めるのに忙《いそが》しい。

「タビタ！〈紅《あか》い雨〉！」

「――黙《だま》る、イオリ」

とタビタが舐めるのを止めて言った。

イオリとタビタが居るのは、先程までと同様、彼女の『家』だ。

話の途中《とちゅう》でいきなり、タビタが飛びかかってきてイオリを組み敷《し》いたのである。

まさかタビタがそんな真似をしてくるとは思ってもみなかったので、イオリは完全に虚《きょ》を突《つ》かれて、なすがままだ。今は腹を切って指輪を取り出したばかりで、腹部に力を込《こ》めるのが難しいという事も在る。

「いや、だからタビタ――やめろって、やめてくれ。何の積もりだこれは？」

タビタは――先程からずっと、何度もイオリの腹部に口をつけている。彼が切開した上で止血として焼いたその傷跡《きずあと》を――舐めているのだ。湿った音は、唾液《だえき》をたっぷりと載《の》せた彼女の舌遣《づか》いの音だった。

「……治す。毒消し」

ぱたりとまた尻尾を一振りしてからタビタは言った。イオリの位置からは彼女の顔が見えない――というか下半身しか見えないのだが、口調からして彼女はいつもの通りに無表情のままだろう。

どうやら野生の獣が己《おのれ》の傷口を舐めて治そうとするのと同じく、イオリの傷を治そうとしているという事か。確かに唾液にはある種の消毒力が在るという話はイオリも知っているが……

「一応、焼いてるから大丈夫《だいじょうぶ》だ、大丈夫だから」

「未だ、滲《し》み、血。舐める、もう少し」

とタビタは言ってイオリが焼いた傷口をまた舐め始める。

（……というか、こんな状況《じょうきょう》、誰《だれ》かに見られたら何て言われるか）

上半身裸《はだか》で床に寝転《ねころ》がるイオリと、その上に逆さまに覆い被さって彼の素肌《すはだ》を舐めているタビタ。何か性的な行為《こうい》の最中と勘違《かんちが》いされてもおかしくない。

というか、タビタ達は下着をつける習慣が無い様なのだが、彼女の尻が——素肌の下半身がイオリの位置からは丸見えで、非常に落ち着かない。タビタ自身は特に何とも思っていないのか、自分がどれだけ破廉恥《はれんち》な格好をしているか気付いていないのか、その辺は分からないのだが。

ともあれ——

「ああもう……そのままでいいから、話を聞いてくれ」

「……ぬ」

分かった、とばかりに尻尾が振られるのが見えた。

「俺の『仕事』は王族の末裔《まつえい》を見つける事だが——それだけって訳でもない」

棄界《ゲヘナ》送りとは極刑《きょつけい》に等しい絶対流刑《るけい》だ。

一度こちらに送り込まれれば戻る手段は無い。だからこそ棄界《ゲヘナ》がどうなっているのか、どういう所なのか、そもそも王族は生きているのか、そういった諸々《もろもろ》が現世では知る術《すべ》が無かった。ひたすら一方通行のゴミ捨て場。それが棄界《ゲヘナ》である。

「俺は見つけた王族の末裔を現世に連れ戻さねばならない。その為に……コレが在る」

とイオリが言って翳《かざ》してみせたのは、右手の指に塡《は》めていた指輪だった。

先程、イオリが体内から取り出してみせたものとは作りが違《ちが》うし、かなり——ごつい。

あまり飾《かざ》り気《け》の無い、しかし妙《みよう》に凝《こ》った構造の指輪だった。

「……ユーフェミア。していた、同じもの」

舐めるのを止めて身を起こしたタビタは——肩越《かたご》しにイオリの指輪を見て、そう言った。

「よく見てるな」

と苦笑《くしよう》するイオリ。

住む世界は違ってもやはり女なのか、装飾品《そうしよく》にはめざといのかもしれない。

「これは王族の記録を調べていた重臣達が見つけたものだ。元々聖約宮《テスタメント》に保管されていたらしいけどな。これは聖約宮《テスタメント》に——目に見えない糸の様なもので、繋《つな》がっているらしい。これを身につけて、所定の場所へ行けば、現世に……つまりタビタ達が言うところの『天界』に帰る事が出来る」

「…………ぬ？」

「天使階段《エンジエル・ステアウエイ》の逆だよ。要するに絶対流刑、なんて言われながら、実は戻る為の裏技《うらわざ》が在ったって事だ。まあ魔法《まほう》の道具はそれ自体が裏技みたいなもんだが」

「魔法？　魔術？　イオリ、の？」

ふとそこが引っかかったのか、タビタが首を傾《かし》げてそう問うてきた。

「いや、魔法だ。俺の魔術とは違う。それは人間の使う『術』ではなくて、ある種の理《ことわり》、ある種の法則を具現化したものだ。だから魔法。行使者に依存《いそん》しない。魔術は魔術師から離《はな》れれば消滅《しょうめつ》するが、魔法は残り続ける」

「…………」

分かっているのかいないのか――タビタは再び身を倒してイオリの傷口を舐め始めた。

「この指輪も、魔法の道具――というよりこれが魔法そのものらしい。壊れたり無くなったりしないんだとさ。本体である魔法具が壊れない限り滅《ほろ》びない。そして本体である魔法具はジンデル王国に在る。聖約宮《テスタメント》だよ。これはアレの一部なんだそうだ」

「……イオリ」

また舐めるのを中断してタビタが言った。

「タビタ、望む」

「望む？　……何を？」

「天界――ジンデル王国、行く事」

つまり、イオリがジンデル王国に『帰る』際に一緒《いっしょ》に連れて行ってくれという事か。

「見たい、天使の国」

「そういう事か……」

天使かぶれとも言うべきタビタならそう言い出すのも何ら不思議は無い。

まして――

（この集落にはもう居場所が無い……か）

襲撃《しゅうげき》の一件で有耶無耶《うやむや》になってはいるが、タビタは成人の儀を『失敗した』と判断されているし、元から村では除《の》け者扱《あつか》いに近かった様だ。祖父が族長であるが――いや族長であるからこそ彼女への風当たりは強いのだろう。

ただ――

（帰れるのは指輪一つにつき一人なんだが……）

指輪は今回棄界《ゲヘナ》送りに処された十二人全員に一つずつ与《あた》えられている。

そしてこの指輪を目印にして聖約宮《テスタメント》側は棄界《ゲヘナ》から現世に人を引き上げる為の魔法を発動させる事が出来るという。指輪が帰還《きかん》を保証するのは一つにつき一人。つまり最終的に王族を連れ帰ろうと思えば、罪人の一人はこちら側に残らねばならない。

貴族達はどうやら密命をこなすにあたって、何人かは必ず死者が出ると考えている様だった。だからこそ王族が使うべき予備の指輪が与えられなかったのだ。

十も二十も予備の指輪を与えてしまえば、むしろ罪人達は余計な者を連れ帰りかねない。ならば一人一つに制限した方が安全で確実、しかも罪人達を競争させる事で、密命の成功率が上がる事を期待する――いかにも貴族達が考えそうな事だった。

（もし、タビタを連れ帰るとなると、二つ余計に確保しなければならなくなる）

顔も名前も知らない他の罪人など知った事ではない――というよりむしろ密命を果たす上での競争相手と考えれば、彼等から指輪を奪《うば》う事に関しては別に抵抗《ていこう》を覚えない。

だが恐《おそ》らく送り込まれた十二人、イオリとユーフェミアを除いた十人は、それなりに『密命を果たせるだけの能力が在る』と期待された者達の筈《はず》だ。そう易々《やすやす》と指輪を奪わせてはくれまい。そもそもユーフェミアにした所で、性格上、色々と間は抜《ぬ》けているが……剣術《けんじゅつ》の腕前《うでまえ》に限って言えば相当なものである。

「そんないいもんじゃないぞ……ジンデル王国は」

イオリはため息をつく様にそう言った。

元より連れ帰る予定の王族はさておき、見るからに棄界人《ゲヘナント》然としたタビタを果たして連れ帰る事が出来るかどうか。ジンデル王国側はタビタの存在をどう受け止める？

天国。理想郷。だがそれは一体誰にとってのか。

光が射せば影《かげ》が生まれる。実体無き幻想《げんそう》でも無い限り、現実の栄耀栄華《えいようえいが》は必ず足下《あしもと》にそれを支える土台が在る。華《はな》やかな理想を掲《かか》げるその下で容赦《ようしゃ》なく踏《ふ》みにじられる何かが。

「……ぬ？」

何の事？　とばかりに肩越しにこちらを振り返ってくるタビタ。

その顔に表情はやはり無いが、それ故《ゆえ》にイオリには彼女が無垢《むく》そのものに見える。決して幸福な生《お》い立ちではなかったであろうに……出会って間が無いイオリに対して何の疑いも持っていないし、率直《そっちょく》で素直《すなお》な態度を崩《くず》さない。

彼女の幼いとも言うべき希望を『無理だ』と切って捨てるのは、難しかった。

「分かった。まあ連れて行ってやる」

「……！」

ぴんと尻尾を立てて——それからタビタは、表情を輝《かがや》かせた。

そう。これまでろくに表情らしい表情を浮《う》かべてこなかった彼女が、笑顔《えがお》を見せたのだ。恐らくはそれまで意識的に押さえ込んでいた表情が、感情の高ぶりでつい、漏《も》れ出てきたのだろう。

正直、こんなにタビタが喜ぶとは思ってもみなかった。

「…………」

驚《おどろ》いて眼《め》を瞬《また》かせるイオリ。

それで自分が笑ったのだと気付いたのだろう、タビタは慌《あわ》てた様子で自分の顔に触《ふ》れて

——それから激しく首を振った。

「ち、違う、違う」

「なんだ？　何が？　違うって——」

「イオリ、見た？」

「何が？」

「…………」

問われて俯《うつむ》くタビタ。

表情は再び消えているが——何かその仕草からして恥《は》ずかしがっている様にも見えるが。

「タビタ……笑う……ところ」

やがてタビタはおずおずとそんな事を言ってきた。

「ああ、まあ、見たけど。なんていうか、お前、笑うと——」

そこまで言って、イオリは続く言葉を飲み込んだ。

タビタの反応からして、これ以上は言わない方が良い様な気がしたのだ。

「……恥ずかしい……」

そう言って震《ふる》えるタビタ。

イオリに裸体《らたい》を晒《さら》しても——というか下着もつけない股間《こかん》を向けても平然としていた彼女から、そんな言葉が出てくるとは思ってもみなかったが。

「ひょっとして、お前達の間じゃ笑ったりするのは……」

恥ずかしがる彼女から何とかイオリが聞き出した所によると、タビタ達の部族では――というか棄界人達《ゲヘナント》の間では、家族や伴侶《はんりよ》の様なごく親しい者以外には、笑顔を含《ふく》めて表情というものを見せないのが基本であるらしいのだ。

それは恥ずかしい事であるとするのが、棄界人達《ゲヘナント》の価値観らしい。

身体《からだ》よりも精神《こころ》を曝《さら》け出す方が恥ずかしい、という考え方なのだろう。

「……恥ずかしい……」

そう言って顔を腕《うで》で隠《かく》すタビタ。

「……ま……まあ、その話はまた後だ」

イオリはタビタの足の下から両腕《りょううで》を抜いて、彼女の両肩《りょうかた》に手を掛《か》ける。

今度は素直にイオリの上から退いてくれた。

痛みを堪《こら》えて身を起こす。本当にタビタが舐《な》めてくれたお陰《かげ》か――血は完全に止まっていた。元々小さな傷だし、一応、内臓には傷をつけていない筈なので、余程《よほど》の無茶をしない限りは普通《ふつう》に動ける筈だった。

「……ふむ」

立ち上がりながらイオリは軽くその場で足踏《あしぶ》みしてみる。

やはり痛みは在るが――無視出来ない程ではない。

「イオリ――」

「とりあえず魔術担体も用意出来たし、少し俺は出かけてくる」

扉《とびら》代わりの布を払《はら》ってタビタの『家』から外に出ると、イオリはテオフィルから借りてきた最後の品――タビタの『家』の外壁《がいへき》に立てかけてあった長棍《ちょうこん》を手にした。

鋼鉄製のそれは勿論《もちろん》、この集落の者達が作ったものではない。

前に現世人の交易商人から買ったという荷車の車軸《しゃじく》……正しくはその予備なのだそうだ。

荷車には積めるだけのものを積んで移動する事が多いとかで、車輪や車軸といった部品は消耗品《しょうもうひん》として何組かの予備が置かれているらしい。

見た目は本当にただの棒……というより筒《つつ》だが、歩く上での杖《つえ》にも使えるし、長棍と考えれば武器にもなる。

「……イオリ」

もう恥ずかしさはおさまったのか、タビタはイオリを追ってやはり外に出てくると、束《つか》の間、眼を瞬かせて彼を見つめていたが――

「ユーフェミア、助けに行く？」

「…………まあ、それもあるが……そっちはついでだ」

若干《じゃっかん》、顔をしかめてイオリは言った。

どんな場合であれ言い訳は後ろめたい。タビタの様な素直な少女が相手だと尚更《なおさら》に。

とはいえ——全くの嘘《うそ》という訳でもない。

「ついで？」

「あのでっかい男……あいつが俺の探している王族の可能性が在る。まあ未《ま》だ奴《やつ》だと決まった訳じゃないんだが」

王権器《レガリア》。王の血族のみが持てる——その身より、その血より、生み出す聖なる武器。

まるでイオリの魔術《まじゅつ》の様だが、イオリの魔術があくまで仮想的な物質を生み出すだけであり、イオリが死んだり、彼の手から離れればまさしく単なる幻《まぼろし》として消滅してしまうのに対し……王権器《レガリア》は違《ちが》う。

あれは魔法だ。魔法が生み出しているものだ。

術はあくまで『術』——行使者に帰属する。行使者無しでは存在しない。

一方で魔法は『法』——行使者を離れてもそれ自体で存在する。

王権器《レガリア》の場合、王族の血に関連して発生する為《ため》、本人が死ねば消滅するのは魔術と同じだが、存在の基盤《きばん》が魔法である為、本人が手放しても存在し続ける。

つまり理屈《りくつ》の上では……王権器《レガリア》は王族だけでなくコレを託《たく》された他の者が扱う事も可能なのだ。

「奴が俺の探している王族かどうかを確認《かくにん》する。王族なら——ぶん殴《なぐ》って縛《しば》り上げてでも連れ帰る。王族でないとしても、奴は王族が何処《どこ》に居るかを知っている筈だ」

「…………」

タビタは無表情にイオリを見つめていたが——

「だからお前はここで待っ——」

「分かった。行く、共に」

「は？　いや、だから、これは……お前には関係の無い事で」

イオリがタビタに望んだのはあくまで『案内』役だ。

共に戦う事ではない。戦友になる事ではない。

戦友は——もう要《い》らない。もう作らない。

そう決めていた。ユーフェミアの父を殺したあの日に。

アダム達と戦った時は、状況《じようきよう》が状況だったので手を貸して貰《もら》ったし、実際に助けられたが、あれは土壇場《どたんば》で仕方なくだ。戦場に向かうと決めた上で、同伴《どうはん》するのとは異なる。

「地竜狩り、イオリに関係？」

「……それは、だから…………」

タビタに色々と案内をして貰う為の交換《こうかん》条件、つまりは単に——文字通りに『恩を売った』だけの事だ。そしてそれはタビタも知っていた筈なのだが。

「イオリが行く所、私、行く」

まるで当たり前の道理を語るかの様に淡々《たんたん》とタビタは言った。

だが——

「…………」

タビタの背後で尻尾《しっぽ》がゆらゆらと力なく揺《ゆ》れている。

恐らくそれは不安の証《あかし》だ。イオリに拒否《きよひ》されるかもしれない事を恐れての。

「イオリ、手数少ない。遅《おそ》い。傍《そば》に護《まも》る者、必要」

相変わらずの無表情ながら、タビタは上目《うわめ》遣《づか》いに、何処か必死に縋《すが》るかの様な雰囲気《ふんいき》を漂《ただよ》わせてそう言ってくる。

「イオリ、仲間、必要。タビタ、あの男の剣《けん》、受けられる」

そう。それは——それにはイオリも驚いた。

剣形態の王権器《レガリア》の斬撃《ざんげき》をタビタの大剣は受け止めた。触れただけで岩をも鉄をも斬《き》ると言われる刃《は》をだ。大きく食い込んではいた様だが、一撃で両断された訳ではない。

見ればタビタの剣は既《すで》に傷一つ見当たらない。

(再生……いや修復か？　元々髪《かみ》の毛が変化して出来たものの様だが)

イオリは先の戦闘で、他の棄界人達《ゲヘナント》が髪の毛を変化させて得物を生み出していた様を思い出す。

あるいは——この剣は瞬間的《しゅんかん》な再構成と修復が可能なのかもしれない。

つまり王権器《レガリア》の斬撃を受けた際、斬られた端《はし》から再修復されていた可能性が在る。それであんな風に受け止められるものなのかどうか、イオリには分からなかったが——

「……………お前の言う通りだよ」

ため息をついてイオリは頷《うなず》いた。

魔術猟兵《りょうへい》であるイオリは、勿論、単独で戦闘《せんとう》する事にも慣れてはいるが——その最大の威力《いりょく》であるところの魔術を使うには、やはり術語詠唱《えいしょう》が必要であり、その際には動きが限定され、周囲に対する警戒心《けいかいしん》も——注意力も若干《じゃっかん》落ちる。一瞬を争う格闘《かくとう》戦においては、やはり専門職の騎士《きし》や剣士に劣《おと》るのだ。日を空けず何度も頻繁《ひんぱん》に——先の仮想物質の影《えい》響《きょう》が完全に抜《ぬ》けきる前に、再度、身体強化用薬物を使う訳にもいかない。それこそ『悪酔《わるよ》い』してどうなるか分かったものではない。

だからこそタビタの存在は、確実に助けになり得る。

（たった三回かそこら、俺の戦い方見てて、そこまで理解するか）

正直言って、イオリはタビタの頭の良さ——というより観察力と理解の速さに驚《おどろ》いていた。タビタが特別頭が良いのか、それとも棄界人《ゲヘナント》が全体的にそうなのかは分からないが。獣《けもの》に似ていても獣ではない。獣の強靭《きょうじん》さと人の理知を備えた棄界人《ゲヘナント》は、ある意味でイオリ達の様な現世人よりも優《すぐ》れた人種なのかもしれなかった。

「それにタビタ、ユーフェミアの匂《にお》い、黒い男達の匂い、追える」

「……追うって……そんな事、出来るのか？」

「出来る。雨が降ったり強い風が吹《ふ》いたりする、前なら」

とタビタははっきり頷いた。

彼女によると、ユーフェミアの体臭《たいしゅう》や、黒いボロを着た男達は『いつもの森の匂い』の中でひどく浮《う》いているらしい。だから森の中なら問題無く追う事が出来る。そして森を出たら出たで今度は――連中が引きずる森の匂いを辿《たど》っていけば、おおよその場所は特定する事が出来るという。

（……本当に犬か狼《おおかみ》だな……）

確かに何度も匂いで他人を確認する様な真似《まね》もしていたが、タビタの『鼻』がそこまで優秀《ゆうしゅう》だとは考えてもみなかった。

「……しかし村の方はどうする？　そもそも、テオフィル達は……村としてはどうする積もりだ？」

あの襲撃者達《しゅうげきしゃ》は少なからず村の人間を連れ去っている。また先程の襲撃で何十人という村人が殺され、あるいは傷を負って動けなくなっている。当然――襲撃者達を憎《にく》む気持ちは在るだろう。村全体が反撃の準備をしていても不思議はない。

しかし――

「古老の一人……塚鼠《つかねずみ》の鼠憑《つ》きだと言っていた。あの、黒い男達」

「鼠……憑き？」

そういえばあの巨漢《きょかん》の鎧《よろい》には何十匹《びき》の黒い大きな鼠が集《たか》っていたが。

「それから、襲《おそ》ってきた中、隣《となり》の部族の者、交じってた」

「棄界人《ゲヘナント》は確かに交じってたが……この村に知り合いがいたのか？」

「古老達言う、塚鼠の鼠憑き――相手が悪い」

タビタが言うには――というよりその物知りな古老によると、塚鼠というのは本来、かなり北の地域に生息する特殊《とくしゅ》な生態の鼠であるらしい。塚鼠の名前通り、墓場にしばしば出没《しゅつぼつ》し、死んだばかりの死体に『取り憑く』のだとか。

塚鼠には特殊な毛が生えており、まるで触手《しょくしゅ》の様に動くそれを、人間の――あるいは自分より大型の動物の脳や脊髄《せきずい》に突《つ》き刺《さ》して、身体を乗っ取り、操《あやつ》る。

「なるほど――だから鼠憑きか」

「大勢で攻め込む、迂闊《うかつ》。鼠憑き捕《つか》まり、鼠憑きなる。相手は増える。こちらは減る。だから手、出せない」

「……そうか。連中が村人をさらっていったのは……」

寄生先にする為だ。

元々塚鼠は死体に取り憑く生き物なのだが……希《まれ》に、病気や怪我《けが》で殆《ほとん》ど身動きがとれなくなっている生きた人間にも取り憑く事があるという。

小さく力の弱い塚鼠は自分より大きくて強い生き物に寄生する事で生き延びる力を手に入れるのだ。だが死体は取り憑き易《やす》い反面、もう生きていないのだから神経に入り込んで操るにも限度が在る。長い時間が過ぎれば神経に介入《かいにゅう》するどころか肉そのものが腐《くさ》り落ちて骨になる。そうなればさすがに塚鼠も操る事は出来ない。

ではもし……身動き出来ないように、薬か何かを嗅《か》がせて身体《からだ》の自由を奪《うば》った者を用意して塚鼠の前に提供すればどうなるのか。

より長保《ながも》ちする鼠憑きの出来あがり……だ。

「なるほどな……確かに大勢で出向いたら相手に餌《えさ》をやる様なものだ」

アダムは恐《おそ》らく塚鼠の習性を利用――というより逆手にとって、自分が意のままに動かせる鼠憑きの軍団を手に入れたのだろう。迂闊に反撃の為に大勢で向かうのは、新たな寄生先を送り込んでいる様なものである。ましてや相手の中に顔見知りが交じっていれば――自分の友人や家族や恋人《こいびと》が交じっていれば、戦意も鈍《にぶ》る。

そこを襲われれば自分も鼠憑きの仲間入り――という事だろう。

「さすがは棄界《ゲヘナ》……えげつない生き物が居るな」

いずれにせよ、グズグズしている暇《ひま》はない。

塚鼠に寄生されればもう元には戻《もど》らないという。触手の様なその毛に脊椎《せきつい》や脳を引っかき回されてしまうので、塚鼠を剝《は》がすと、すかすかに穴の空きまくった脳や脊髄が残るだけなのだそうだ。肉体としては生きていても、人間としては死んだも同然だ。

ユーフェミアを助ける積もりなら、寄生される前でなければ意味が無い。

「……分かった。今すぐ一緒《いっしょ》に出かけよう」

改めて長棍《ちょうこん》を握《にぎ》りしめながらイオリは言った。

「それから――ありがとう」

「……ぬ？」

「タビタが居てくれて助かる」

「……ん」

タビタは頷き――無表情なままの彼女の背後で、今度はぱたた、と素早《すばや》く尻尾が振《ふ》られるのが見えた。

●

魔術師《まじゅつし》のニコラスは実に手際《てぎわ》が良かった。

気絶を装《よそお》って見ていたユーフェミアが吐《は》き気《け》を催《もよお》す程《ほど》に。恐らく手慣れているのだろう。今までにも何十人分も……いや恐らく何百、何千と繰《く》り返してきた作業なのだ。

「～～……～～……」

言葉こそ発する事は無かったが、ニコラスは鼻歌すら歌っていた。

懐《ふところ》から取り出した小瓶《こびん》に、同じく懐から取り出した細く長い針を入れる。恐らくは中に薬液か何かが入っているのだろう。針を取り出して小瓶の蓋《ふた》でこすり、余分な薬液を落としてから、おもむろに——倒《たお》れている女の眉間《みけん》に、これを突き刺し、手にした杖《つえ》で——まるで釘《くぎ》を打つかの様に、針の尻《しり》を叩《たた》いた。

針を打ち込まれた女は一瞬びくりと身を震《ふる》わせるが、声も上げず眼《め》も開けない。

ニコラスは針を引き抜き、そして——

「………………！」

思わず悲鳴が漏《も》れそうになるのを、ユーフェミアは必死に堪《こら》えた。

まるで黒い液体が床《ゆか》にぶちまけられるかの様に……音も無く、しかし確かな存在感を以《もっ》て床に広がっていく黒い領域。

それは鼠の群れだった。

黒い鼠達は、倒れている女達の間を走り回る。ユーフェミアの鼻先にも鼠が何度も行き来するのが見えた。

やがて鼠の一匹《いっぴき》がニコラスの『処置』した女の身体に登る。短い手足で首筋にしがみつくと、その毛に覆《おお》われた妙《みょう》に長い尻尾を――女の耳の穴に差し込んだ。

だが既に『処置』されている女は身じろぎもしない。

やがて……

「…………」

唐突《とうとつ》に女は瞼《まぶた》を開いた。

だがまるで未《ま》だ眠《ねむ》っているかの様な半眼でひどく虚《うつ》ろだ。女はしばらくぼんやりとしていたが、やがてのろのろとした動きで身体を起こす。

一目見て分かった。乗っ取られたのだ。今この女の身体を動かしているのは本人の意思ではなく鼠だ。本人の意思は――恐らくもうこの身体には残っていまい。ニコラスが行っていたのは、脳を部分的に壊《こわ》し、鼠が乗っ取りやすいようにするものだったのだろう。

その間にもニコラスは——鼻歌交じりで次々と女達に針を打ち込んでいく。

淡々《たんたん》と繰り返される事実上の殺人に、ユーフェミアは嘔吐《おうと》感すら覚えていた。

しかし——

「…………」

鼠の一匹が彼女のすぐ目の前にやってきた。薄目《うすめ》を開けたままの彼女を不思議そうに鼠は見つめていたが、やがて彼女の背後に回ろうと——

「——しッ！」

ニコラスは手にした杖で鼠を追い払《はら》った。

「ダメだコレは。アダム様のお気に入りだ」

とニコラスが言う。

どうやらあの巨漢アダムの言いつけ通り、ユーフェミアには鼠憑きの『処置』を施《ほどこ》す積もりはない様だ。

だがそれは、決して慈悲《じひ》でも無ければ容赦《ようしゃ》でも無く、単にあの男がユーフェミアの陵辱《りょうじょく》を楽しむ為《ため》である。アダムは、自分が何をされるか分かって泣き叫《さけ》ぶ女騎士を、存分に穢《けが》し尽《つ》くす積もりなのだ。

どうにかして此処《ここ》から逃《に》げなければならない。

幸いニコラスは隙《すき》だらけだ。あの薬物の針は厄介《やっかい》そうだが、それから手を離《はな》した瞬間《しゅんかん》が好機だろう。そう考えてユーフェミアは——

「——ニコラス」

ふと声が掛《か》かった。

牢《ろう》の外に——あの女奴隷《どれい》が立っている。

首輪も鎖《くさり》もそのままなのだが、比較《ひかく》的、自由の利《き》く立場なのか、鎖は今は何処《どこ》にも繋《つな》がらず、余った分を自分の腰《こし》に巻いている。しかもアダムの姿はその近くには無かった。

「未だかかりそう？」

「おお、エステル、どうした？」

作業を中断して腰を伸《の》ばしながらニコラスは問うた。

「様子を見てこいって、アダム様が……」

女奴隷は何処か気怠《けだる》げな口調で言った。

「その金髪《きんぱつ》の女が目が覚めていれば連れて来るように言われたわ」

「……お前の身体には、さすがに飽《あ》きてしまわれたか」

低い笑い声混じりにニコラスが言う。

「…………」

エステルと呼ばれた女奴隷は、しかし物憂《ものう》げな表情のままで特に反応を示さない。恐らくあのアダムという男の慰《なぐさ》みものになって長いのだろう。散々、辱《はずかし》めを受けてきたが為に、人間らしい情動がすり減っているのだと思われた。

「こっちはこっちでもう終わる」

とニコラスは上機嫌《じょうきげん》で言うと——何やら杖を自分の口元に持っていく。

何をしているのか、ユーフェミアの位置からではは っきりと見えなかったが——

（…………！）

鼠に寄生された女達が次々と、何処か力ない動きで——まるで糸に引かれているかの様に、立ち上がる。やはり瞼は開いているが、焦点《しょうてん》は何処にも合っていない様な、虚ろな眼である。彼女等のうなじにはあの黒い鼠がしがみついているのが見えた。

「その金髪娘《むすめ》だけは何もしておらん。眠り薬《ぐすり》はそろそろ切れるから、放って置いても起きてくる筈《はず》だが。起きそうになければ蹴飛《けと》ばすなり何なりすれば良かろうて」

「分かった」

頷《うなず》く娘——エステルの脇《わき》を通ってニコラスが、そして鼠憑きとなった女達がぞろぞろと牢を出て行く。どうやってかニコラスは鼠達を操る術《すべ》を知っているらしい。

そして——

「…………」


牢にはユーフェミアと、そしてエステルと呼ばれた女奴隷だけが残った。

よく見ればエステルの手には、自分がつけられているのとよく似た鋼鉄製の首輪と、そしてそれに繋がる鎖が握られていた。ユーフェミアにこれをつける積もりなのだろう。

だがニコラスが言う様な、強引《ごういん》な起こし方をする積もりは無いらしい。

エステルは牢屋《ろうや》の出入り口近くに腰を下ろすと、静かにユーフェミアを眺《なが》め始めた。

●

タビタ達の集落には馬が居なかった。

単に棄界《ゲヘナ》には馬が居ないのか、あるいは棄界人《ゲヘナント》達には馬を家畜《かちく》として飼育する文化が無いだけかは分からないが、少なくともイオリは馬の姿を見掛《みか》けなかったし、念の為にとタビタにも尋《たず》ねてみたが、馬という言葉そのものが分からない様だった。

考えてみれば別に不思議な事ではないだろう。

馬は草原の――平原の生き物だ。対してタビタ達の集落は深い森の中に在る。巨大樹《きよだい》の根が地表にも露出《ろしゆつ》している為、地面は凹凸《おうとつ》が激しく、地面も腐葉土《ふようど》のせいで妙に柔《やわ》らかくて歩きにくい。もし馬が棄界《ゲヘナ》に居たとしても、この森の中ではろくに走れず脚《あし》を折ってしまっていた事だろう。

では家畜そのものが居ないのかと言えばそうでもない。

「中々……素敵《すてき》な乗り心地《ごこち》だな」

イオリは辟易《へきえき》しつつもそう評した。

「多分、半日も乗っていれば俺の脳みそは溶《と》けて耳から流れ出てくるだろうな……」

「――イオリ？　何か言ったか？」

「……別に」

彼とタビタは今――村から借り出してきた家畜の背に乗っている。大雑把《おおざっぱ》な分類としては馬や牛と同様に、草食性の獣《けもの》に属するのだろう。だがその姿は馬や牛とは明らかに異なり、走り方に至っては似ても似つかなかった。

跳《と》ぶのだ。繰り返し繰り返し小刻みに。

そもそも獣でありながら四本足で走らない。前足は妙に小さく、後ろ足がやたらに大きく、更《さら》には姿勢を保つためなのか、尻尾《しっぽ》がやたらに長く太い。走るのに使うのは二本の後ろ足のみで、これを使って跳《は》ねながら前に進んでいく。

お陰《かげ》で――その背中に乗っている者は常に激しく上下に揺《ゆ》られる事になる。その乗り心地たるや常に襟首《えりくび》を摑《つか》んで激しく揺さぶられ続けているかの様で、イオリとしては騎乗酔《きじょうよ》いを——吐き気を堪えるのに苦労する羽目になった。

だがこれが現状で最も速い移動手段である以上、耐《た》えるしかない。

しかも——

「もうすぐ！」

と手綱《たづな》を握《にぎ》っているタビタは全く平気らしい。

彼女がその騎獣《きじゅう》を操《あやつ》っているのは、勿論《もちろん》、イオリが乗り方を知らないからでもあるが、何より今の移動はタビタの嗅覚《きゅうかく》に頼《たよ》ったものであるからだ。

あのユーフェミアや集落の棄界人《ゲヘナント》達を連れ去った黒い男達——彼等はどうやら鼠《ねずみ》に寄生され自我を失っている状態、いわば生ける死人の様なものだという。獣が風呂《ふろ》に入らないのと同様に、鼠に寄生された彼等も、身体《からだ》を洗うという事をしなくなるのだろう。お陰で連中は大層垢《あか》じみて臭《くさ》いのだが——その臭《にお》いの強さ故《ゆえ》に、タビタは彼等の移動した痕跡《こんせき》を鼻で追う事が出来るのだそうだ。

まるで猟犬《りょうけん》である。

だが——

「…………」

ふと騎獣が、つんのめる様にして止まる。

「――どうした？」

情けない話だが、振《ふ》り落とされない様、タビタの背中にしがみついていたイオリは、タビタが何故《なぜ》、騎獣を止めたのかが分からなかった。

「……臭い、途切《とぎ》れてる」

「何？　追えなくなったのか!?」

獲物《えもの》が川を渡《わた》れば猟犬の鼻はその先まで追えない事が多い。あるいは狐《きつね》の様に賢《かしこ》い獣なら、敢《あ》えて最初に巣穴とは異なる方向に逃げておき、途中《とちゅう》で引き返して本来の巣穴に戻《もど》るなどという小癪《こしゃく》な真似《まね》までする。

あの黒い男達もそんな方法をとったのかとも思ったが。

「違《ちが》う。あいつらの根城、巣穴、此処に在る」

とタビタは言った。

「此処に？」

眉《まゆ》をひそめて周囲を見回すイオリ。

森を出て二人と一頭は既《すで》に草原の様な場所に移動していた。遠くには峨々《がが》たる山脈の稜線《りょうせん》が見えており、近くに川でも流れているのか、水音が微《かす》かに聞こえた。

だが……それだけだ。

根城、アジト、そんな雰囲気《ふんいき》の建物など何処にも無い。洞窟《どうくつ》の類《たぐい》も無い。

ただ広いだけの平原が見渡《みわた》す限りに――

「――って」

ふとイオリの周囲が陰る。

太陽が雲に隠《かく》れたのかと上を見て――そこでようやくイオリは、自分達の頭上に巨大な何かが浮《う》いているのに気付いた。

「なんだこれは……？」

「……流れ森」

タビタがそう答える。

それは……空中に浮かぶ森、そのものだった。

下から見上げればまず目につくのはその異様な『根』だろう。それは各所で瘤《こぶ》の様な膨《ふく》らみを幾《いく》つも抱《かか》えている。そしてその『根』と『瘤』の層の上に、無数の樹木が生えているのだ。タビタ達の集落のあった森の巨大樹に比べると遥《はる》かに小さい――イオリの感覚だと常識的な規模の木々だった。

ただしその葉はやたらに一枚ずつが大きく、人間がその上に何人も寝転《ねころ》べる様な広さが在る。それらをまるで羽の様に大きく広げた無数の樹木が、互《たが》いに絡《から》み合う様にしてそこに浮かんでいるのだった。

「流れ……森……？」

「大きくなる、折れる、風、受けて、地を滑《すべ》る。風、受けて、流される。だから流れ森」

「…………なるほど」

これはつまり……恐《おそ》ろしく巨大でその癖《くせ》、恐ろしく軽い、転蓬《タンブルウィード》なのだろう。ある程度までは地面に生えていた樹木の群生が、一部の枯死《こし》やその他の原因で地面との繋がりを絶たれ、滑り、あるいは転がりながら、風を受けて緩《ゆる》やかに移動していくのだ。さすがにこの規模となると、転がる様な事は無い様だが。

（……あの根の瘤に瓦斯《ガス》か何かを溜《た》め込んでるのか）

その事によって浮力《ふりょく》を得ているのだろう。更にはあの巨大な葉は帆船《はんせん》における帆《ほ》の代わりか。吹《ふ》いてきた風を受けて森全体を動かす推進力に変換《へんかん》するのだ。

現世の転蓬は、移動しながら種を蒔《ま》いていくという。

この流れ森とやらも、そうして生存圏《けん》を広げているのかもしれなかった。

いずれにせよ――

「アレそのものが奴等《やつら》の根城だってのか？」

「……多分」

とタビタは頷く。

イオリは改めてその宙に浮かぶ森を見上げて——

「さすがにこれは……厄介《やっかい》だな」

と呟《つぶや》いた。

彼女が指さす方を見ると、そこには二本の鎖《くさり》が揺れていた。

鎖と単に言ってもそれを構成する鉄輪の一つ一つはかなり大きい。具体的には足をその輪に掛《か》ける事が出来る程《ほど》である。

「出入りの為《ため》の梯子《はしご》と……錨《いかり》を兼《か》ねてる感じか？」

鎖の先端《せんたん》には、船の錨にも似た鈎《かぎ》状の突起《とっき》が幾つかついた鋼《はがね》の塊《かたまり》が取り付けられている。

それを護《まも》るかの様に、黒い男達が五名ばかり立っているのも見えた。

要は門番の類《たぐい》だろう。

「いや……むしろあっちが門番か？」

よく見れば男達のすぐ近くに、数匹《ひき》の黒く大きな鼠が動き回っているのが見えた。塚《つか》鼠《ねずみ》だ。塚鼠達は鎖の上にも何匹か居る様だった。

「鎖が二本に見えるのは……上で滑車《かっしゃ》か何かに繋《つな》がってるのか？」

二本に見えている鎖は、実は輪になっている一本の鎖なのだろう。鎖に足を引っかけた状態で引っ張ってやれば、そのまま何もせずとも上に昇《のぼ》れる。片足が義足になっていた魔《ま》術師《じゅつし》もこれなら問題無く出入り出来るだろう。見事なものである。

とはいえ――それはつまり、あの流れる森の中に入ろうと思えば、あの鎖を伝っていかねばならないという事だ。

勿論、そんな事をすれば確実に見つかる。

門番をどうにかして黙《だま》らせたところで、えっちらおっちら登っていたら発見されてしまう可能性が高いし、それこそ大量の石でも投げ落とされては対処のしようが無い。

山賊《さんぞく》共の根城としては理想的だった。

いや。むしろこうして見ると山賊というよりも海賊に近いのかもしれない。船の代わりにこの流れ森に乗って、好きなところに押し寄せて、略奪《りゃくだつ》して、去る――何らかの方法で流れていく先を選定出来るなら、帆船同様の使い方も可能だろう。その無法に対抗《たいこう》しようにも確実に殲滅《せんめつ》出来るだけの戦力を揃《そろ》えるとなると動きが鈍《にぶ》る。

「しかし山賊や海賊ってのはそんなに魅力《みりょく》的な商売なのかね」

「タビタ知らない」

「そうだろうな。俺も知らない」

言いながらイオリ達は上から発見されないように、岩陰《いわかげ》や、丈《たけ》の高い草が生えている辺りを移動する。どうやってかは分からないが、タビタが指示を出している様で、騎獣も身を低くして歩いていた。

「あるいは……普通《ふつう》の人間はあまり居ないのかもな」

「……？」

タビタが首を傾《かし》げる。

「塚鼠が取り憑《つ》いている人間を鼠憑きっていうんだっけか。その鼠憑き以外の連中だよ。村に襲《おそ》ってきた時も、あのでっかい奴《やつ》と魔術師の爺《じい》さん位しか見なかったが……あの黒いボロ布着てた汚《きたな》い連中が鼠憑きなんだよな。具体的に塚鼠は何処に取り憑くんだ？」

「……この辺り」

とタビタが示すのは、首の後ろである。

脳に近く脊髄《せきずい》のすぐ傍《そば》だ。そういえばあの雑兵《ぞうへい》達は大抵《たいてい》が、背中から首の辺りに掛けてを黒いボロ布で覆《おお》っていたが、してみるとあれは〈塚鼠〉を隠し護る為のものか。

「狙《ねら》うなら背中か……」

もっとも一人ずつ丁寧《ていねい》に仕留めていたら、あっという間に包囲されて押し潰《つぶ》されてしまうだろうが。戦うなら何らかの方法でまとめて薙《な》ぎ払《はら》うしかない。

「さて、どうするかな」

普通の——人間の護る人間の砦《とりで》ならば、見張りの眼《め》を誤魔化《ごまか》すなり、静かに倒《たお》すなりすれば侵入《しんにゅう》出来るだろう。だがこの流れる森はいわば塚鼠の巣だ。『門番』二人を倒しても侵入はすぐに奥の本隊に知られる。何匹の塚鼠が居るのかは分からないし、流れる森の中がどれだけ広いのかも分からない。

そもそもこちらは二人。

相手の戦力は——使い捨ての鼠憑きは少なくとも百名以上。

これで真正面からやり合うのは馬鹿《ばか》の所行だが……

「イオリ？」

タビタが目を瞬《またた》かせながらイオリの顔を覗《のぞ》き込む。くい、と尻尾《しっぽ》の先端が曲がっているのが見えるが——これはひょっとして不思議がっているのか。

「悩《なや》む、何？」

「いや、どうやって攻《せ》めようかと——」

「攻める？」

とタビタは口にしてから——ずい、と身を乗り出してイオリの顔を覗き込む。

互いの鼻が触《ふ》れる様な近さである。イオリとしてはこんな風に見つめられるとどうにも落ち着かないが——

「穴熊《あなぐま》狩り。同じ」

「……あ？」

一瞬《いっしゅん》、タビタが何を言っているのか分からなかったが。

「ああ、そういう事か」

「そういう事」

と鼻先が擦《す》れ合いそうな状態で頷《うなず》くタビタ。

この顔をつきあわせるというのは、彼女にしてみれば『得意顔』にあたるらしい。尻尾もぱたた、と調子よく振られている事を思えば、『私、良い事を言った！』という感じか。

「確かにな……」

イオリは軍務経験が長かったせいで、どうしてもこれを戦闘《せんとう》、というか軍事作戦と同様に考えていた訳だが……タビタからしてみれば、これは穴熊狩り、要するに巣穴に籠《こ》もっている動物を狩り立てるのと同じだという事らしい。

「というか、こっちにも穴熊居るのか？」

「……？」

イオリの言葉の意味が分からないのか、また首を傾げるタビタ。

まあタビタの言う穴熊が、イオリの知る動物と同じとは限らないのだが。

「それじゃ……お勧《すす》めに従い、穴熊狩り、いや、鼠狩りといくか」

「……ん」

イオリの言葉にタビタは素直《すなお》に頷いてきた。

●

魔術師ニコラスの独特の——片方が義足であるが故《ゆえ》の硬《かた》い足音と、それに従う女達の裸足《はだし》の足音が遠ざかっていく。

今、牢屋《ろうや》に残っているのはエステルという名の女奴隷《どれい》のみだ。

（……酷《ひど》い扱《あつか》いを受けているな……）

薄《うす》眼を開けてユーフェミアはエステルの姿を見る。

単に美醜《びしゅう》を問われれば、間違《まちが》いなく器量好《よ》しの部類に属する娘《むすめ》だろう。長い金髪《きんぱつ》、白い肌《はだ》に、大きな青の瞳《ひとみ》。手足はすらりと長く、半裸《はんら》であるせいもあってその肢体《したい》が——特に胸や腰《こし》の辺りが精妙《せいみょう》かつ優美な曲線で構成されているのは一目で分かる。

その目鼻立ちには何処《どこ》か気品すら感じられた。

だが……その一方でその頬《ほお》には痛々しい青痣《あおあざ》が出来ているし、手足にも細かな傷や打ち身の痕《あと》が幾《いく》つも見て取れる。左の横腹や右胸の下には刃物《はもの》傷らしきものも在った。

（私もああいう扱いをされる予定なのか……）

そう考えると、このエステルという名の女奴隷の境遇《きょうぐう》に同情を覚えざるを得ない。

そもそもこの棄界《ゲヘナ》に『公的な』奴隷制度が在るかどうかも分からないが、アダムという男は典型的な無法者である様だし、金を払って買ったとか、何らかの見返りとして譲《ゆず》り受けたとか、そんな『正当な』手段で手に入れた奴隷ではないだろう。恐らく何処かから拐《かどわ》かされてきたに違いない。

ならば――

「…………」

エステルがユーフェミアの傍に跪《ひざまず》き、首輪を嵌《は》めようと手を伸《の》ばしてくる。

もう迷う暇《ひま》も考える間も無い様だった。

「――ッ！」

「――っ⁉」

意を決して跳《は》ね起きるユーフェミアと――それを見て驚《おどろ》き手を引っ込めるエステル。悲鳴こそ彼女は発しなかったが、代わりにじゃらりと鎖が音を立てた。

ユーフェミアは素早く手を伸ばす。左手は首輪を持ったエステルの右手を摑《つか》み、そして右手は彼女の口元に当てる。

「待て。声を上げるな。私は味方だ」

ユーフェミアはエステルの耳元に顔を近づけると、抑《おさ》えた声でそう言った。

「…………」

眼を瞬かせてユーフェミアを見つめるエステル。

とりあえず、叫《さけ》んだり暴れたりしそうにないと判断したユーフェミアは、そっと相手の口元に当てていた右手を外した。

「味方……？」

エステルは怪訝そうな表情でその一言を繰り返す。

あまりに急な出来事に理解が追い付いていないのかもしれない。ここはきちんと説明と説得をしたい所だが、正直、あまり時間が在るとは思えない。焦《あせ》りを覚えつつユーフェミアは若干《じゃっかん》の早口で言った。

「此処《ここ》の連中に捕《つか》まって奴隷《どれい》扱《あつか》いを受けているのだろう？　手を貸してくれ、そうすれば一緒《いっしょ》に逃《に》げる事も出来る」

「ど……どういう事？」

とエステルが首を傾げる。

「貴女《あなた》はジンデル王国の、王族の末裔《まつえい》だな？」

「…………！」

その一言にエステルの表情が強張《こわば》った。

「王権器《レガリア》、アダムの使っていたあの剣《けん》──あれは貴女が出したものだろう？」

先にこの牢《ろう》にアダム達が来た際……アダムはまるで王権器《レガリア》の事を、誰《だれ》かから借りて使っているかの様な物言いをしていた。そして王権器《レガリア》が能書き通りでないと言い、何か含《ふく》む様な視線をこのエステルに向けていた。

それでユーフェミアは直感したのだ。

この奴隷娘が……ジンデル国王の血を引いているのだと。

「貴女は……？」

「詳《くわ》しく説明している暇はないが、私は──私と何人かの人間が、この棄界《ゲヘナ》にいる王の血を引く者達を、再びジンデル王国に連れ帰る為《ため》、派遣《はけん》された。私達には現世に戻《もど》る為の手段が在る」

「…………」

ユーフェミアの言葉にエステルは目を瞬かせていたが。

「現世に……？　でもこの地の王族は、王位継承《けいしょう》権争いで負けて……」

棄界《ゲヘナ》送りは死刑《しけい》とほぼ同義の極刑《きょつけい》だ。

あの世か棄界《ゲヘナ》か、どちらにせよ二度と戻ってこられない場所に、罪人を送るという意味では大差が無い。将来的に恩赦《おんしゃ》や特赦の余地が無い者だけが棄界《ゲヘナ》に送られる。

王族であろうとなかろうとそれは変わらぬ理屈《りくつ》だが――

「ジンデル王国は王族を必要としている。流行病と事故が重なり聖約宮《テスタメント》を起動出来る王の血族が皆《みな》、死んでしまった」

「……聖約宮《テスタメント》？」

「ジンデル王国を護《まも》る偉大《いだい》な力、古《いにしえ》の秘奥《ひおう》を用いた魔法機関だ。詳しい事はまた話す、とにかく今は私と――」

「…………」

エステルの蒼《あお》い眼が細められる。

次の瞬間――

「……馬鹿馬鹿《ばかばか》しい」

王族の末裔である奴隷娘は――ユーフェミアの手をふりほどいていた。

「……!?」

驚きに固まるユーフェミアに、エステルは冷え冷えとした視線を注ぎながらこう続けた。

「滅《ほろ》びるというのならさっさと滅べばいいのよ、ジンデル王国なんて」

「あ……貴女は？」

「くだらない。確かに私は王権器《レガリア》を出せるけれど。それがどうしたっていうの？　ちょっとした隠《かく》し芸程度にしか役に立たない」

エステルは引き攣《つ》った様な笑《え》みを浮《う》かべてそう言った。

「むしろそんなだから、私は奴隷として売られたのよ」

「ど……どういう意味だ？」

「確かに私はそのジンデル王国とかいう国の、王族の血を引いているんでしょう。でもそれが此処で何の役に立つと？　私の母もそうだった。女の身で剣や槍《やり》なんて出せたって、何の役にも立たない」

男に比べて非力な身体《からだ》。

ユーフェミアの様に、まとまった形での訓練でも受ければ別だろうが、そうでなければ単純に――概《がい》して女は男より弱い。大きくて力が強い者は、何の技術も持たずともそれだけで高い戦闘力を持つ事になる。

まして――

「軽くて折れず、何よりも鋭《するど》い剣？　鉄を切り裂《さ》ける？　決して欠けない？　それが何？　ちょっといい武器があったからって、無敵になれる訳じゃないでしょう？」

エステルの口調は……何処までも物憂《ものう》げだった。

「むしろ自分達は王族だったって過去の事実に——血統にしがみついているせいで、意味の無い矜持《きょうじ》を抱《かか》えているせいで、何も出来ない。何もしようとしない。私の母がそうだった。挙げ句、下衆《げす》な男の囲い者としてしか生きていく方法が無くて」

「それは——」

「そんな母が死んだ後は『変わった芸』が出来る犬か猫《ねこ》みたいに、売られたわ。実の父親にね。『役に立たないガキだが、その隠し芸のお陰《かげ》で、酒瓶《さかびん》二本分は高く売れた』——最後に聞いた父の言葉よ」

「………………!」

息を呑《の》むユーフェミア。

父に愛されて——溺愛《できあい》されてきたと言っても良い位に、大切にされて育ったユーフェミアにとって、実の娘を売る父親がいる事が、それも実の娘の値段を酒瓶換算《かんさん》で考える父親がいるという事が、衝撃《しょうげき》だった。

「奴隷商人をアダム様が襲《おそ》ったから、私は彼のものになった。そして彼の方が私よりも王権器《レガリア》を上手《うま》く使えるから彼にあげた。私にあんなものあってもしょうがないから」

つまりはそれが、アダムが王権器《レガリア》を使っていた理由か。

確かにエステルよりもアダムの方が力は強いだろうし、腕《うで》も長い。より速く、より大きな間合いで剣を振《ふ》る事が出来る。

「で……でも貴女は……奴隷扱いを……」

「奴隷だもの。奴隷扱いされるのは当然でしょう」

と事も無げにエステルは言った。

「ジンデル王国？　ジンデル王家？　知らないわよ、名前でしか知らない国や血筋の事なんて。むしろそいつらが私の先祖をこの世界に追放したんでしょ？　なのに何を今更《いまさら》？誰がそんな国に帰ってやるもんか。私は奴隷。奴隷よ。何が王族よ。国が無ければ奴隷とどれ程《ほど》違うというの？」

「…………」

ユーフェミアはただただ呆然《ぼうぜん》として言葉が出てこない。

まさか奴隷の立場に堕《お》とされている者が、そこから抜《ぬ》け出す事を拒《こば》むなどと――そんな考え方が在るなどと、思ってもみなかった。

現在のジンデル王国には奴隷制度は公的に存在しないが、過去には民心を束ねる為の手段として平民よりも更に下の存在を――被《ひ》差別民を置いていたという歴史が在る。また他国には依然《いぜん》として公的な奴隷制度を敷《し》いている国も在ると聞いた事が在る。

つまり……ユーフェミアは奴隷を直接に見た事が無かった。

彼女にとって奴隷というものは、物語や歴史や風聞の中に存在する登場人物の様なもので『為政者《いせい》によって虐《しいた》げられた可哀想《かわいそう》な人々』という類型的《ステロタイプ》なものでしかなく、奴隷の立場にいる者ならば誰もがその境遇から抜け出したいと切に願っているものだ——とばかり考えていたのである。

「……それよりも。貴女、さっきも意識があったのね」

眼《め》を細めてエステルが言う。

自分を救いに来てくれた相手に注ぐ視線ではない。勿論《もちろん》そこに感謝や喜悦《きえつ》の色は微塵《みじん》も無かった。むしろユーフェミアを、蔑《さげす》んでいる様にすら見える——苦労知らず、世間知らずの脳天気な小娘《こむすめ》、と。

「油断ならない人ね。アダム様にもそう報告しておくわ。徹底的《てってい》に犯《おか》して貰《もら》いなさいな。彼を謀《はか》ろうなんて二度と思わない位に」

エステルはそう言って——後ずさる。

まずい。このままエステルが牢を出てしまっては、脱出《だっしゅつ》する機会は失われる。報告を受けたアダムが心変わりをして例の鼠《ねずみ》をユーフェミアに取り憑《つ》かせる可能性もあった。

「待てっ……！」

思わずエステルを追って前に出るユーフェミア。

立ち方、歩き方から、エステルに体術の心得が無いのはユーフェミアにも分かった。ならば同じ素手《す》《で》同士、エステルを制圧する事も出来る筈《はず》、と考えたのだ。

そして次の瞬間――

「――!?」

「何の積もり？」

己《おのれ》の喉《のど》に突《つ》きつけられる切っ先の冷たさにユーフェミアは硬直《こうちょく》していた。

「奴隷は奴隷らしく繋《つな》がれていなさい」

透明《とうめい》な――硝子《ガラス》の様な剣が、ユーフェミアに向けられている。

王権器《レガリア》。王族の血を引く者ならば無より生み出せるという、その血の証《あかし》。

無より生み出せるというのならば、アダムの所に在るものを消して、自分の手元に再び出現させる事も出来る――という事なのだろう。想像しなかった訳ではないが、こんなに一瞬《いっしゅん》でそれが可能であるなどとは、思ってもみなかった。

「くっ……」

迂闊《うかつ》に払《はら》えば腕を斬《き》られる。

いや、それ以前にエステルは半歩踏《ふ》み出すだけでユーフェミアの喉を刺《さ》し貫《つらぬ》ける。限りなく鋭い上に、重さの無い王権器《レガリア》ならば、腕力《わんりょく》や技《わざ》など無くともユーフェミアを刺し殺す事が出来るだろう。指先で何かを指し示すのと大差無い。

「わざわざ奴隷になる為にこんな所まで。ご苦労な事ね」

エステルは王権器《レガリア》の切っ先をユーフェミアに触《ふ》れさせながら物憂げにそう言った。

●

魔術師《まじゅつし》ニコラス……彼は流刑者《るけい》を曾祖父《そうそふ》に持つ現世人である。

既《すで》に数百年もの間、絶対流刑である棄界《ゲヘナ》送りが続けられてきた事を思えば、彼の家系はこの世界において新参と言っても過言ではない。

ニコラスの曾祖父は魔術師であった為、その術を用いて棄界《ゲヘナ》の過酷《かこく》な自然環境《かんきょう》を生き延び、現世人達の街に辿《たど》り着く事が出来た。現世人達に合流した後も、やはり魔術師としての技術を活《い》かして暮らしていた。

魔術師は、棄界《ゲヘナ》においては非常に貴重な技術者である。

彼等が生み出す仮想物質はあくまで一時的な存在で、それ故《ゆえ》に『まやかし』などと言われたりもするが……魔術で生み出した現象の結果は、そのまま残る。

例えば、爆轟《ばくごう》の魔術で破壊《はかい》したものは、仮想物質が消えても壊《こわ》れたままだ。

だから身体一つで様々な現象を引き起こせる魔術師の存在は、どこであっても重宝される。むしろ現世に比べると文化や文明が遅《おく》れがちで、どうしてもモノに乏《とぼ》しい棄界《ゲヘナ》においては、その傾向《けいこう》が強い。環境や状況《じょうきょう》によっては魔術師の存在が街や村の死活問題に関《かか》わってくる事も在る。

だから曾祖父は自分の息子《むすこ》に、更には孫に、自分のもてる魔術の全《すべ》てを教えてきたという。自分達が生きる街で魔術師が絶えぬ様に――そして自分の家系がその特権的地位を独《ど》占《せん》出来るようにと。

だが……ニコラスはある時、気付いた。

自分達は特権的地位になどいないと。

いつの間にか街の人々はニコラス達が魔術を使って街に貢献《こうけん》する事を当然と考える様になっていた。四代に亘《わた》って魔術師の力の恩恵《おんけい》にあずかってきた彼等は、感謝するという考え方を忘れていた。

ニコラスは奴隷の様に働かされていた。

街の人々の要求は肥大する一方で……些《さ》細《さい》な事にも魔術を使う様に要求された。冷たい水が飲みたいからと冷却《れいきゃく》の魔術を使えと言われ、街に危険な獣《けもの》が寄りつかぬ様にと爆轟の魔術を昼も夜も定期的に街の外周を巡《めぐ》りながら使えと言われた。街の人々が力を合わせて汗水《あせみず》を流せば可能な事であろうとも、『魔術を使った方が早い』という理由からニコライや家族が狩《か》り出された。魔術を使う事を拒めば非道だ、恩知らずだ、傲慢《ごうまん》だと、街中から延々と非難され続けた。

これでは街の奴隷だ。

ニコラスは妻と娘《むすめ》を連れて逃《に》げる事を決めた。このままでは自分の娘も街の奴隷として一生を送る事になってしまう。いや。それどころか過労死してしまうかもしれない。街の連中の要求はひたすら肥大する一方で、遠からず一人や二人の魔術師では破綻《はたん》が来るだろう事は目に見えていたからである。

だが……逃亡《とうぼう》計画は事前に察知され、ニコラス達は捕《と》らえられた。

ニコラスは二度と逃亡しないようにと片足を切り落とされ、妻と娘は人質《ひとじち》となった。まともに歩けなくなったニコラスは、荷車に載《の》せられて街のあちこちに連れて行かれては、魔術を使う様に強制された。

名実ともに街の奴隷となったニコラスにとって、慰《なぐさ》めは月に一度、面会に訪《おとず》れる妻子の存在と、そして幽閉《ゆうへい》された部屋に度々姿を現す様になった、鼠だった。

自分の食事の残りを投げてやると、鼠はそれを持ち去った。

繰《く》り返していると慣れたのか、ニコラスの部屋で食べる様になり、更には数が二匹《ひき》、三匹と増えていった。

その鼠が奇妙《きみょう》な生態を備えているると知ったのは……かなり後の事だ。

そして――

ある時、面会に訪れた妻が『これで最後』と告げてきた。

今までニコラスが知らされていなかっただけで、妻は別の男と既に夫婦《ふうふ》となり、娘もその男に懐《なつ》いているという。

「あの子をあなたの子のままにしておけない」

妻はそう言った。

「あなたの子ならいずれ魔術師になるように言われる……だから私達はあなたと縁《えん》を切るのよ。そうしないとあの子もいずれは……」

妻の相手は街の有力者の息子だった。

更に言えばニコラスの足を、逃亡防止にと提案して切り落とした男だった。妻は自分と娘が奴隷の身から解き放たれる為《ため》に、ニコラスの足を切った男に擦《す》り寄って、ニコラスを棄《す》てたのである。

………気がつけば、ニコラスは魔術を使っていた。

極《きわ》めて危険なその仮想物質は、無味無臭《むみむしゅう》な上、対象を即死《そくし》させる効果こそ無いものの、確実に触れた者を死に追い込む。ニコラス自身、父から術式そのものを教えられはしたものの、一度たりとも使った事の無い魔術だった。

果たして、妻は——しばらくして急に体調を崩《くず》し死んだ。

ニコラスとの面会から時間が経過していたので、ニコラスの魔術によるものだとは街の者達は思わなかったらしい。だがニコラスから多少なりとも魔術の話を聞かされていた娘は気がついた様だった。

娘は面会に来てニコラスをなじった。口汚《くちぎたな》く彼を罵《ののし》った。

もう可愛《かわい》かった自分の娘は何処《どこ》にも居ないのだとニコラスは悟《さと》った。だからもう一度その魔術を使う事にも抵抗《ていこう》がなかった。

数日後、ニコラスの部屋にやってきた娘は、その場で倒《たお》れて死んだ。

娘の死体を前にぼんやりと座り込んでいたニコラスは、死体に鼠の一匹が近づいたかと思うと、その尻尾《しっぽ》を耳の穴に差し込むのを見た。そして死んだはずの娘が起き上がるのを。

塚鼠《つかねずみ》——それはそう呼ばれる棄界《ゲヘナ》の生き物だった。

死んだばかりの死体に寄生してこれを操《あやつ》る。次々に死体を乗り換《か》えながら生きている。

そういう生態なのだ。

それからニコラスは彼を呼びに来る相手を次から次に魔術で殺していった。今度は即効《そっこう》性の在る毒物を魔術で生成して殺した。すぐに鼠達は嬉《うれ》しそうにその死体に取り憑いて、ニコラスの部屋は実に賑《にぎ》やかになった。

ニコラスの殺人に気付いた街の者達は、この鼠憑《つ》き達を殺してニコラスを部屋の外に引きずり出したが……既にもうこの時、ニコラスの中で殺人に対する禁忌《きんき》は綺麗《きれい》さっぱりと消え失《う》せていた。

近づいてくる者を片っ端《かたっぱし》からニコラスは魔術で殺していった。

片足のまま、杖《つえ》に縋《すが》って、一軒《いっけん》ずつ家を回ってはそこに住む者を皆殺《みなごろ》しにして、鼠に与《あた》えた。鼠憑きは猛烈《もうれつ》な勢いで増えていき、街の人口が半数になった時点で、街の者達は恐《きょう》怖《ふ》から錯乱《さくらん》して街に火を点《つ》けた。

燃えさかる炎《ほのお》に焼かれ煙《けむり》に巻《ま》かれてニコラスが手を下すまでもなく、街の人々は自滅《じめつ》していった。多少は逃げ延《の》びた者も居たかもしれないが、三日と立たずに街は焼け野原となり、残ったのはニコラスと、そして鼠達だけになった。

あの時の街の焼ける臭《にお》いは今でもよく覚えている。

なので、ニコラスは物の焼ける臭い、焦《こ》げる臭いには敏感《びんかん》だ。

「…………これは」

鼠憑きの女達を倉庫の中に入れている最中——ニコラスは何処からか漂《ただよ》ってきたその馴《な》

染《じ》み深い異臭《いしゅう》に眉《まゆ》をひそめた。

振《ふ》り返ってみれば、微《かす》かにだが、洞窟《どうくつ》内を白い煙が漂ってくるのが見える。

「何だ？　何が在った⁉　何処が燃えている？」

実の所、この流れる森を用いたアダムの『浮《う》き砦《とりで》』は非常に燃えやすい。

それ故に燭台《しょくだい》だの何だのは使う場所を限った上で、火の取り扱《あつか》いには気をつけている訳だが……頭の悪い鼠共が何か間違《まちが》った事をしでかす可能性は常に在る。

「くそ……何処が……？」

ニコラスは慌《あわ》てて煙の流れを逆さまに辿っていこうとしたが、数歩進んだだけで立ち止まらざるを得なくなった。空気が白濁《はくだく》していく。どうやら煙は複数の箇所《かしょ》からこの浮き砦に入り込んできている様なのだが――

「うあっ⁉」

焦《あせ》るニコラスは、足下《あしもと》にあった何かに躓《つまず》いて、転んだ。

義足をつけてもう三十年以上、歩く事にも慣れてはいるが、やはり慌てた時などに不都合が出る。厚めの衣装《いしょう》と、ある程度の伸縮《しんしゅく》性が在る床《ゆか》のお陰《かげ》で、傷を負う事は無かったが

……がらんと音を立てて杖が転がった。

「くっ……これは……」

倒れた事でむしろニコラスは気付いた。

煙は下から来ている。床の隙間《すきま》から細い糸の様に煙が入り込んできては、天井《てんじょう》に溜《た》まっていく。つまり燃えているのはこの浮き砦ではなく――

「まずい……！」

自然現象なのか、それとも何者かの攻撃《こうげき》なのかは未《ま》だ分からないが、燃えているのは真下の草原そのものだ。

浮き砦は今、錨《いかり》を降ろしている状態である為、移動が出来ない。

門番としておいていた鼠憑きや警報代わりの塚鼠達が騒《さわ》いでいないのは、火に炙《あぶ》られて早々に逃げたか、死んだか……鼠憑きは傷つく事を恐《おそ》れはしないが、操っている塚鼠の方が本能的に火を怖《こわ》がる。火を近づけられると惑乱《わくらん》するのだ。

いずれにせよ、このまま煙が延々と流れ込んでくれば、この浮き砦に居る全員が窒息《ちっそく》しかねない。さすがの塚鼠も、そして取り憑かれた人間も、呼吸が満足に出来なければ死ぬしかなかった。

「…………」

ニコライは束《つか》の間、悩《なや》んでから――アダムの所に向かう事にした。

膝《ひざ》と肘《ひじ》で這《は》いながら杖の所に辿り着くと、幾《いく》つか孔《あな》を開けて笛の形になっている突起《とっき》を口でくわえる。息を吹《ふ》き込んでも音はしない。少なくともアダムに聞こえる音は。

だが――

「……よぉし」

倉庫に並んでいる鼠憑きが次々と床に寝《ね》そべり始めた。

下から来ているとはいえ、煙はとりあえず上に向かう。濃《こ》いのはやはり天井付近だ。床に這っていればしばらくは保《も》つだろう。

（もしこれが攻撃だとすれば……）

早くアダムと合流しなければ危ない。

そう考えてニコライは奥に向かって這い進んだ。

●

痛い程《ほど》に張り詰《つ》めた空気が――濁《にご》る。

「…………？」

エステルが眉をひそめて鼻を鳴らすのを見て、ユーフェミアも気付いた。

最初に感覚に引っかかったのは異臭だ。何かが焦げる様な臭いが漂ってくる。ゆっくりと空気が白濁し――何処からか入り込んできた煙が天井付近に溜まっていくのが見えた。

「火事……？」

「……そのようだ」

と努めて冷静な口調を取り繕《つくろ》ってユーフェミアは言った。

「此処《ここ》は色々と燃えやすそうだ。逃げた方が良くはないか？」

そうこうしている間にも白濁の度合いは、ゆっくりとだが上がっていく。坑道《こうどう》の何処かで誰《だれ》かが咳《せ》き込んでいる音も聞こえてきた。あの鼠憑きか、それともニコラスとかいう魔《ま》術師《じゅつし》か――

「そうね。逃げた方が良いのかもね」

エステルは言ってから小さく笑った。

「鬱陶《うっとう》しい貴女《あなた》を始末してから」

「…………！」

咄嗟《とっさ》にユーフェミアは背後に下がるが、エステルはそれに合わせて一歩前に出る。王権器《レガリア》の切っ先はユーフェミアの喉《のど》に再び触《ふ》れていた。更《さら》に下がろうとしてもそこはもう壁《かべ》だ。これ以上は逃《に》げられない。

こうなれば多少の傷を覚悟《かくご》で、エステルが突《つ》いてくる瞬間《しゅんかん》に反撃するしかなかろう。王権器《レガリア》の剣《けん》が相手なら、それこそ一瞬で首を落とされかねないが、腕《うで》を一本犠牲《ぎせい》にする覚悟であれば死中に活を見いだせるかも知れない。

そうユーフェミアが覚悟した——瞬間。

「ぐおっ!?」

煙の向こうで誰かが呻《うめ》く声が聞こえてきた。

そして——どうやら倒れたらしい、音も。

「——!?」

咄嗟に振り返るエステル。

今が好機。ユーフェミアは喉元《のどもと》に突きつけられている王権器《レガリア》を——刃《は》部分ではなく剣身の腹を右の掌《てのひら》で弾《はじ》いて逸《そ》らそうとする。

だが、透明《とうめい》な剣身はすっと引き下げられてユーフェミアの手は空振《からぶ》りした。

(——しまった！)

間髪容《かんはつい》れずに王権器《レガリア》の攻撃が来る筈《はず》だ。

横薙《よこな》ぎか、あるいは突きか、いずれにせよこれを防ぐ手段はユーフェミアにはない。

殺される。嫌《いや》な確信が脳裏《のうり》を過《よ》ぎる。

次の瞬間——

「…………交替《こうたい》です」

何処かの誰かが呟《つぶや》く様に言うのを、ユーフェミアは聞いた。

いや。何処かの誰かではない。それはユーフェミア自身の声だった。

だがその怪《かい》現象の子細をよく考える前に——ユーフェミアの身体《からだ》が、思考をその場に置き去りにするかの様な猛烈な速度で動いていた。

そこから先は……まるで夢を見ているかの様だった。

自分の身体がまるで他人のものの様に勝手に動いていく。

腰《こし》を折り、両手を広げ、左足を限界近くまで一瞬で折り畳《たた》み、右足を床と平行に伸《の》ばす。

恐ろしく平たく己《おのれ》の身体を畳《たたみ》ながらも、爪先《つまさき》を捻《ひね》って回転。同時にユーフェミアの頭部をかすめて抜《ぬ》ける王権器《レガリア》の刃《やいば》。だが彼女の両眼《りょうめ》が見ているのは透明な凶器《きょうき》ではなく、横薙ぎの動きで無様に踏《ふ》み出されたエステルの右足だった。

エステルの右足首をユーフェミアの右足のつま先が捉《とら》える。

全《すべ》ては一瞬の出来事だった。

「あっ……!?」

エステルが声を上げながら転倒《てんとう》する。

だが彼女はそれでも王権器《レガリア》を手放さない。元より重さなど無いに等しいそれは、指を広げない限りは手の中からすっぽ抜けたりしないのだ。

咄嗟に追い打ちを掛《か》けようとしたユーフェミアの動きが止まる。

王権器《レガリア》の切っ先は彼女の方を向いていた。

「何……いまの？　何なの？」

とエステルは明らかに不審《ふしん》がっていた。

「あんな……あんな真似……あんな動き……急に動きが……」

「私の故郷の技《わざ》です」

ユーフェミアは自分の口が勝手に言葉を紡《つむ》いでいくのを聞いていた。

「同じ剣を使っても持ち手が変われば技も変わる。そういう事です」

「…………？」

訳が分からない、といった様子で眉をひそめるエステル。

一方ユーフェミアは――

（……チヅル……!?）

夢の中でのやりとりがふと脳裏に蘇《よみがえ》る。

チヅル・ノースリヴァ。イオリと同じ郷里を持つ娘《むすめ》。今の蹴《け》り技は以前、イオリがする
のを見た覚えが在る。あるいはチヅルもまた習得していたのかもしれない。

だが――

「………もう、油断しない」

そう言って立ち上がるエステル。

彼女は慎重《しんちょう》にユーフェミアとの距離《きょり》を測っていた。手足の届く間合いに入れば、今の不可思議な蹴り技や、同種の近接格闘《かくとう》の技が飛んでくると警戒《けいかい》しているのだ。

基本的に剣を持っている分だけエステルの方が間合いが広い。

とにかく手足の届く間合いにユーフェミアを入れなければ、エステルの勝ちだ。此処はアダムやニコラス達の根城である。時間が経《た》てばエステルの仲間が駆《か》けつけてくる可能性が高かった。

「…………くっ」

天井近くに溜まっている煙《けむり》が濃さを増していく。

エステルは鬱陶しそうに左手で額の辺りに漂《ただよ》う白煙《はくえん》を払《はら》い――次の、瞬間。

「――ッ！」

鋼《はがね》が打ち合うものとは若干《じゃっかん》異なる、むしろ何処か涼《すず》やかな音が響《ひび》いた。

煙の中から飛び出してきた何者かの大剣を、エステルが王権器《レガリア》で受け止めた――と分かったのは更に次の瞬間である。いや。それは何者かではなく――

「な……!?」

「──タビタ⁉」

同時に驚《おどろ》き叫《さけ》ぶエステルとユーフェミア。

そう。王権器《レガリア》を構えるエステルに大剣で斬《き》りかかったのは、タビタだった。

しかも──

「──ぬっ」

次の瞬間、タビタの姿は──猛烈《もうれつ》な速度で変化していた。

全身のあちらこちらが、濃い獣毛《じゅうもう》で覆《おお》われていく。顔を含《ふく》めて素肌《すはだ》の部分も広く残っているが、腕や脚《あし》にはまるで筋肉に沿う様な形で濃い毛が生えていった。

「タビタ、その姿──？」

「……棄界人《ゲヘナント》の……獣身化？」

と眉《まゆ》をひそめて言うのは剣を交えているエステルである。

「何、その中途半端《ちゅうとはんぱ》で醜《みにく》い獣身化は……⁉」

棄界《ゲヘナ》生まれのエステルがそう言うことからして、タビタのこれは、棄界《ゲヘナ》の常識からするとかなりおかしな姿であるのだろう。確かに獣《けもの》と化すという意味では相当に偏《かたよ》っている。

「醜くない」

だがタビタは眼を細めて言った。

「イオリそう言った。だからタビタ、平気」

むしろ何処《どこ》かその口調は誇《ほこ》らしげですらある。

そして剣を交えた状態で一歩踏み込むタビタ。

「くっ……？」

エステルの横顔が歪《ゆが》むのをユーフェミアは見た。

タビタは小柄《こがら》な見た目に反して力が強い。しかも獣身化はそれを更に増強する効果が在るのだろう。剣を斬り結んだまま押し込まれれば、エステルは後ろに下がらざるを得ない。

だが、真に驚くべきはタビタの膂力《りょりょく》ではなく――

「貴女のその剣、大したものね」

顔を歪めながらも何処か余裕《よゆう》の在る口調を取り繕ってエステルは言った。

「どういう理屈《りくつ》なのか……王権器《レガリア》を斬り結んで止めるなんて。でもそれって何度も出来るものなの？」

エステルの顔に薄《うす》い笑《え》みが浮《う》かぶ。

同時に――ユーフェミアの脳裏にアダムとそしてニコラスの会話が蘇った。

「……タビタ、まずい、斬り結ぶな！」

よく見ればエステルの剣は、タビタの大剣の刃に――食い込んでいた。

明らかに、はっきりとタビタの大剣が斬り負けていると分かる深さまで。

「…………」

さすがにこれはまずいと分かったのか、タビタはそれ以上は斬り結ばず、大剣を下げて後方に跳《と》んだ。

あのまま斬り結んでいたならば、タビタは大剣を半ばで斬りとばされて――いや、大剣ごと、真っ二つにされていた事だろう。エステルの剣の前では膂力の大きい小さいなど問題にもならない――いや、タビタの踏み込む力の強さは、そのまま自分の剣を折る力にすらなってしまう。

王権器《レガリア》は虚空《こくう》より古《いにしえ》の盟約で生み出されるものだ。

故《ゆえ》にそれは実体の様に見えて実体でない。物質としての限界に縛《しば》られない。その刃は無限に薄く薄く研《と》ぎ澄《す》ます事が可能であり、しかも幻《まぼろし》の様に軽い。決して折れる事も無く、刃こぼれも無く、それ故に、斬り結べば大抵《たいてい》の物体を簡単に両断し得る。

岩だろうと鉄だろうと、その刃ならば切り裂《さ》ける。

おそよ剣というものの理想がそこに在る。

ただ一点、軽すぎるが故に、斬撃《ざんげき》の勢いを増したければ、使用者の筋力に頼《たよ》るしか無いという点を除いては。エステルがアダムに王権器《レガリア》を渡《わた》していたのはこの為《ため》だろう。

（だが、突きならばこの狭《せま》い場所でも、女の膂力でも、関係が無い……）

エステルもタビタも共に剣、この狭い屋内で振《ふ》り回すのには色々と無理が在る。

だが、あくまで攻撃《こうげき》を突きに限れば——幾《いく》らでも攻撃は可能だろう。むしろ王権器《レガリア》は羽《う》毛《もう》の様に軽いが故に、ごく自然に刺突《しとつ》を何度でも素早《すばや》く繰《く》り出せる筈だ。

一方でタビタの大剣は、幅広《はばびろ》で肉厚な片刃《かたば》で……そもそも戦闘用というよりも解体用だ。振り回してその勢いで相手を叩《たた》き斬るのには向くだろうが、閉所での斬り合いには向いていない。

「貴方《あなた》のせいでアダム様に殴《なぐ》られたわ。償《つぐな》って貰《もら》うわよ。醜い棄界人《ゲヘナント》」

エステルは笑いながら——突きを繰り出していく。

「…………ッ！」

右に左にと突《つ》きを避《よ》けていくタビタ。

彼女は素早いが、彼女の動きは多分に直線的で、筋力に頼ったものだ。

開けた場所ではそれこそ、縦横無尽《じゆうおうむじん》に動き回って相手の攻撃を楽々かわしていけるかもしれないが、この狭い場所では——体捌《たいさば》き、つまりは『技』が必要になる。

技術ではなく能力に頼っているタビタにとって、この戦いは非常に不利だった。

唯一《ゆいいつ》の救いは、攻撃側のエステルも、きちんとした体術を身に付けている訳ではないという点だった。もし彼女がユーフェミア並みに剣術《けんじゅつ》を習得していたら、二手か三手目にはタビタを串刺《くしざ》しにしていた事だろう。

「……ッ！　……ッ‼」

次々と繰り出される王権器《レガリア》の切っ先がタビタを襲《おそ》う。

タビタは自分の大剣を盾《たて》の様に使ってこれを受け止めるものの、はっきりと王権器《レガリア》の切っ先はタビタの大剣に食い込んでいた。いや、それどころか幾つか孔《あな》が穿《うが》たれていくのがユーフェミアの位置からでも見てとれた。

このままでは間違《まちが》いなくタビタの大剣は折れる。いや、砕《くだ》かれる。

勿論《もちろん》、タビタの大剣は魔力《まりょく》を込《こ》めた髪《かみ》で編まれたものだそうなので、何度でも修復は可能なのかもしれない。だが魔力は無限ではなく、その一方で王権器《レガリア》は一切摩耗《いっさいまもう》しない。エステルの体力が尽《つ》きるのが早いか、タビタの魔力が尽きるのが早いか――これはそういう戦いだった。

「タビタ！」

「…………」

ユーフェミアの叫びにもタビタは答える余裕が無い。

やがて――

「…………ッ！」

エステルの放った一撃が、遂《つい》に大剣を貫通《かんつう》し、タビタの左肩《ひだりかた》に突き刺《さ》さるのが見えた。

●

流れる森の真下――『錨《いかり》』を護《まも》っている黒い男達と塚鼠《つかねずみ》を倒《たお》すのは簡単だった。

相手は殴られようと刺されようと気にせず襲ってくる半死人だが、逆に言えば問題なのはそこだけである。そして人間部分はともかく塚鼠本体は、単に脆弱《ぜいじゃく》な……ごく普通《ふつう》の方法で殺せる小動物に過ぎない。

爆轟《ばくごう》の魔術を使うと錨を破壊《はかい》してしまう可能性が在る事と、無意味に上のアダム達を刺《し》激《げき》してしまう可能性が在る事から、イオリが用いたのは必殺無音の魔術だった。

炭酸瓦斯《ガス》である。仮想物質としてこれを大量生成して散布したのだ。

空気中の炭酸瓦斯濃度《のうど》が一定量以上に達すると動物は呼吸不全を起こし、最終的には息が――文字通りに止まる。つまりは窒息死《ちっそくし》だ。しかも炭酸瓦斯は重いので、上の流れる森にまでは達しない。中に囚《とら》われているであろうユーフェミアや、王族の末裔《まつえい》まで一緒《いっしょ》に殺してしまう危険は無い。

その一方で、陽光下の植物は炭酸瓦斯があれば積極的にこれを吸い酸素を吐《は》き出す。

結果として流れる森の下は一時的に酸素濃度《のうど》が上昇《じょうしょう》し――ここに錨の鎖《くさり》を登りつつイオリが放った火が、猛烈な勢いで広がった。

一度、火がついて勢いがつけば、イオリが魔術を解除して仮想物質を消しても燃焼はその場に在る可燃物を喰《く》ってそのまま続く。

煙で燻《いぶ》される流れる森の中に入り込むのは無論、危険を伴《ともな》う。

だが、大抵の動物は火の臭《にお》いに敏感《びんかん》で混乱状態に陥《おちい》る。あるいは穴熊《あなぐま》の様に、大慌《おおあわ》てで巣穴から逃《に》げ出す可能性も高い。中の鼠憑《つ》き達を――塚鼠達を、混乱させてその隙《すき》にイオリ達は流れる森の中に入り込む事にしたのである。

「しかし伊達《だて》に尻尾《しっぽ》がついている訳じゃないな」

先にユーフェミアを捜《さが》しに行くと告げたタビタは、イオリが鎖を半分も登り切らないうちに流れる森の中に消えていた。小柄という事もあるだろうが、平衡《へいこう》感覚が尋常《じんじょう》でない為、地面から斜《なな》めに繋《つな》がる鎖の上を、彼女は殆《ほとん》ど走る様にして登っていったのだ。

「……さて」

ばらばらと、混乱した鼠憑きや塚鼠達が流れる森から身投げする様子を見ながら、イオリは流れる森の中に身を滑《すべ》り込ませる。

「鼠憑き以外がどれ位いるか、だが……」

屋内戦では、以前の様に数に任せて押し包むという戦法を向こうはとれないだろう。個別に対応するなら鼠憑きはそう手強《てごわ》い相手でもない。

だから問題は——鼠憑き以外の戦力が出てきた場合だ。

アダムとあの魔術師以外にも鼠憑きでない仲間がどれ位居るのか——鼠憑きでない者は、もうこの状況《じょうきょう》が襲撃《しゅうげき》である可能性に思い至っている筈《はず》だ。迎《むか》え撃《う》つ準備をしていてもおかしくはない——のだが。

「……鼠憑きばかりか」

物陰《ものかげ》を伝う様にして流れる森の内部を歩きながらイオリは呟《つぶや》いた。

内部は複雑な——迷路の様な状態になっているが、とりあえず身を屈《かが》めずとも歩き回れる程度の『通路』があちこちに向けて走っていた。通路の一部が『膨《ふく》らむ』形で小部屋も幾つか在る様だ。だが見掛《みか》けるのは塚鼠か、鼠憑きばかりである。いずれもが炎《ほのお》の臭いに混乱して走り回るばかりで、イオリに向かってくる様子は無い。

「ひょっとして鼠憑き以外は居ないのか……？」

鼠憑きでないのはアダムとあの魔術師だけという可能性も在る。

「鼠憑き以外は必要無い——という事か」

あるいは彼等は病的な程《ほど》に人間というものを信じていないのかもしれない。兵隊が鼠憑きだけならば、裏切られる心配は無い。分け前を巡《めぐ》って仲間と揉《も》める可能性もない。

こうなると、あの二人が塚鼠を利用しているのか、塚鼠があの二人を利用しているのかも怪《あや》しくなってくる。道具として塚鼠を使っている積もりで、彼等は塚鼠の繁栄《はんえい》をせっせと手伝っているだけなのかもしれなかった。

（……タビタは匂《にお》いでユーフェミアの場所を探《さぐ》ると言っていたが……）

イオリがタビタと別行動をとった理由の一つは陽動だ。

二人がばらばらに行動する事によって敵の戦力集中を妨《さまた》げる。

二つ在る目的を同時に追求する事も出来る。

ユーフェミアの救出と――そして、あの王権器《レガリア》の所有者の確認《かくにん》だ。

あのアダムという名の男本人が王族なのか、単に王族から王権器《レガリア》を借りている、あるいは託《たく》されている、あるいは奪《うば》いとって使っている――だけか。

それを確認せねばならない。

こうも早く見つかるとは思っていなかったが、あの男が王族であった場合、是《ぜ》が非《ひ》でも――場合によっては身動き出来ないように縛り上げる、あるいは手足を斬り落としてでもジンデル王国に連れ帰らねばならない。勿論、あの男は穏当《おんとう》な説得などしても、聞き入れる輩《やから》でもあるまい。

ジンデル王国に必要なのは統治者としての王ではなく、あくまで聖約宮《テスタメント》の中枢《ちゅうすう》、王権座に座り、王権器《レガリア》を鍵《かぎ》としてジンデル王国千年の繁栄を支える聖約宮《テスタメント》を再起動させる事が出来る人間だ。

別に人格者である必要も無ければ、五体満足に揃《そろ》っている必要も無い。

イオリはこの棄界《ゲヘナ》に送られる前、帰還《きかん》の為の指輪を渡される際、ジンデル王国の重臣達からそう言われていた。恐《おそ》らくユーフェミアや他の十人も同様の事を聞かされているだろう。つまり――

（ユーフェミアが拷問《ごうもん》でもされていれば、あの男は王権器《レガリア》の……というより王族やその末裔の『使い方』を知る可能性が在る……）

焦《こ》げ臭《くさ》いにおいが漂《ただよ》ってくる。

相変わらず鼠憑きや塚鼠が中を右往左往していた。

（そういえば、こいつら、北の方から流れてきたって話だが……）

テオフィル達によると、黒奇団は――この山賊《さんぞく》とも海賊ともつかぬ無法者集団は、以前から幾つもの街や村を滅《ほろ》ぼしたとして、恐れられていたらしい。

鼠憑き達の使い捨てに等しい力押しの運用と、魔術師、及《およ》び最強の刃物《はもの》たる王権器《レガリア》……確かに正面から戦うのではなく、常に略奪《りゃくだつ》者として、街や村を突然襲《とつぜんおそ》って奪う、奪いきった後はその場に留《とど》まらずに移動する――という流儀《スタイル》ならば、この集団は非常に強力だろう。

だが……

（……喰《く》い潰《つぶ》して、喰い潰して、喰い尽くしたら別の場所に行って……）

普通は山賊にしろ何にしろ、縄張《なわば》りを定め、そこに落ち着いて暮らすものだが。

その方が遥《はる》かに安全で簡単で確実だ。

（まるでイナゴの群れだな）

なのにこの連中に関しては定住するという感覚が無いのか、あるいは喰い潰した事の教訓が生きていないのか。目の前に在るものを、後先考えずにただひたすら喰い尽くすだけの……まるで知恵《ちえ》も何も無い、虫の群れの様な行動だ。

（あの頭目の考え方なのか、それともまるで何も考えてないのか……）

やはり一見そう見えないだけで、実はあの巨漢《きょかん》や魔術師も塚鼠に操《あやつ》られているのか。

もしくは――破滅《はめつ》願望の様なものが在って力尽《ちからつ》きるまで延々と走り続けているだけか。

イオリは身を屈めながら更《さら》に奥へと進んでいく。

その時――

「――だ、誰《だれ》だ⁉」

「…………」

咄嗟《とっさ》に周囲を見回したが、隠《かく》れられる物陰は見当たらなかった。

ならば――と、イオリは相手の油断を誘《さそ》うべく、鋼棍を背後に隠し、武器を持っていない様に見せながら声の主の方に近づいていく。声の調子から判断して、相手は明らかに怯《おび》えていた。だからこそ逆上させないように慎重《しんちょう》に行動する必要が在る。

「誰だ、そこに居るのは分かってるんだ！」

やがて――義足をして杖をついた、小柄《こがら》な初老の男が煙越《けむりご》しに見えてきた。

(――魔術師！)

男の手にした杖を見て即座《そくざ》にそう判断するイオリ。

同時に魔術師は――魔術師も、杖に身を託す様にしながら、驚《おどろ》きの声を上げる。

「貴様は……!?」

「魔術猟兵《りょうへい》ッ！　貴様――」

魔術師の眼《め》はイオリの左手を――左手の薬指に填《は》めた白金の指輪を見ていた。

魔術担体。魔術を行使する際の補助を行う触媒《しょくばい》。相手の杖も同様だ。イオリが魔術猟兵であると見抜《みぬ》いた上で、先《ま》ず最初に魔術担体を持っているかどうかを確認してきたのだ。

「――ッ！」

魔術師の男は咄嗟に杖を掲《かか》げ――しかし術語詠唱《えいしょう》には入らず、杖の一部をくわえた。

(——何を?)

まるで笛を吹《ふ》くかの様な動きだ。

音はしない。少なくともイオリには聞こえなかった——が。

「——やはりお前が、鼠憑き共の指揮官か」

魔術師の背後からぞろぞろと鼠憑き達が姿を現すのを見て、イオリはそう呟いた。

●

剣《けん》の刃《は》を伝って血の雫《しずく》が滴《したた》り落ちる。

「…………ぬ」

左肩《ひだりかた》に突《つ》き刺《さ》さった王権器《レガリア》の刃を一瞥《いちべつ》してタビタは呻《うめ》いた。

このままエステルが王権器《レガリア》の長剣を左右どちらかに振《ふ》れば、そのまま傷が大きく広がるだろう。あるいは心臓に届くかもしれない。タビタの大剣を貫通《かんつう》した上での事ではあるが、既《すで》にタビタの大剣は王権器《レガリア》によって穿《うが》たれた幾《いく》つもの穴から、無数の亀裂《きれつ》が走っており、今すぐにばらばらになっても何ら不思議ではなかった。

「…………」

勝利を確信してか静かに笑うエステル。

そのまま彼女は剣を——剣を。

「——え？」

エステルの表情が引き攣《つ》った。

剣が………王権器《レガリア》が動かない。

それどころか、タビタの大剣が亀裂を広げ、破片《はへん》をまき散らしながらも——それらの破片は大剣から離《はな》れた途端《とたん》に、魔力《まりょく》が途切《とぎ》れて毛髪《もうはつ》の断片に戻《もど》っていったが——エステルの長剣を押し退けていく。エステルの長剣は今やタビタの肩から抜《ぬ》け、むしろ大剣に押さえ込まれている状態になっていた。

「そんな……嘘《うそ》っ……!?」

エステルが怯えさえ含《ふく》んだ表情と声でそう漏《も》らしたのも当然だろう。

彼女は王権器《レガリア》の鋭利《えいり》さと頑強《がんきょう》さに絶対の自信が在った筈だ。打ち合えば必ず相手が折れる絶対の剣。鋼鉄だろうと岩石だろうと必ず斬《き》れる、だから斬り結んで拮抗《きっこう》する事すらあり得ない——と。

「——タビタ!?」

だがユーフェミアは、見た。

ぼろぼろとこぼれ落ちていく破片の中から、顕《あらわ》れる——

「レ……王権器《レガリア》!?」

——透明《とうめい》な長剣を。

「え?　なっ……なんで……!?」

うろたえるエステル。だが驚いたのはユーフェミアも同じだ。

エステルの長剣と切り結んでいるのは、タビタの大剣の中から姿を現した、透明な長剣であった。恐らくその透明な長剣は最初から——常にタビタの大剣の中に、まるで芯《しん》の様に存在していたのだろう。そしてエステルの王権器《レガリア》を食い止めていた。

ただ透明というだけならばともかく……王権器《レガリア》と正面から斬り結ぶ事が出来る以上、それはやはり王権器《レガリア》だとしか考えられない。

つまり——

「タビタ……君は……つまり、棄界人《ゲヘナント》と現世人の……!」

間の抜けた話である。

イオリとユーフェミアは棄界《ゲヘナ》に来て早々に、目的の人物と出会っていながら、その事実を知らずにいたのだ。

あるいはタビタも自身が王族の末裔《まつえい》であるなどとは知らなかったのかもしれない。問題の王族が棄界《ゲヘナ》に落とされたのは、こちら側の時間で言えば何百年も前の事だ。末裔が居たとしても拡散しきって、互《たが》いに顔も名も知らぬ間柄《あいだがら》の『親戚《しんせき》』が居てもおかしくはない。

タビタとエステル。

共に王の血を引く娘《むすめ》達が――今、その血の証《あかし》を手に斬り結んでいる。

「お前は……お前も……!?」

エステルはよろめく様に後ずさる。

擦《す》れ合った王権器《レガリア》同士が涼《すず》やかな音を立てて――離れた。

「しかも……現世人と棄界人《ゲヘナント》の……!?」

「……タビタ。不浄《ふじょう》の子」

何処《どこ》か自嘲《じちょう》的な響《ひび》きを含んだ声で棄界人《ゲヘナント》の少女は言った。

（そうか……タビタは……）

ユーフェミアはタビタの大剣が、『鞘《さや》』でもあったのだという事に気付いた。

恐らくタビタは……現世人の血の証とも言うべき王権器《レガリア》を隠す為《ため》、自分の毛を変化させた大剣でくるんでいたのだ。

あるいはタビタの獣身化が斑《まだら》なのも、純粋な棄界人《ゲヘナント》ではないからか――

「…………」

低く短く呻いてタビタが膝《ひざ》をついた。

獣身化した彼女の獣毛……その肩の部分が赤黒く濡《ぬ》れている。血だ。先にエステルに突かれた部分の出血が止まっていない。いや。獣身化する事で血圧が上がっているからか、獣毛の血に濡れた部分は無視出来ない程《ほど》に広がっている。

「──ッ！」

エステルが──剣をタビタに向けて投げた。

咄嗟にタビタは自分の王権器《レガリア》でこれを叩《たた》き落とすも、元より出血のせいで姿勢が崩《くず》れていた彼女は、そのまま倒《たお》れ込んでしまう。空中で回転して壁《かべ》に刺さったエステルの王権器《レガリア》は、次の瞬間《しゅんかん》、煙《けむり》の様に消え失《う》せていた。

「タビタ！」

「…………」

タビタに駆《か》け寄るユーフェミアと、タビタの横を通り過ぎて逃《に》げるエステル。

「タビタ──」

「ユーフェミア……」

既にかなりの無理をしていたのだろう。

タビタの声はかなり弱々しく震《ふる》えていた。

「と、とりあえずこれを戻せ！　元の姿になれ！　傷口を見ないと！」

「…………」

ユーフェミアの言葉に頷《うなず》くタビタ。すぐに彼女の獣毛は、まるで氷が溶《と》けて消えるかの様に消滅《しょうめつ》し、毛の下に隠れていた傷が露《あら》わになる。

肩といっても殆《ほとん》ど胸に近い位置である。もう少し体幹よりなら、肺か心臓をやられていただろう。いずれにせよかなりの重傷だ。

「何か、縛《しば》るものは無いか!?」

「腰《こし》……」

と言って身をよじるタビタ。

彼女の腰にはいくつかの革袋《かわぶくろ》が括《くく》り付けられているのが見えた。慌《あわ》ててそれを片《かた》っ端《ぱし》から開いて、手当てに使えそうなものを探しながらユーフェミアは言う。

「わざわざ私を助けに来てくれたのか……タビタ、君が？」

「……ぬ……？」

と青ざめつつもタビタは首を傾《かし》げる。

ユーフェミアが何を言いたいのか分からない、といった様子だ。ひょっとして、自分を助けに来てくれたのではなく、別の目的でここまで来て、先の現場に出会《でくわ》しただけなのか

——ともユーフェミアは思ったが。

「イオリ……行く所に私も、行く」

ややあって——タビタは呟《つぶや》く様に言った。

「まさか、イオリ兄——いや、イオリ・ウィンウッドも来ているのか？」

「ユーフェミア、助ける——為……」

頷いてタビタはそう言った。

「そう……か」

イオリが自分を助けに来た。それを嬉《うれ》しく思ってしまう自分に戸惑《とまど》いつつ——ユーフェミアは革袋の中から見つけた紐《ひも》で、タビタの出血箇所《かしょ》を縛り、布を宛《あ》てがった。

●

軍団というものは基本的に広い場所で戦う為のものだ。

押し寄せて押し潰《つぶ》す。包み込んで押し潰す。

数の有利とはそういうものであり……それ故《ゆえ》に狭《せま》い場所ではそれを充分《じゅうぶん》に活《い》かすのは難しい。イオリが圧倒《あっとう》的多数を前に辛《かろ》うじて善戦出来たのは、そこが二人以上並んで襲《おそ》いかかる事の出来ない狭い通路だったからだ。

しかし——

「ひひ、ひ、ひ――愚《おろ》か者め、愚か者め、我等が『砦《とりで》』に潜《もぐ》り込んでくるとは！　百人、二百人で攻《せ》め滅《ほろ》ぼせなんだ我等が軍団を、たった一人でどうにかなるとでも⁉」

魔術師の男が勝ち誇《ほこ》りながら叫《さけ》ぶ。

実際、イオリの所には次から次へと鼠憑《ねずみつ》き達が押し寄せてくる。

動きが単調な上に、武器も持たず、技《わざ》が無いので、イオリは次々とこれを手にした鋼棍で叩き伏《ふ》せている訳だが――当然、イオリの体力も無限という訳ではない。前後から休み無く攻められれば、次第《しだい》に息も上がってくる。攻撃《こうげき》と防御《ぼうぎょ》の間に、閉じ様のない隙間《すきま》が生じた時こそが、イオリの敗北する時だった。

そしてそれはそう先の事ではない。

次第にイオリの鋼棍による攻撃の速度が鈍《にぶ》ってくる。

当然、押し寄せる鼠憑き達は更《さら》に増え、イオリとの間合いを更に詰《つ》めてくる。鼠憑き達は叩き伏せられる事をなんとも思っていない。当たり前だ。傷を負うのは寄生されている人間側であって、塚《つか》鼠ではない。

「――疾《と》く顕《あらわ》れよ、我が思惟《しい》に従いて、仮初《かりそ》めなれどここに顕れよ、軽き銀の眷属《けんぞく》、煌《きら》めく流砂、我が命に従い今此処《ここ》に顕現《けんげん》せよ――我が命に従い疾く顕れよ軽き銀の眷属ッ！」

叫びながらイオリは身を伏せる。

光熱の魔術《まじゅつ》——その威力《いりょく》が通路内に炸裂《さくれつ》した。

網目《あみめ》の隙間から漏れ落ちてくる陽光だけが灯《あか》りであった薄暗《うすぐら》い通路に閃光《せんこう》が迸《ほとばし》り、同時に猛烈《もうれつ》な熱波が走る。それは瞬間的なものではあったが、多くの鼠憑き達の眼《め》を焼き、彼等が纏《まと》う乾《かわ》いた黒いぼろ布に火を点《つ》けた。

鼠が恐慌《きょうこう》状態に陥《おちい》ったか、鼠憑き達が無表情なまま、手足をばたつかせて暴れ始める。火を消すという知恵《ちえ》までは回らないらしく、暴れるだけだったが。

同時に——

「ぬおっ⁉」

魔術師も伏せながらも悲鳴じみた声を上げる。

イオリの術語詠唱《えいしょう》で何をやるかに気付いて、咄嗟《とっさ》に身を伏せたものの——狭い洞窟の中に瞬間的に発生した高熱を受けたのだろう。イオリも当然、同じだけの高熱を受けているが、予《あらかじ》め覚悟《かくご》していれば耐《た》えられない事も無い。

それに仮想物質は天井《てんじょう》近くに広く散布した為、炎上《えんじょう》したのは立っていた者ばかりだ。

「正気か貴様⁉　こんな場所で、こんな魔術を……！」

そう魔術師が言ってくるのも当然だ。

威力が逆流しかねない閉所である上に、周囲は可燃物ばかりだ。あるいはこの流れる森を浮《う》かせているのが可燃性の気体なら、大爆発《ばくはつ》も有り得る。

だが――

「正気じゃ二人で城攻《しろぜ》めなんぞやらんよ」

薄笑《うすわら》いを浮かべてそう応じながら、イオリは背を低くして走る。

（瞬間的な熱波じゃそうそう生木に着火なんてしないしな……それに）

「――我は顕す、我は導く、法《のり》と理《ことわり》に則《のっと》りて、仮初めなれど我は顕す！　冷たき吐息《といき》、炎《ほのお》より生まれたる姿無き子らよ、汝《なんじ》等を今こそ我は顕さん‼」

「はっ――」

魔術使いが術語を詠唱するのを聞きながらイオリは薄笑いを浮かべる。

当然、イオリが消火を考えずとも、相手の魔術使いは火を消そうとする。術語の内容からおおよそどんな仮想物質を生み出そうとしているのかも分かった。火を消すのとイオリの制圧の一石二鳥を狙《ねら》ったのだろうが――

「我が顕すは――窒息《ちっそく》の風ッ！」

だん、と魔術担体である杖で床《ゆか》を打ちながら魔術使いは叫ぶ。

魔術が発動すると同時に、一斉《いっせい》に炎が萎《しぼ》んで――消える。イオリが先に使ったのと同じ炭酸瓦斯《ガス》だ。一定濃度《のうど》のそれは、確かに消火の能力と同時に、人間を中毒で行動不能にする効果を持つが……

「魔術戦の経験が無い訳か」

イオリは構わず床に這《は》いつくばったままの魔術使いに駆け寄ると、容赦《ようしゃ》なくその背中に膝を落とした。

「ぐへぇっ⁉」

即死《そくし》の威力を持つ魔術でないのであれば、先に魔術師の所に達してこれを攻撃すれば良い。魔術師との繋《つな》がりが切れれば、気体であれ液体であれ固体であれ、仮想物質は迅速《じんそく》に消滅するからだ。

「人間は呼吸しなくてもしばらくは動き回れる。血中の栄養でな」

継続《けいぞく》的な長時間の運動は勿論《もちろん》、呼吸によってある種の気体を取り込んで体内で栄養を分解、これを力に変えねば出来ないのだが――瞬発的な力は、呼吸せずとも筋肉や血の中に存在する栄養分で可能だ。

相手が窒息を狙った気体を仮想物質として生み出すのが分かっているならば、ただ息を止めていれば良いだけの話である。

「そもそもなんで魔術猟兵《りょうへい》なんてもんが出てきたと思ってるんだ。魔術使い同士が魔術で戦ってたら、大抵《たいてい》、膠着《こうちゃく》状態に陥るからだろうが」

熟練の魔術使い同士が戦う場合、術語詠唱をしている最中に、相手の術語の内容から生成される仮想物質を判断し、対抗手段《たいこう》を幾《いく》つもとる事が出来る。

単純な爆轟《ばくごう》の魔術が来ると分かっていれば単に身を伏せてやればよし――爆風は基本的に上に向かう事が多い――熱射の魔術が来る場合でも、即座《そくざ》に断熱性の在る仮想物質を生み出したり、揮発性の高い仮想物質を生み出す事で、冷却効果《れいきゃく》を得て、威力を減殺、あるいは相殺《そうさい》出来る。

だからこそ小さな魔術担体を身につけ、魔術専門の兵よりも扱《あつか》える仮想物質の量や種類は少ないながら、魔術以外の戦法にも通じた魔術猟兵という兵種が生まれたのだ。

ジンデル王国の聖約宮《テスタメント》の庇護《ひご》の外側、国境線の隙間の緩衝地帯《かんしょう》、そこで日々小競《こぜ》り合いながらも戦闘《せんとう》を繰《く》り返してきた部隊は、旧来の制度や体制を伝統と称《しょう》して頑《かたく》なに維持《いじ》してきた正規軍とは異なる。勝つ為《ため》に、生き残る為に、試行錯誤《さくご》を繰り返した結果、生まれてきた新しい兵種が魔術猟兵である。

それすら――実の所、百年以上前の事ではあるのだが。

恐《おそ》らくイオリと対したこの魔術使いも、何十年も前に棄界《ゲヘナ》に落とされたか、さもなくば流刑囚《るけいしゅう》の子孫だろう。イオリが知る限り、術語詠唱の形式が旧《ふる》い。

「頭目の所に案内して貰《もら》おうか。勿論、物騒《ぶっそう》な鼠は下がらせてな」

「ひ、ひひ、ひ、無理を、無理を言うな、私がそんな事を——ぐひぃ⁉」

魔術使いが悲鳴を上げる。

イオリが足を一旦《いったん》上げて——魔術使いの右手の指に踏《ふ》み下ろしたからだ。

同時にもう一方の足で魔術使いが手を伸《の》ばしていた魔術担体の杖を蹴《け》り飛ばす。さすがにこの状態から魔術言語を詠唱して魔術を使ってくる事は無いだろうが、杖の様な大型の担体は中に不意打ち用の刃物《はもの》やら毒針やら何やらを仕込んで在る場合も多い。

「き、き、貴様、貴様——いぎ、ぎ、ぎ、こ、この、哀《あわ》れな年寄りを、歩く事もままならぬ私を、こんな、こんな、非道を、非道、許されな——」

「誰《だれ》が哀れな年寄りだって？　片足が義足なのはお気の毒だが、だからってお前に殺されてやれる程《ほど》に同情は出来んよ」

恐らく踏み下ろした感触《かんしょく》からすれば魔術使いの指の何本かは折れただろう。

だがイオリは容赦などする積もりは無い。相手が老人だろうが子供だろうが怪我《けが》人だろうが、敵である以上はたたきのめす事にも、殺す事にもいちいち躊躇《ちゅうちょ》などしない。必要なら指を切り落とし、耳を切り落として、拷問《ごうもん》もする。

国境線の外側で戦うというのは、そういう事だった。

「とりあえず名前を聞いておこうか」

「…………」

「あ・な・た・の・お・な・ま・え・は？」

「ひぎっ……ニコラス……」

イオリが足を動かしてもう一度手を踏みにじると、魔術使いはそう答えてきた。

「ではニコラス爺《じい》さん。頭目の所まで案内して貰おうか。立て」

「…………た、立てん……」

「気の毒に。その足な上に、指が折れてちゃな。敬老精神に溢《あふ》れた若者としてはお年寄りの手助けをするべきか？」

イオリは鋼棍の端《はし》にニコラスの服の襟首《えりくび》を引っかけると、強引《ごういん》にこれを引っ張り上げて立たせる。壁《かべ》にもたれかかる様な形ながらも、ニコラスは何とか倒《たお》れず身体《からだ》を支える事が出来た様だった。

「では行こうか」

イオリはニコラスの背後に立ってそう言った。

●

鎧《よろい》をつけて部屋を出ながらアダムは毒づいた。

「くそっ──あの女ッ！」

摑《つか》もうと手を伸ばしたその瞬間《しゅんかん》、王権器《レガリア》の長剣《ちょうけん》が、突然《とつぜん》──消えたのだ。

恐らく女奴隷《どれい》のエステルが消したのだろう。

「自分じゃ使いこなせないなんて言いやがって──」

あれは強力な武器だ。使い方を間違《まちが》わなければ無敵になれる。

そもそも斬《き》り結ぶ事すら無く相手を一方的に斬り捨てる事が出来るというだけでも凄《すさ》まじいが、殆《ほとん》ど重さを感じず、身につけていても一切《いっさい》疲《つか》れない上、絶対に刃毀《はこぼ》れもしなければ折れる事も曲がる事も無い。

むしろあれは剣という物体ではなく何かたまたま剣の形をとった『現象』の様なものではないかと魔術師のニコラスは言っていたが、アダムにも細かい事は分からない。

いずれにせよアレが無ければアダムの無敵ぶりは三割方減る。

あくまで三割でしか無い──のだが。ちなみに残りの七割は、塚鼠の女王を護《まも》る習性を利用した鎧と、更にはアダム自身の体格と人格と悪運だ。

「くっそ……」

アダムはエステルと出会う以前に使っていた武器を──斧《おの》を手にすると部屋を出た。

王権器《レガリア》に比べればなまくらも良いところだが、無いよりはマシだ。

「ふんっ！」

煙《けむり》に追われる様にして、よろよろと目の前に出てきた鼠憑《ねずみつ》きの男の頭に、斧を叩《たた》き込む。

久々に使うので試《ため》し切りの意味があったのだが、アダムが思っていたよりも易々《やすやす》と斧は相手の頭頂から鼻の下辺りまでを断《た》ち割っていた。

甲高《かんだか》い悲鳴を上げてぼとりと男の身体から塚鼠が落ちる。その後、一瞬遅《おく》れて——血と脳漿《のうしょう》をこぼしながら取り憑かれていた男がその場に倒れた。

「まあ使えねえ事もねえな」

満足してそう呟《つぶや》くアダム。

鼠憑きとはいえ、自分の『仲間』である筈《はず》の相手を、斧の試し切りで斬り殺す……要するにアダムとはそういう男である。卑怯《ひきょう》とか卑劣《ひれつ》とか以前に、人間として多くのものが欠落している。他者というものを、風景の一部程度にしか考えていないという事だ。

だから鼠憑き達を従えて山賊《さんぞく》なんぞをやっていられる。

いや。それしか出来ないのだ。

人間は裏切る。人間は信用出来ない。

だから道具として利用する事はあっても、信じ頼《たよ》る事はしない。迂闊《うかつ》に頼ればそこが急所になり得る。だから相手には口で信じる事を強要しても、自分から誰かを信じる事は絶対に無い。相手が自分を信じていると信じる事も絶対に無い。

山賊の頭目でありながらアダムは何処までも独りだった。

独りで生きて独りで死ぬ。それだけ。未来だの将来だのという言葉は空疎《くうそ》で無意味だ。

仲間を作ろうが、伴侶《はんりょ》を得ようが、子供を作ろうが、それらは全《すべ》て裏切り者になり変わる。アダムの経験上……例外なく。だから信じない。利用するが頼らない。年老《としお》いて身動きすら出来なくなればその時点で死ぬだけだ。自分の力で生きられるだけ生きて死ぬ。ただそれだけ。まるで野生の獣《けもの》の様に。

「………」

煙の臭《にお》いで身の危険を女王鼠が感じたのか、殊更《ことさら》に籠《かご》を叩いて命じるまでもなく、ざざざと音を立てて鼠達が集まってきては、アダムの鎧にしがみついていく。肉と鋼《はがね》の鎧を身に帯びたアダムは、斧を片手に坑道《こうどう》を歩いて行った。

「――あ？」

ふとアダムは立ち止まって目を細めた。

魔術師のニコラスが、岩壁《がんぺき》にもたれかかる様にして立っている。顔は俯《うつむ》き、動きは無く、意識が在るのか無いのかも分からないが――

「………ニコラス」

アダムはとりあえず声を掛《か》けてみるが、反応は無い。

「…………ふん？」

アダムは塚鼠《つかねずみ》の一匹《いっぴき》を摑んで、投げてみる。

放《ほう》り投げられた黒い鼠は、短い鳴き声を上げて床に跳《は》ね、しかしそのままニコラスの周囲を走り回り、そして戻《もど》ってきた。特に罠《わな》の類《たぐい》は仕掛けられていない様だ。

アダムは大股《おおまた》で歩いてニコラスに近づき――

「――⁉」

次の瞬間、アダムの足下《あしもと》が光った。

いや、違う、発火したのだ。

轟然《ごうぜん》と噴《ふ》き上がる炎《ほのお》、それは一瞬の事ではあったが、アダムの鎧にしがみついていた鼠達を焼く。女王を護《まも》ろうとする群れとしての本能と、個体としての保身の本能がせめぎ合ったか、鼠達は火を点《つ》けられて右往左往しながらも、ぼろぼろと鎧から落ちていく。

そして――

「――赤燐《せきりん》だよ」

呟く様な声と共に突《つ》き出される――鋼の、棍。

「――っ⁉」

咄嗟《とっさ》に身を捻《ひね》ったアダムは、しかし鎧にしがみついている鼠が数匹、まとめて叩き落とされるのを見る。咄嗟にアダムは相手に斧を振《ふ》るが、引き戻された棍《こん》が旋回《せんかい》してこれを横から弾《はじ》く。やはり王権器《レガリア》でなければ簡単に鋼を斬る事は出来なかった。

「ぬあっ！」

後ずさりながら続けて斧を振り上げるアダムだが、相手は更《さら》に踏み込んできて、鋼棍を突き出してくる。ぎりぎりで半身になってこれを避《よ》けるも、鼠が落ちて剝《む》き出しになった骸骨《がいこつ》の様な鎧の隙間《すきま》に棍の端が引っかけられていた。

鋼棍がねじる様にして振られ、アダムは姿勢を崩《くず》す。

そこに相手は踏み込んできて、左手で抜いた短剣を突きつけてきた。

「先に油を撒《ま》いておいて、仮想物質として燐《りん》を生成して散布する。後はお前の靴底《くつぞこ》が床《ゆか》と擦《す》れ合わせて発火するのを待てばいい」

それは棄界人《ゲヘナント》の村で見たあの、現世人の青年——魔術猟兵《まじゅつりょうへい》だった。

「ところで王権器《レガリア》はどうした？」

「さあな」

歯を剝いて獣《けもの》じみた威嚇《いかく》の表情を浮《う》かべながらアダムは言う。

「気になるなら地べたに這《は》いつくばって探してみろ。その辺に落ちてるかもしれねえぞ」

「いや、それは後でいいな。要するにお前が自分で『出してる』訳じゃないらしい」

青年はアダムが手にしている斧を一瞥《いちべつ》してそう言った。

「…………なるほど？」

アダムは仰《の》け反る様にして頭を上げながら相手を見下して言った。

「お前が、王族捜《さが》しの為にやってきた、ジンデル王国の犬か」

「……ユーフェミアから聞いたのか？」

「ああ？　誰だそりゃ？」

問いながらもアダムは察しがついていた。恐らく先に村を襲《おそ》った際に連れ帰ってきた者達の一人だろう。あるいはあの時の女騎士《きし》がそのユーフェミアかもしれない。

「ジンデル王家が絶えたんだって？　で、随分《ずいぶん》と前にこっちの世界に追放した血族が未《ま》だ生き残っていないか、探しに来たんだろ？　無罪放免《ほうめん》と引き替《か》えにな？」

「随分と事情通じゃないか、ええ、アダム」

「……ああ、ニコラスから聞いたか」

アダムは未《いま》だに壁に寄りかかったままのニコラスを一瞥して言った。

恐《おそ》らく気絶させられているか、さもなくば既《すで》に殺されているか。

いずれにせよこの侵入者《しんにゅう》に脅《おど》されてアダムを裏切り、ここまで連れてきたのだ。

やはり人は信じる価値が無い——むしろ安堵《あんど》の様な気持ちすら感じながらアダムは笑う。十年以上一緒《いっしょ》にやってきたが、もう用済みだろう。事が済めば始末していい。そう考えながらアダムは目を侵入者に戻した。

「おい、犬。一つ提案が在るんだがな？」

「却下《きゃっか》だ。それより——」

「聞けよ。ジンデル王国の残されたお偉方《えらがた》は、是《ぜ》が非《ひ》でも王族の血を引く者が欲《ほ》しいんだろう？　王族の末裔《まつえい》が居ないと、国を護《まも》る為《ため》の機関《からくり》が動かせないんだってな？　だから禁を破ってこの世界——棄界《ゲヘナ》から、戻る手段を御前《おまえ》達に持たせて、送り込んだ訳だ」

「…………」

魔術猟兵の青年は——無言。脈在りとみてアダムは更に言葉を重ねた。

「逆に言えばジンデル王国は、王族を押さえてる者が獲《と》れるってこった。違うか？」

「……だから？」

「俺と組めよ、王国の犬。俺は向こうの世界はよく分からねえが、此処《ここ》より良いところなんだろう？　俺はジンデル王国が欲しい」

それはさぞ、貪《むさぼ》り甲斐《がい》のある餌《えさ》だろう。

勿論《もちろん》、アダムはジンデル王国を支配する——などとは考えていない。こちらの世界より随分と豊かな国だという話だから、喰《く》い潰《つぶ》しに征《い》く。ただそれだけだ。

だがその事を殊更に細かくこの魔術猟兵に説明してやる義理もあるまい。

「そして獲る為の道具は俺の手元に在る。後は乗り込む為の方法を持ってる奴《やつ》が俺にそれを分けてくれるだけでいい。礼として王国の半分をお前にやるよ。俺を信じろ。俺を信じて手を組めよ」

無論――アダムは誰《だれ》も信じない。

だが他人から信じられるのを拒《こば》む事もない。無論、この侵入者の男と組むとしても表面的にだ。事が済めばこの男も殺しておくべきだろう。というより生かしておく理由が特に無い。だが今はアダムの側からも信じている振りをしておくのが得策だ。

喰《く》って喰って喰い尽《つ》くす。自分が倒《たお》れるその日まで。

それで国が、世界が、滅《ほろ》んだらむしろ最高だ。自分ほどに力強く精一杯《せいいっぱい》生きた者は居ないという証《あかし》なのだから。

「なるほど、面白《おもしろ》い提案だ」

魔術猟兵は無表情に頷《うなず》く。

当然の反応だ――とアダムはほくそ笑《え》む。王族を連れ帰る事で、この魔術猟兵にどんな報酬《ほうしゅう》が約束されているのかアダムは知らないが、精々《せいぜい》が無罪放免と幾許《いくばく》かの金銭程度だろう。アダムの提案とどちらが得かと問われれば、考えるまでもない――

「だが答えは否《いな》だ」

何処《どこ》か昏《くら》い瞳で――まるで死者の如《ごと》き光を欠いた眼で魔術猟兵は言った。

目の前にぶら下げられた美味《おい》しい餌《えさ》に――美味しく見える筈の餌に、まるで興味を持っていない。アダムを信じる、信じない以前に、この青年は自分の生命や欲望を全く重視していない――

「約束してしまったからな。棄界人《ゲヘナント》の娘《むすめ》と。ジンデル王国に連れて行ってやるって」

それはアダムにというよりもまるで自分に言い聞かせているかの様な口調だった。

「お前は……ジンデル王国をジンデル王国じゃないものに変えてしまうだろう。この棄界《ゲヘナ》育ちのお前が、棄界《ゲヘナ》の論理で、棄界《ゲヘナ》みたいな世界に」

「………」

「それじゃあ、あいつを、あいつが望んだ場所に連れて行った事にならない。俺は嘘《うそ》をつくのもつかれるのも、もう懲《こ》り懲《ご》りでな」

どこか枯《か》れた様な言葉とは裏腹に魔術猟兵は――にやりと獣の様に獰猛《どうもう》な笑みを見せた。

それまでの虚無《きょむ》的な無表情から、一転して、生々しく生命力に溢《あふ》れた猛々《たけだけ》しい笑みを。

「てめえ――」

こいつは一体……死者なのか生者なのか。

死を望んでいるのか。生を望んでいるのか。

死者であるという以上にそれは、アダムにとって理解不能の怪物《かいぶつ》だった。

「――アダム様!!」

魔術猟兵が改めて棍を構えるのと――通路の奥から、エステルが姿を現すのが同時。

「――！」

魔術猟兵が身構える。

エステルは右手を振りかぶって――振り下ろす。

彼女の腕《うで》の軌跡《きせき》に沿って空間が歪《ゆが》み、それが瞬《またた》く間に形を変えて、剣《けん》となった。

「王権器《レガリア》！」

魔術猟兵が叫《さけ》ぶ。

同時に――魔術猟兵とアダムの間に割り込む様にして王権器《レガリア》を突き出してくるエステル。

魔術猟兵は咄嗟に身を引き、アダムはその隙《すき》に相手を更に蹴《け》り離《はな》し――エステルの手に握《にぎ》られていた王権器《レガリア》を手に取った。

「――ッ！」

魔術猟兵が短剣を投げてくるが、アダムはこれを王権器《レガリア》で叩《たた》き斬《き》る。何かの冗談《じょうだん》の様にあっさりと、二つに斬り裂《さ》かれた短剣がアダムの脇《わき》に落ちて乾《かわ》いた音を立てた。

「はっ――大人しく俺の言うことを聞いてりゃいいものをな！」

アダムは勝ち誇《ほこ》りながら侵入者を追って前に出た。

同時にあちこちから鼠が再び集まってきて、肉の鎧《よろい》を組み上げる。

「ジンデル王国への行き方は、女の方からじっくり聞き出すとするぜ。お前は死ね」

アダムはそう言って魔術猟兵に向けて王権器《レガリア》を振り下ろした。

●

猛烈《もうれつ》な勢いで刃《は》が空を斬る。

触《ふ》れれば鋼鉄だろうと易々《やすやす》と斬り裂く凶器《きょうき》。しかもそれを扱《あつか》うのはイオリよりも頭一つ上背《うわぜい》のある巨漢《きょかん》――アダムだ。当然ながら間合いはアダムの方が大きく、イオリは鋼棍を使ってもアダムの間合いの内に入るのは難しい。

（厄介《やっかい》な……）

アダムの剣の振り方は技《わざ》も何も無いが、その巨体から絞《しぼ》り出される並ならぬ筋力で隙を強引《ごういん》に潰す。しかも触れれば触れたものを斬り裂く王権器《レガリア》であるから、一度その斬撃《ざんげき》を受けて流してから懐《ふところ》に飛び込むという戦法は使えない。

透明《とうめい》な剣が振られる度《たび》に、壁《かべ》に切れ目が走った。

他にも通路に置かれた木箱やら何やら、それにイオリの鋼棍も――ありとあらゆるものが王権器《レガリア》に触れた途端《とたん》に斬り裂かれる。力任せながらも高速で振り回される長剣は、間合いに入るものを委細《いさい》構わず破壊《はかい》していくのだ。

「…………」

イオリは後ずさりながら――今や何度も端《はし》から斬り飛ばされ、とても長いとは言えなくなった鋼棍を構えていた。

勿論、術語詠唱《えいしょう》して魔法を使う暇《ひま》など無い。指輪の魔術担体で多少複雑な魔術も短縮詠唱出来るが、それでもアダムの攻撃《こうげき》を避けながら――という訳にはいかない。

「はは、どうした、犬。後ずさるだけしか能が無いのか？」

笑いながらアダムが更《さら》に踏《ふ》み込んでくる。

そして――

「アダム様!!」

突然《とつぜん》、ニコラスがイオリに倒れ込む様にしてしがみついてきたのは、次の瞬間《しゅんかん》だった。

一応、気絶させておいたのだが――イオリの想像よりも早く復帰してきた様だ。

「はははははッ！」

アダムが高々と王権器《レガリア》を振《ふ》り上げる。

イオリは咄嗟《とっさ》に身を捻り、ニコラスの腕に鋼棍を引っかけながらこれを引き剝《は》がす。続けてニコラスの身体《からだ》を——咄嗟に蹴り出していた。

結果としてニコラスは王権器《レガリア》を振り上げているアダムに向けて、よろめく様にして二歩ばかり歩き——

「うひぉっ——!?」

肩《かた》から腹までを一瞬で斬り裂かれていた。その気になればいくらでも剣を止められたであろうに、アダムは構わずこれを振り下ろしたのである。

「はひっ……!?」

ずるりとニコラスの上半身が下半身から滑《すべ》り落ちる。

「な——何故《なぜ》……」

「何故っておまえ、俺を裏切って、そいつをここまで連れてきただろうがよ」

アダムはニコラスの下半身を蹴り倒し、上半身を踏みしだきながら更にイオリに向けて歩いてくる。

「やっぱりお前も裏切り者だ、な？」

「ち……違《ちが》……」

陸に打ち上げられた魚の様に、最早《もはや》声を出す事も出来ず、口を開け閉めして喘《あえ》ぐニコラス。程《ほど》無くして彼は永遠に動きを止めた。

「違わねえよ。まあ潮時だな、潮時なんだよ、お前とつるむのも」

もう用済みとばかりにニコラスを――ニコラスだったものを踏み越《こ》えてアダムは言った。

「さあ、犬。お前もこんな風に――」

斬り捨ててやる、そう言わんばかりにアダムが王権器《レガリア》を振り上げた――瞬間。

「イオリッ！」

アダムの背後、通路の奥から飛び出してくる人影《ひとかげ》。

「ぬおっ⁉」

咄嗟に振り返りながら剣を振るアダム。いかなるものも両断する筈《はず》の王権器《レガリア》の一撃を――しかしその人影が翳《かざ》した長剣は受け止めていた。

「タビタ⁉」

「――ぬ、ぬ」

唸《うな》りながらも、いつもの大剣より一回り、いや、二回り小さな長剣を構えて一歩も引かないのは、獣身化《じゅうしんか》したタビタだ。だがイオリが最も驚《おどろ》かされたのは、タビタの構えるその長剣が、透明で、しかもアダムの王権器《レガリア》と互角《ごかく》に斬り結んでいた事だった。

つまり……

「タビタ、お前――!?」

「イオリ・ウィンウッド！」

タビタの後から駆《か》けてくるのは、ユーフェミアである。

「タビタは――タビタも王族の末裔《まつえい》だ！」

「………！」

愕然《がくぜん》とタビタを見つめる、イオリと、そしてアダム。

「タビタが居れば、そこの女は必要無い！」

とユーフェミアが示すのは、言うまでもなくエステルである。

「だからこのまま逃《に》げましょうってか!?　そうはいくか！」

アダムが吼《ほ》えながら強引に剣を振り抜《ぬ》く。

元より獣身化で筋力が上がっていても、体重そのものが軽いタビタでは踏ん張りが利《き》かなかったか――彼女の小柄《こがら》な身体は吹《ふ》っ飛《と》ばされて、転がった。

王権器《レガリア》の長剣も彼女の手を離れて滑っていく。

「はっはあ！」

倒れたタビタを上から斬り殺そうと、アダムが王権器《レガリア》を振り上げるが、そこにタビタの王権器《レガリア》を手に滑り込んできたのは……ユーフェミアだった。

再び異音と共に王権器《レガリア》と王権器《レガリア》が斬り結ぶ。

だがユーフェミアはタビタの脇に半ば仰向《あおむ》けになる様にして滑り込んだ為《ため》、両手で長剣を支えるのが精一杯である。上から押し込むアダムにいつまでも抗《こう》する事は出来まい。

「けっ――ジンデル王国の王族ってのは安いもんだな？　こっちも王族、あっちも王族か、は、馬鹿馬鹿《ばかばか》しい！　先に帰られちゃ困るぜ、だからこいつは殺しておー――」

「――我が命に従い疾《と》く顕《あらわ》れよ、紫《むらさき》に燃ゆる砂、異臭《いしゅう》の眷属《けんぞく》、焔硝《えんしょう》ッ!!」

タビタ達が作ってくれた隙に開始した術語詠唱が、終わる。

「貴様、何を――⁉」

恐《おそ》らくアダムはこの状態からイオリが魔術など使ってこないと思い込んでいただろう。

通路としては広めでも、閉所には違いない。此処《ここ》で爆轟《ばくごう》や熱射の魔術、あるいは雷撃《らいげき》の魔術などを使えば、間違いなくタビタやユーフェミアを巻き込む。かといって二人を殺してしまわぬ様に、威力《いりょく》を減じて使えば、肉の鎧を纏《まと》うアダムには通じまい。

魔術による攻撃は基本的に精密さを欠く。

少なくともその多くの攻撃は、今現に斬り合っている連中の間に、割り込んで一方だけを攻撃出来る様なものではない。

広い範囲《はんい》を焼き払《はら》う、酸を撒《ま》いて溶《と》かす、窒息《ちっそく》を誘《さそ》う——本来、そういった使い方しか魔術は出来ない。魔術は特定の物質を仮想的に作り出すだけで、多くの場合、攻撃力そのものはその物質が持っている性質に依存《いそん》する。

ただ——

(爺《じい》さんを斬り殺すべきじゃなかったな！)

もしニコラスが生きていれば、イオリの術語詠唱から何か気付いたかもしれないが。

剣術におけるある種の突《つ》きをするかの様に——あるいは撞球遊戯《ビリヤード》をするかの様に、右手に鋼棍を持ち、左手の指を絡《から》めて構えるイオリ。

そして——轟音。

「——!?」

立ち尽《つ》くすアダム、そしてその胸から——ぼろぼろとこぼれ落ちていく鼠達《ねずみ》。

彼の胸元《むなもと》に取り付けられた鳥籠《とりかご》、その中で女王鼠が痙攣《けいれん》しながら血を流すのが見えた。

そして——

「なん……だと……？　……矢……？」

アダムは自分の胸に深々と突き刺《さ》さっている凶器を呆然《ぼうぜん》と見つめた。

「いや、ただの爪だよ…地竜のな」

イオリは鋼棍を下ろしながら言った。

「魔術で生成した火薬の力で、撃《う》ち出しただけの、な」

「……ほ……火筒《ほづつ》……か……」

がしゃがしゃと鋼《はがね》の鎧の音を立てながら倒《たお》れるアダム。

「そうとも呼ぶな」

イオリは一方の端から微《かす》かに煙《けむり》を漂《ただよ》わせる鋼棍を下ろしながら、言った。

●

不思議と満ち足りた気分だった。

（…………ああ。ここで終わるか）

アダムはゆっくりと意識が溶けていくのを実感する。

地竜の爪が心臓に突き刺さっているのが分かる。未《いま》だ痙攣する様に動いてはいるが、じきに止まるだろう。そうすれば速《すみ》やかに闇《やみ》が訪《おとず》れる。

自分の生き方は間違っていなかった。

人間は裏切る。必ず、全員、例外なく、裏切る。

自分だけが自分を裏切らない。他人は裏切るから道具としてだけ利用する。だから自分が生きるために、自分の欲望を満たす為に、ずっとそうしてきた。この棄界《ゲヘナ》に生まれた以上、それが唯一《ゆいいつ》かつ正しい生き方だと信じていた。信仰《しんこう》していたと言っても良い。

喰い散らかし続けて、喰い散らかす事が出来なくなって、そこで倒れて、死ぬ。

思ったよりも終わりは早く来たが、自分は自分の信念に従った行き方を全《まっと》う出来た。

悔《く》いは無い――……

「――アダム様」

ふと暗さを増していくアダムの上に陰《かげ》りが生じる。

エステルだ。彼女は――

「アダム様……」

泣いていた。

無論、彼女が泣くのを見るのは初めてではない。

奴隷《どれい》商人を殺して彼女を手に入れた際、アダムは早速《さっそく》彼女を陵辱《りょうじょく》して肉欲を満たした。その際にも彼女は泣き叫《さけ》んでいたと覚えている。その後も、不愉快《ふゆかい》な時は、殴《なぐ》り、あるいは犯《おか》し、自分の欲望を満たす道具として使ってきた。他の者達に対するのと同様に。

だが――

「何故……」

声が出たのは奇跡《きせき》かもしれない。

「私のご主人……貴方《あなた》がいなければ、私は、奴隷ではいられないではありませんか……」

エステルは静かに語る。

「……奴隷としてただ、言われるがままに生きていればいい、貴方を裏切らずにいるだけで、私は、奴隷として生きていられた、何も考えずに、何も迷わずに、何も恨《うら》まずに、ただ、人の形をしたモノとして……」

今まで――アダムがまるで聞いた事も無かった己《おのれ》の心の内を。

奴隷だから考えなくて良い。奴隷だから言われた事だけをしていればいい。奴隷だから主人の機嫌《きげん》をとるだけでいい。奴隷だから、奴隷だから、奴隷だから……間違っても王族などではないから、それはあり得ない未来だから、期待などする事も無く、ただただ、モノの様に――全《すべ》てを諦《あきら》めて。

「馬鹿《ばか》……な……」

「アダム様……」

エステルの手に再び王権器《レガリア》が発生する。

あれで不甲斐《ふがい》ない主人の首でも刎《は》ねようというのか。そうすればあの侵入者《しんにゅうしゃ》達へ命乞《いのちご》いするにも説得力が出るだろう。自分はアダムの仲間などではなく、ただ無理矢理此処に連れてこられただけの奴隷なのだと。

当然だ。アダムは力ずくで彼女を自分のものにしたのだから。

（……結局……お前も裏切り者だ……）

奇妙《きみよう》な安堵《あんど》感を胸にエステルを見上げるアダム。

そして次の瞬間《しゅんかん》、エステルは――

「――!?」

自らの喉《のど》を、自らの王権器《レガリア》で刺し貫《つらぬ》いていた。

「……エステルっ……!?」

激しい混乱と失望がアダムを襲《おそ》う。

馬鹿な事を。何故《なぜ》そんな事を。裏切らないなどと。アダムに殉《じゅん》じて死ぬなどと。

この土壇場《どたんば》、最後の最後、今まさにアダムの人生が終わろうとしているその瞬間に、彼の人生で信仰してきたたった一つの真実を、その命を以《もっ》て否定するなど。

「エステルッ………!!」

アダムの上に倒れ伏《ふ》すエステル。

彼女の重みを感じながら――しかしアダムは薄《うす》れ行く意識の中でただひたすら喘《あえ》いだ。

エステルは最後まで裏切らなかった。自分の命を捨ててアダムの奴隷で居る事を選んだ。

もう彼女は絶対にアダムを裏切れない。それはつまり――

（あぁっ……ああああああっ……!?）

殉死《じゅんし》なのか。それとも復讐《ふくしゅう》なのか。

問い質《ただ》そうにもエステルは先に逝《い》ってしまって――

「……エス……テル………」

己の歪《ゆが》んだ哲学《てつがく》に従い幾《いく》つもの町や村を滅《ほろ》ぼし、喰い散らかしてきた男は……便利な道具程度にしか考えていなかった女奴隷の名を呟《つぶや》きながら、失意の内にこの世を去った。

●

王族の血を引く女奴隷――ユーフェミアによるとエステルという名であるらしい――の自害は、一瞬の事だった。まさか王権器《レガリア》で自分の喉を突くなどとは誰《だれ》も思ってもみなかったのである。

「……実の父親に……奴隷に売られたと……王族の血なんか引いていたって何の役にも立たないと……言ってた……」

死体を見下ろしながらそう言うユーフェミアの声は震《ふる》えていた。

「自分は奴隷だから……奴隷扱《あつか》いされるのが当然で……むしろそれを誇《ほこ》らしげに……」

「奴隷でいる事で考える事も、足掻《あが》く事も、何かを選んで何かを棄《す》てる事も、全部——丸投げしたんだろうな、主人に」

目の前の現実が耐《た》え難《がた》い程《ほど》に過《か》酷《こく》なら、思考を止めてしまえば良い。

自分で自分に『お前は奴隷だ』と言い聞かせたり。

あるいは自分で『お前は復讐者だ』と言い聞かせて、ただ復讐の為に生き、他の事を全て遮断《しゃだん》したり。

それは楽な事なのだろう。疑問を持てあまし、懊悩《おうのう》し続けて生きるよりは、遥《はる》かに。

イオリにも覚えが在った……が。

「——イオリ」

獣身化《じゅうしんか》を解いたタビタがふと声を掛《か》けてくる。

「タビタ、ここを出る、イオリも、ユーフェミアも」

「ああ。勿論《もちろん》——とはいえ、ちょいと面倒《めんどう》な事になってるな、これは」

イオリが振《ふ》り向いた先には、地面を埋《う》め尽くす程の塚鼠《つかねずみ》が群れを成していた。

既《すで》に統率《とうそつ》者たる女王鼠は死に、杖《つえ》に組み込まれた笛で〈塚鼠〉を操《あやつ》る術《すべ》を知っていた魔《ま》術師《じゅつし》のニコラスも居ない。残ったのは——死体ではなく生きた人間に寄生する様に条件付けされて育てられた、兵隊の塚鼠ばかりだ。

ひしひしと近づいてくる黒い鼠の群れを前に、イオリは問うた。

「タビタ。ユーフェミア。息はどれ位止めていられる？　止めたまま走れるか？」

「なに？」

「……ゆっくり数えて六十ほど」

「わ、私も多分、それ位——」

「爆轟《ばくごう》の魔術を使う。細かい説明は省くが、閉所で爆轟の魔術を使うと、空気の組成が変わって窒息する。魔術を俺が使った瞬間に、息を止めて——走れ。すぐに鼠は窒息する筈《はず》だから、蹴《け》散《ち》らせる」

概《おお》ね《む》、小動物は体温が高く呼吸が速い。同じ様に窒息する様な場所に放《ほう》り出されても先に息が出来ずに藻《も》掻《が》き苦しみ始めるのは、鼠の方だろう。

「タビタはその王権器《レガリア》——透明《とうめい》な剣《けん》とは別に、髪《かみ》の大剣ももう一度出せるか？」

「出せる」

「じゃあ長剣の方はユーフェミアが借りろ。襲いかかってくる鼠は片《かた》っ端《ぱし》から叩《たた》き斬《き》れ」

言ってから、イオリは改めてタビタとユーフェミアに目を向ける。

「余計な事は考えるな。遠慮《えんりょ》もするな。ただ生き残る事だけ考えろ」

「…………」

頷《うなず》くタビタ、そしてユーフェミア。

「――いくぞ」

イオリは術語詠唱《えいしょう》を開始した。

●

村へと続く長い帰り道。

イオリ、タビタ、そしてユーフェミアは疲労困憊《ひろうこんぱい》の身体《からだ》を引きずりつつ歩いていた。

イオリとタビタが此処まで乗ってきた獣は、イオリが草原に放った火に怯《おび》えたか――近くの岩に結び付けておいた手綱《たづな》を引きちぎって逃げてしまった様だ。

「…………」

幸運にもユーフェミアの鎧《よろい》と剣は逃《に》げ出す際に見つかり、彼女はこれを再び身につけている。ただ歩くだけでも辛《つら》い様で、時折、よろめいてはいるが――しかしユーフェミアは、鞘《さや》に入った愛用の剣を、杖の様につく事だけは絶対にしなかった。

（大事な剣……か）

鎧はともかく剣はユーフェミアが以前、誕生日に父から贈《おく》られたものだとイオリは聞いている。彼女にとっては思い出の品と言って良い。

この剣が在る限り彼女の復讐の心は揺《ゆ》らぐ事は無いだろう。

そんな風に思いながらイオリが歩いていると――

「……イオリ」

先頭を歩くタビタが、ふと思い出したかの様な感じで声を掛けてくる。

「タビタ……イオリが、探していた相手だった？」

首を傾《かし》げてそう尋《たず》ねるタビタ。

「そうだな。正直、まさか棄界《ゲヘナ》に来て最初に出会った相手が、探していた相手だとか、考えもしなかったが……これは幸運、なんだろうな」

「タビタ、隠《かく》していない。知らなかった」

「分かってるよ」

王権器《レガリア》の事である。彼女はあの女奴隷エステルと異なり、王権器《レガリア》を出し入れ出来ないらしいのだ。これが棄界人《ゲヘナント》と現世人との間に生まれた子であるからか、他の理由かは分からない。

だが――だから、タビタはずっと、自分の毛でくるんで、大剣の形に擬《ぎ》装《そう》していた。

自分が不義の子の証《あかし》であると、殊更《ことさら》に皆《みな》に思い起こさせる王権器《レガリア》を隠す為《ため》に。

不完全な――獣身化と同様に。

「タビタ、穢《けが》れた不義の子」

タビタは呟く様に言ってくる。

「……嫌《きら》いにならない……で……」

彼女の背後で力なく尻尾《しっぽ》が揺れていた。

イオリはため息を一つついて、立ち止まる。

「先にも言ったけどな。醜《みにく》いとか穢れたとか、知った事か。それは棄界人《ゲヘナント》の考えだ。俺は
――天使だからな。そんな事どうだっていい。嫌いになんかならんよ。そんな後出しの理由でお前に逃げられても困るしな。案内役としても、探していた相手としても」

「イオリ――」

眼《め》を瞬《またた》かせてタビタは振り返り、イオリを見つめてくる。

「指輪を持って、ある場所に行く」

イオリは以前、ジンデル王国の重臣達に言われた内容を脳裏《のうり》で思い返しながら言った。

「そうすれば逆向きに天使階段《エンジェル・ステアウェイ》が発生して俺達を押し上げて……同時に天界からも俺達をまとめて引っ張り上げてくれる筈だ」

イオリやユーフェミアがしている指輪は、つまり命綱《いのちづな》なのだ。

「俺はタビタ、お前を――天界に連れて行く。悪いが嫌《いや》だと言ってもな」

「……天界」

「そうだ。見たがってたろ？」

不義の子、穢れの子として居場所が無い少女。

意図した訳ではないが、彼女が仲間達に受け入れられる——生死を問わず——機会を、余計な手出しで奪《うば》ってしまったのは、イオリだ。だからタビタが王族の末裔《まつえい》であろうとなかろうと、イオリは彼女をジンデル王国に連れて行ってやる積もりになっていた。

生きろと言われた。ただ生きろと。

だが目的も無く生きる為に生きるのは存外、難しい。諸々《もろもろ》の事に絶望し多くを失った人間ならば尚更《なおさら》だ。

だからイオリはタビタに縋《すが》る。

彼女のあの笑顔《えがお》をもう一度見る為に——生きてみようと思う。目的なんてその程度でいい。いや。それがいい。つまらない見栄《みえ》や体裁《ていさい》を取《と》っ払《ぱら》った先にある、動物的な感情、それで十分だ。だから——

「今更、逃げようったって、そうはいかないから、覚悟《かくご》しておけよ」

「…………イオリ」

タビタはイオリに駆《か》け寄って顔を突《つ》き出してくる。

彼の匂《にお》いを嗅《か》ぐようにしながら――

「嫌いに、ならない？」

「ならない。醜いとも忌《い》まわしいとも思わない。絶対だ」

誓《ちか》いを立てるかの様に片手を挙げてイオリは言った。

その仕草がどれだけタビタに通じているのかは分からないが――

「分かった。嬉《うれ》しい」

「そうか」

「タビタ、一緒《いっしょ》に天界に行く」

「ああ」

「天界に行って、イオリの子を産む」

「ああそうしてく――は？」

眉《まゆ》をひそめて問い質《ただ》すイオリ。

「ちょっと待て、お前は。なんでそうなる!?」

「……？」

何かおかしい？　と言わんばかりに首を傾げるタビタ。

だが実の所……何となくイオリはタビタの頭の中の、思考の流れに察しがついていた。

感情を表に出さないのを美徳とする棄界人《ゲヘナント》の文化。

多分に集落や部族単位での小社会の維持《いじ》を重視する価値観。

当然——男女の関係も、自然な恋愛《れんあい》ではなく、社会集団の一員としてどう貢献《こうけん》するかという考え方で決まるのだろう。恋愛の結果ではなく、構成員の一人たる義務、責務として、番《つが》いとなり子を産む。

だがタビタは村の中では不義の子、醜い子として、迫害《はくがい》されていた訳で——当然、相手が居なかった。そこに来てイオリが『タビタを嫌わない、醜いと思わない』と言ったものだから、それが『子作りの申し込み』の様に受け取られてしまった訳だ。

しかも——

「イオリに見られた。恥《は》ずかしいところ」

と更《さら》にタビタは言った。無表情に。

「家族しか見てはいけない。だからイオリの嫁《よめ》になる」

「恥ずかしいって——お前、あれは」

笑顔を見せられただけで責任をとれと言われてもさすがに困る。

「イオリ・ウィンウッド!?　貴様——」

ユーフェミアが剣に手を掛けて叫《さけ》んだ。

「私の居ない間に、この様な幼い少女を手込《てご》めに⁉」

「耳が無いのかお前は！　俺がいつこいつを――」

「しかもタビタは王家の末裔、高貴なる血筋、貴様はそんな尊い方を！」

「聞けよお前は！　前からだが、本当にお前は人の話聞かないよな！」

「黙《だま》れ、破廉恥漢《はれんちかん》！」

　とまるでユーフェミアは聞く耳持たない様だが。

「ユーフェミア。怒《おこ》ってる？」

　とまた首を傾げて問うタビタ。

「ユーフェミアもイオリの子産む？　タビタより先に産む？」

　首を傾げるタビタ。前にユーフェミアはイオリの妻でも大事な人でもないと言ったではないか？　ならば別に不義にはならないのではないか？　――と言わんばかりである。

「誰《だれ》がっ‼　こんな――こんな奴《やつ》の！」

　タビタではなくイオリを睨《にら》みながら怒鳴《どな》るユーフェミア。

　相当に腹を立てているのか、まるで茹《ゆ》でられているかの様に顔が紅《あか》い。

「では、タビタがイオリの子産むの、問題無い」

「いや、だから――そうじゃなくて」

「…………」

タビタにじっと見つめられて、言葉に詰《つ》まるユーフェミア。

「くっ……こ、殺せっ！」

「お前、行き詰《づ》まったら殺せって叫ぶ癖《くせ》、やめろ」

地団駄《じだんだ》を踏《ふ》んで喚《わめ》くユーフェミアに、イオリはため息をついて言う。

「何にしても、先の話だ。そもそもこの後、無事に約束の場所に辿《たど》り着けるかどうか」

何者かの妨害《ぼうがい》が入る可能性が高い。

（アダム達に、今回の王族捜《さが》しの話を伝えた者が居る筈《はず》だ……）

確かウォーレンと言ったか。恐《おそ》らくイオリ達よりも先に棄界《ゲヘナ》入りした現世人だろう。

あるいはイオリ達が、ばらばらにこの地に降り立つ事になったのも、その者の仕込み、罠《わな》であったのかもしれない。

だが何の為にそんな事をする？

イオリには分からなかったが——

「前途《ぜんと》多難か」

空を見上げながらイオリは長いため息をついた。

あとがき

どうも、榊《さかき》です。

富士見ファンタジア文庫では久方《ひさかた》ぶりの新作、『誰《た》が為《ため》にケモノは生《い》きたいといった』をお届けいたします。

前の『チャイカ』から二年以上空《あ》いてしまいましたが、さぼっていた訳でもなく。担当のK林氏と、ああでもないこうでもないと延々折衝《せっしょう》を繰り返しておりました。大変疲《つか》れました。立ち上げにこんなに掛《か》かったシリーズは初めてです。

逆に言えば、苦労しただけに愛着《あいちゃく》もある訳で。更にニリツ先生のキャラデザインや絵の魅力でがっつりブーストしてもらっていますし。なので本作も、ガツンと売れてくれればいいなあ、などとパンチドランカーじみた顔で正月の空を見上げたりしております。

少し変則的な展開を一巻からしておりますが、落としどころも含《ふく》めて少し目新しい感じの大筋《おおすじ》を試《こころ》みようと考えております。読者の皆様《みなさま》には、よろしければ、イオリ、タビタ、ユーフェミアの旅の行く末を見守ってくださいますよう、どうかよろしくお願いいたします。

榊　一《いち》郎《ろう》

２０１８／１／７

【初出】第一章　ドラゴンマガジン２０１８年３月号

お便りはこちらまで

〒一〇二―八〇七八
ファンタジア文庫編集部気付
榊一郎（様）宛
ニリツ（様）宛

富士見ファンタジア文庫

誰《た》が為《ため》にケモノは生《い》きたいといった

平成30年２月20日　初版発行

著者——榊《さかき》　一郎《いちろう》

発行者——三坂泰二
発　行——株式会社KADOKAWA
〒102-8177
東京都千代田区富士見2-13-3
0570-002-301（ナビダイヤル）
印刷所——暁印刷
製本所——BBC

※定価はカバーに表示してあります。
KADOKAWA　カスタマーサポート
［電話］0570-002-301（土日祝日を除く11時～17時）
［WEB］http://www.kadokawa.co.jp/（「お問い合わせ」へお進みください）
※製造不良品につきましては上記窓口にて承ります。
※記述・収録内容を超えるご質問にはお答えできない場合があります。
※サポートは日本国内に限らせていただきます。

ISBN978-4-04-072657-1 C0193

水野良が
グランクレスト
グランクレスト・アデプト
無色の聖女、蒼炎の剣士
監修：水野良　著：夏希のたね
イラスト：春日歩